James Baldwin

Beale Street Blues

Tish und Fonny, sie kämpfen und sie verlieben sich im Harlem der Siebzigerjahre. Ihren Familien setzen sie trotzige Hoffnung entgegen, Tish ist schwanger, die Zukunft scheint groß. Doch dann wird Fonny der Vergewaltigung einer jungen Frau beschuldigt und inhaftiert. Und Tish unternimmt alles Menschenmögliche, um Fonnys Unschuld zu beweisen, bevor das Kind zur Welt kommt.

James Baldwin, 1924 geboren, ist einer der bedeutendsten US-amerikanischen Schriftsteller. Sein bereits zu Lebzeiten vielfach ausgezeichnetes Werk umfasst Essays, Romane, Erzählungen, Gedichte und Theaterstücke. Er verstarb 1987 in Südfrankreich.

Miriam Mandelkow, 1963 geboren, hat u.a. Werke von Samuel Selvon, Ta-Nehisi Coates und Richard Price ins Deutsche übertragen. Für ihre Neuübersetzung von Baldwins *Von dieser Welt* wurde sie mit dem Helmut-M.-Braem-Übersetzerpreis ausgezeichnet.

James Baldwin

Beale Street Blues

Roman

Aus dem Englischen
von Miriam Mandelkow

Mit einem Nachwort
von Daniel Schreiber

dtv

Die Übersetzung der Vorbemerkung, die Baldwin für die deutsche Erstausgabe (Rowohlt 1974) verfasst hat, stammt von Nils Thomas Lindquist. Das dazugehörige Original konnte nicht ausfindig gemacht werden.

Von James Baldwin ist bei dtv außerdem lieferbar:
Von dieser Welt
Nach der Flut das Feuer
Giovannis Zimmer
Ein anderes Land
Von einem Sohn dieses Landes

MIX
Papier aus verantwortungsvollen Quellen
FSC® C019821
FSC www.fsc.org

4. Auflage 2024
2021 dtv Verlagsgesellschaft mbH & Co. KG, München

Die Originalausgabe erschien 1974 unter dem Titel
›If Beale Street Could Talk‹ bei Dial Press, New York.

Umschlaggestaltung: Boutique Brutal
Umschlagmotiv: Anthony Barboza/Kontributor/Getty Images
Satz: Greiner & Reichel, Köln
Druck und Bindung: Druckerei C.H.Beck, Nördlingen
Printed in Germany · ISBN 978-3-423-14800-9

BEALE STREET BLUES

VORBEMERKUNG

Die Beale Street ist eine Straße in New Orleans, wo mein Vater, wo Louis Armstrong und der Jazz geboren wurden.

Jeder in Amerika geborene Schwarze ist in der Beale Street, ist im Schwarzenviertel irgendeiner amerikanischen Stadt geboren, ob in Jackson, Mississippi, oder in Harlem in New York: Alle »Nigger« stammen aus der Beale Street. Die Beale Street ist unser Erbe. Dieser Roman handelt von der Unmöglichkeit und von der Möglichkeit, von der absoluten Notwendigkeit, diesem Erbe Ausdruck zu geben.

Die Beale Street ist eine laute Straße. Es bleibt dem Leser überlassen, aus dem Schlagen der Trommeln den Sinn herauszuhören.

Für Yoran

Mary, Mary,
What you going to name
That pretty little baby?

EINS

Troubled about my soul

Ich betrachte mich im Spiegel. Ich bin auf den Namen Clementine getauft, insofern wäre es logisch, wenn die Leute mich Clem nennen würden oder eben Clementine, immerhin heiße ich so: Tun sie aber nicht. Die Leute nennen mich Tish. Wahrscheinlich auch wieder logisch. Ich bin müde, und so langsam finde ich irgendwie alles, was passiert, logisch. Wieso sollte es sonst passieren? Aber so darf man echt nicht denken, so einen Gedanken kann man nur haben, wenn man in Schwierigkeiten steckt – völlig unlogischen Schwierigkeiten.

Heute war ich bei Fonny. Der heißt auch nicht so, getauft ist er auf den Namen Alonzo: Und logisch wäre zum Beispiel, wenn die Leute ihn Lonnie nennen würden, aber wir haben ihn schon immer Fonny genannt. Alonzo Hunt, so heißt er. Ich kenne ihn schon mein ganzes Leben und werde ihn hoffentlich immer kennen. Alonzo nenne ich ihn nur, wenn ich ihm was richtig Heftiges sagen muss.

»Alonzo …?«, hab ich heute gesagt.

Und da guckt er mich an, so alarmiert, wie er immer guckt, wenn ich ihn mit seinem richtigen Namen anspreche.

Fonny ist im Gefängnis. Wenn wir uns sehen, sitze ich auf einer Bank vor einem Brett, und er sitzt auf einer Bank vor einem Brett. Wir sitzen uns gegenüber, und zwischen uns ist eine Glaswand. Durch die hört man nichts, darum hat jeder auf seiner Seite ein kleines Telefon. Da muss man reinsprechen. Ich weiß nicht, wieso Menschen beim Telefonieren immer nach unten gucken, aber das ist so. Man muss richtig dran denken, die Person anzugucken, mit der man spricht.

Ich denke jetzt immer dran, weil Fonny im Gefängnis sitzt und ich seine Augen liebe und bei jedem Besuch Angst habe, ihn nie wiederzusehen. Sobald ich ankomme, nehme ich also das Telefon und halte es fest und sehe ihn die ganze Zeit an.

Als ich »Alonzo ...« sagte, blickte er erst nach unten und dann hoch, und er sah mich an, und er lächelte und wartete mit dem Telefon in der Hand.

Ich wünsche echt niemandem, dass er den, den er liebt, durch eine Scheibe angucken muss.

Es ist nicht so rausgekommen, wie ich es geplant hatte. Ich hatte geplant, es ganz lässig zu sagen, damit es gar nicht erst so klingt, als wenn ich ihm irgendwas vorwerfe.

Es ist nämlich so: Ich kenne ihn einfach. Er ist sehr stolz, und er macht sich dauernd Sorgen, und genau genommen – im Gegensatz zu ihm weiß ich das – ist das auch der Hauptgrund dafür, dass er im Gefängnis sitzt. Er macht sich ja so schon zu viele Sorgen, da will ich nicht, dass er sich noch um mich Sorgen macht. Eigentlich wollte ich gar nichts sagen, aber es musste sein. Er muss ja Bescheid wissen.

Außerdem dachte ich, später, wenn er sich keine Sorgen mehr macht, wenn er wach liegt in der Nacht, wenn er ganz alleine ist, ganz, ganz tief drinnen, wenn er noch mal drüber nachdenkt, ist er vielleicht froh. Und das könnte ihm helfen.

Ich sagte: »Alonzo, wir kriegen ein Kind.«

Ich sah ihn an. Ich lächelte, das weiß ich. Er sah aus, als wenn er ins Wasser stürzt. Ich konnte ihn nicht anfassen. Ich wollte ihn so gerne anfassen. Ich lächelte wieder, und meine Telefonhand wurde feucht, und einen Moment lang konnte ich ihn gar nicht sehen, ich schüttelte den Kopf, mein Gesicht war nass, und ich sagte: »Ich freu mich. Ich freu mich. Mach dir keine Sorgen. Ich freu mich.«

Aber er war jetzt ewig weit weg von mir, ganz für sich. Ich wartete darauf, dass er zurückkommt. Über sein Gesicht zuckte es: Mein Kind? Ich weiß, dass er das dachte. Nicht so, als wenn er mir nicht traut: Aber Männer denken so. Und die paar Sekunden, die er da draußen für sich war, weit weg von mir, war nur das Kind wirklich, als Einziges auf der Welt, wirklicher als das Gefängnis, wirklicher als ich.

Eins habe ich vergessen zu sagen: Wir sind nicht verheiratet. Ihm ist das wichtiger als mir, aber verstehen tu ich ihn schon. Wir wollten heiraten, aber dann ist er im Knast gelandet.

Fonny ist zweiundzwanzig. Ich bin neunzehn.

Er stellte die alberne Frage: »Bist du sicher?«

»Nein, bin ich nicht. Ich will dich nur ein bisschen durcheinanderbringen.«

Da grinste er. Er grinste, weil es jetzt durchgesickert war.

»Was machen wir denn jetzt?«, fragte er mich – wie ein kleiner Junge.

»Na ja, ertränken werden wir es nicht. Also müssen wir es wohl aufziehen.«

Fonny warf den Kopf zurück und lachte, er lachte, bis ihm die Tränen übers Gesicht liefen. Der erste Teil, vor dem ich mich so gefürchtet hatte, war also wohl schon mal ganz gut gelaufen.

»Hast du es Frank schon erzählt?«, fragte er. Frank ist sein Vater.

»Nein.«

»Deiner Familie?«

»Noch nicht. Aber keine Sorge. Dir wollte ich es halt nur zuerst erzählen.«

»Na ja«, sagte er. »Irgendwie logisch. Ein Kind.« Er sah mich an, dann senkte er den Kopf. »Aber im Ernst, was machst du denn jetzt?«

»Ich mach einfach so weiter wie bisher. Bis zum letzten Monat arbeiten, und dann kümmern sich Mama und Sis um mich, da musst du dir keine Sorgen machen. Außerdem haben wir dich bis dahin hier rausgeholt.«

»Sicher?« Sein kleines Lächeln.

»Klar bin ich mir sicher. Immer.«

Ich weiß, was er dachte, aber darüber darf ich in so einem Moment nicht nachdenken – nicht, solange ich ihn vor mir sehe. Da muss ich mir sicher sein.

Ein Mann stellte sich hinter Fonny, die Zeit war um. Fonny lächelte und hob wie immer die Faust, ich hob meine, und er stand auf. Irgendwie überrascht mich hier drinnen immer wieder, wie groß er ist. Wobei er abgenommen hat, dadurch wirkt er vielleicht noch größer.

Er drehte sich um und ging durch die Tür, und die Tür ging hinter ihm zu.

Mir war schwindlig. Ich hatte den Tag über kaum gegessen, und es war spät geworden.

Ich ging raus, durch die großen breiten Flure, die ich inzwischen so hasse, Flure breiter als die Sahara. Die Sahara ist nie leer, diese Flure sind nie leer. Wenn man beim Durchqueren der Sahara hinfällt, kreisen irgendwann Geier über dir, sie riechen deinen Tod, sie spüren ihn. Immer tiefer kreisen sie: Sie warten. Sie wissen Bescheid. Sie wissen genau, wann das

Fleisch so weit ist, wann der Geist sich nicht mehr wehren kann. Die Armen durchqueren ständig die Sahara, und die Anwälte und Kautionsagenten und das ganze Pack kreisen um die Armen wie die Geier. Eigentlich sind sie gar nicht reicher als die Armen, darum sind sie ja Geier geworden, Plünderer, unanständige Müllmänner, und dazu zähle ich auch die schwarzen Typen, die zum Teil sogar noch schlimmer sind. Ich persönlich würde mich schämen, glaube ich. Oder auch nicht, so sicher bin ich mir nicht mehr. Keine Ahnung, was ich alles anstellen würde, um Fonny rauszuholen. Hier im Knast hab ich nie Scham erlebt außer bei mir, außer bei den schwarzen Ladies, die so hart arbeiten und die mich Tochter nennen, oder bei den stolzen Puerto Ricanerinnen, die überhaupt gar nichts mehr kapieren – zum Beispiel spricht hier nie einer Spanisch mit ihnen. Die schämen sich, weil ihre Lieben im Knast sitzen, aber dafür sollten sie sich nicht schämen. Die Leute, die für diese Gefängnisse verantwortlich sind, die sollten sich schämen.

Und ich schäme mich nicht für Fonny. Wenn überhaupt, dann bin ich stolz auf ihn. Er ist ein Mann. Das merkt man an der Art, wie er mit dieser ganzen Scheiße umgeht. Angst hab ich allerdings schon manchmal – keiner hält die Scheiße, mit der sie uns bewerfen, ewig aus. Aber dann muss man innerlich den Schalter so umlegen, dass man durchkommt, von einem Tag zum nächsten. Wenn man zu weit vorausdenkt, wenn man auch nur versucht, zu weit vorauszudenken, dann schafft man es nie.

Manchmal nehme ich die Subway nach Hause, manchmal den Bus. Heute bin ich mit dem Bus gefahren, weil er länger braucht und weil mir so viel im Kopf rumging.

Wenn man in Schwierigkeiten steckt, kann einen das ganz

komisch durcheinanderbringen. Ich weiß nicht genau, ob ich das erklären kann. Es gibt Tage, da scheint es so, als wenn man Leuten zuhört und mit ihnen redet und seine Arbeit macht, jedenfalls wird die Arbeit fertig, aber in Wahrheit hat man keine Menschenseele gehört oder gesprochen, und wenn jemand fragt, was man den ganzen Tag gemacht hat, muss man richtig lange drüber nachdenken. Zur gleichen Zeit und sogar am gleichen Tag – und genau das ist eben so schwer zu erklären – sieht man Menschen, wie man sie noch nie gesehen hat. Sie blitzen vor einem auf wie Rasiermesser. Vielleicht weil man sie mit anderen Augen sieht als vorher, vor den Schwierigkeiten. Vielleicht denkt man mehr über sie nach, aber anders, und dadurch werden sie einem fremd. Vielleicht wird man ängstlich und taub, weil man nicht weiß, ob man sich überhaupt noch irgendwie auf irgendwen verlassen kann.

Und selbst wenn sie bereit wären, was zu tun – was denn? Ich kann ja nicht einfach zu irgendwem in diesem Bus sagen, Mensch, Fonny steckt in Schwierigkeiten, er sitzt im Knast – könnt ihr euch vorstellen, was die Leute in diesem Bus zu mir sagen würden, wenn sie von mir hören, dass ich jemanden liebe, der im Knast sitzt? –, und ich weiß, dass er kein Verbrechen begangen hat, und er ist so ein wunderbarer Mensch, helfen Sie mir bitte, ihn rauszuholen. Könnt ihr euch vorstellen, was die Leute in diesem Bus sagen würden? Was würdet ihr denn sagen? Ich kann doch nicht einfach sagen, ich erwarte ein Kind, und ich hab Angst, und ich will nicht, dass dem Vater von dem Kind was zustößt, lassen Sie ihn nicht im Gefängnis sterben, bitte, ach, bitte! Das kann man doch nicht sagen. Das heißt allerdings, dass man gar nichts sagen kann. Wenn man in Schwierigkeiten steckt, heißt das, man ist allein. Man setzt sich hin, guckt aus dem Fenster und fragt sich, ob man für den Rest des Lebens mit diesem Bus hin und her fährt. Und was passiert dann mit dem Kind? Und was passiert dann mit Fonny?

Und wenn man diese Stadt jemals gut gefunden hat, dann findet man sie jetzt nicht mehr gut. Sollte ich irgendwann mal aus dieser Geschichte rauskommen, sollten wir irgendwann mal aus dieser Geschichte rauskommen, sieht mich Downtown New York ganz sicher nie wieder.

Vielleicht fand ich es mal gut hier, vor langer Zeit, als Daddy mit Sis und mir hergekommen ist, um Leute und Häuser zu gucken, und Daddy uns bestimmte Sehenswürdigkeiten gezeigt hat und wir im Battery Park Eis essen waren und Hotdogs. Das war immer herrlich, und wir waren selig, aber das lag an unserem Vater, nicht an der Stadt. Weil wir wussten, dass unser Vater uns liebt. Und ich weiß jetzt, dass das auf diese Stadt ganz bestimmt nicht zutrifft. Wir wurden angestarrt wie Zebras – und manche mögen halt Zebras und andere nicht. Aber ein Zebra nach seiner Meinung fragen tut keiner.

Ich war zwar noch nicht in so vielen Städten, nur in Philadelphia und Albany, aber New York ist garantiert die hässlichste und dreckigste Stadt der Welt. Mit den hässlichsten Häusern und den ekligsten Menschen. Und den schlimmsten Bullen. Wenn es einen schlimmeren Ort gibt, dann liegt der so nah an der Hölle, dass man riechen kann, wie die Menschen schmoren. Und ehrlich gesagt: Genau so riecht New York im Sommer.

In den Straßen dieser Stadt hab ich Fonny kennengelernt. Ich war klein, er war nicht mehr so klein. Ich war sechs, so um den Dreh, und er ungefähr neun. Sie wohnten gegenüber, er und seine Familie, seine Mutter und zwei große Schwestern und sein Vater, und sein Vater hatte einen Schneiderladen. Inzwischen frage ich mich, warum er den eigentlich hatte: Wir kannten niemanden, der es sich leisten konnte, seine Kleider zum Schneider zu bringen – alle Jubeljahre vielleicht mal. Aber von uns hätte er jedenfalls nicht leben können. Zwar waren die Leute, was ich so gehört habe, also, die Schwarzen, nicht mehr ganz so arm wie damals, als Mama und Daddy sich irgendwie über Wasser gehalten haben, und auch nicht mehr so arm wie damals im Süden, aber arm waren wir trotzdem und sind es auch immer noch.

Fonny war mir nie so richtig aufgefallen, bis wir einmal nach der Schule Streit hatten. Eigentlich hatte der Streit gar nichts mit Fonny und mir zu tun. Ich hatte eine Freundin, die hieß Geneva und war laut und derbe, hatte eng am Kopf geflochtene Zöpfe, kräftige aschegraue Knie, lange Beine und große Füße – und führte immer irgendetwas im Schilde. Sie war meine beste Freundin, weil ich nie irgendwas im Schilde führte. Ich war dünn und schüchtern, ich bin ihr gefolgt und immer in ihrer Klemme gelandet. Sonst wollte eigentlich keiner so richtig was mit mir zu tun haben und mit ihr schon gleich gar nicht. Jedenfalls meinte sie, dass sie Fonny nicht ausstehen kann. Dass sie ihn nur ansehen muss, da wird ihr schon schlecht. Dauernd erzählte sie mir, wie hässlich er ist, dass er Haut hat wie rohe feuchte Kartoffelschalen und Augen wie ein Schlitzi, und dann diese krausen Haare und die dicken Lippen. Und solche O-Beine, dass er Beulenfüße hat, und so wie sein Hintern rausguckt, war seine Mutter bestimmt ein Gorilla. Ich gab ihr recht, ging ja nicht anders, aber eigentlich fand ich ihn nicht so übel. Seine Augen fand ich schön, ich dachte sogar, wenn die Menschen in China solche

Augen haben, dann hätte ich nichts gegen eine Reise nach China. Gorillas hatte ich noch nie gesehen, darum fand ich seinen Hintern ganz normal, genau genommen war er nicht so groß wie der von Geneva; kurz danach fiel mir auf, dass er tatsächlich ein bisschen O-Beine hat. Aber Geneva hat ihn andauernd runtergemacht. Ich glaube, er hat sie gar nicht wahrgenommen. Er war immer mit seinen Freunden unterwegs, den schlimmsten Jungs aus unserem Block. Ständig kamen sie zerfetzt, zerbeult und blutverschmiert die Straße runter, und vor unserem Streit hatte Fonny gerade einen Zahn verloren.

Fonny hatte einen Freund, Daniel, ein großer schwarzer Junge, der es ungefähr so auf Geneva abgesehen hatte, wie Geneva es auf Fonny abgesehen hatte. Ich weiß nicht mehr, wie alles angefangen hat, aber irgendwann hatte Daniel Geneva umgestoßen, und die beiden wälzten sich am Boden; ich versuchte, Daniel von Geneva wegzuziehen, und Fonny zog an mir. Da hab ich mich umgedreht und ihm das Erstbeste an den Kopf gehauen, was ich greifen konnte, und zwar aus dem Mülleimer. Es war bloß ein Stock, aber in dem Stock steckte ein Nagel. Er ratschte Fonny über die Wange, riss ihm die Haut auf, und das Blut tropfte raus. Ich traute meinen Augen nicht. Fonny fasste sich ins Gesicht, sah mich an, sah seine Hand an, und mir fiel nichts Besseres ein, als den Stock fallen zu lassen und wegzulaufen. Fonny lief hinter mir her, und dann schrie auch noch Geneva, als sie das Blut sah, ich hätte ihn umgebracht, umgebracht hätte ich ihn! Fonny hatte mich ganz schnell eingeholt, er packte mich und spuckte mich durch seine neue Zahnlücke an. Er traf direkt in meinen Mund, und das, glaube ich, fand ich so demütigend, dass ich aufschrie und losheulte. Schon komisch. Vielleicht hat sich mein Leben in genau dem Moment verändert, als Fonny mir in den Mund spuckte. Geneva und Daniel, die den Streit überhaupt erst angefangen und selber nicht einen einzigen Kratzer abgekriegt hatten, schrien mich beide an. Geneva meinte, ich hätte ihn umgebracht, ganz bestimmt, ich hätte ihn umgebracht, von rostigen Nägeln kriegt man Wundstarrkrampf und stirbt. Und Daniel sagte, genau, ein Onkel zu Hause im Süden sei daran gestorben. Fonny hörte sich das alles an, während das Blut weiter tropfte und ich weiter weinte. Irgendwann hatte er wohl kapiert, dass es um ihn geht und dass er ein toter Mann beziehungsweise ein toter Junge ist, jedenfalls fing er auch an zu weinen, Daniel und Geneva nahmen ihn in die Mitte, gingen mit ihm weg und ließen mich einfach stehen.

Ein paar Tage lang sah ich Fonny nicht. Ich war mir sicher, dass er am Wundstarrkrampf stirbt, und Geneva sagte, wenn er tot ist, was jede Minute passieren kann, kommt die Polizei und setzt mich auf den elektrischen Stuhl. Ich behielt den Schneiderladen im Auge, da wirkte alles normal. Mr Hunt war da, der lachende, hellbraune Mr Hunt, bügelte Hosen und erzählte jedem, der in den Laden kam – und es kam immer jemand in den Laden – Witze, und hin und wieder kam Mrs Hunt vorbei. Sie war eine Geheiligte, die sowieso wenig lächelte, aber trotzdem verhielten sich die beiden nicht so, als wenn ihr Sohn gerade stirbt.

Als ich Fonny ein paar Tage lang nicht gesehen hatte, wartete ich, bis der Laden leer aussah und Mr Hunt allein war, und ging rüber. Mr Hunt kannte mich damals flüchtig, bei uns im Block kannten wir uns alle ein bisschen.

»Hey, Tish«, sagte er, »wie geht's? Wie geht's der Familie?«

»Sehr gut, Mr Hunt«, sagte ich. Eigentlich wollte ich fragen:

Und wie geht es *Ihrer* Familie?, wie sonst auch immer, aber das hab ich nicht geschafft.

»Was macht die Schule?«, fragte er mich nach einer Weile, und ich fand, dass er mich ganz komisch anguckte.

»Geht«, sagte ich, und mein Herz fing an zu rasen, als wenn es mir gleich aus der Brust springt.

Mr Hunt drückte so ein doppeltes Bügelbrett zusammen, wie es immer in Schneidereien steht – praktisch zwei Bügelbretter, die auf und zu gehen –, drückte das obere runter, sah mich ziemlich lange an und lachte: »Mein vorlauter Sohn ist bestimmt bald zurück.«

Ich hörte, was er sagte – irgendwie; nur was genau, wusste ich nicht.

Ich ging zur Tür, tat so, als würde ich rausgehen, und drehte mich noch mal um: »Wie bitte, Mr Hunt?«

Mr Hunt lächelte immer noch. Er zog die Bügelpresse auf und drehte die Hose oder was auch immer um. »Fonny. Seine Mama hat ihn für eine Weile zu ihrer Familie in den Süden geschickt. Weil er hier oben zu viel Mist baut.«

Er drückte das Brett wieder runter. »Was für Mist er da unten baut, kriegt sie ja nicht mit.« Dann lächelte er mich an. Als ich Fonny näher kennenlernte und Mr Hunt auch, wurde mir klar, dass Fonny das Lächeln von ihm hat. »Na, ich sag ihm, dass du vorbeigekommen bist.«

»Grüßen Sie Ihre Familie von mir, Mr Hunt«, sagte ich und rannte über die Straße.

Geneva saß auf den Stufen vor meinem Haus. Sie sagte, ich hätte total bescheuert ausgesehen und wäre ja fast überfahren worden.

Ich blieb stehen. »Du bist eine Lügnerin, Geneva Braithwaite. Fonny hat keinen Starrkrampf, und er stirbt auch nicht.

Und ich komme auch nicht ins Gefängnis. Kannst ja seinen Daddy fragen.« Da guckte Geneva mich so komisch an, dass ich zur Tür hochlief, die Treppe rauf, und mich auf die Feuerleiter setzte, aber so nah ans Fenster, dass sie mich nicht sehen konnte.

Nach vier oder fünf Tagen war Fonny zurück und setzte sich zu mir auf die Eingangsstufen vorm Haus. Er hatte keine Narbe, er hatte zwei Donuts. Und setzte sich zu mir. »Tut mir leid, dass ich dir ins Gesicht gespuckt hab.« Er gab mir einen Donut.

»Tut mir leid, dass ich dich gehauen hab«, sagte ich. Das war alles. Er aß seinen Donut und ich aß meinen.

Die Leute glauben immer nicht, dass Jungen und Mädchen in dem Alter so sein können – die Leute glauben überhaupt kaum was, und allmählich kapiere ich auch, warum –, aber genau damals wurden wir Freunde. Besser gesagt, aber das ist eigentlich dasselbe – noch so was, was die Leute nicht wahrhaben wollen –, ich wurde seine kleine Schwester, und er wurde mein großer Bruder. Er mochte seine richtigen Schwestern nicht, und ich hatte keine Brüder. Und so wurden wir füreinander das, was dem anderen fehlte.

Geneva war sauer auf mich und kündigte mir die Freundschaft. Wobei, vielleicht hab ich, ohne es zu wissen, eher ihr die Freundschaft gekündigt, weil ich ja, ohne zu wissen, was das heißt, jetzt Fonny hatte. Daniel war sauer auf Fonny, er nannte ihn eine Memme, weil er sich mit Mädchen abgab, und kündigte Fonny die Freundschaft – für lange Zeit; sie haben sich sogar geprügelt, und Fonny hat noch einen Zahn verloren. Wer Fonny damals gesehen hat, dachte bestimmt, dass er ohne einen einzigen Zahn im Mund groß wird. Ich weiß noch, wie ich Fonny angeboten habe, von oben die Schere meiner Mutter zu holen und Daniel abzustechen, aber Fonny meinte, ich wäre doch bloß ein Mädchen und hätte damit gar nichts zu tun.

Sonntags musste Fonny in die Kirche – und damit meine ich, er *musste*: Wobei er seine Mutter öfter ausgetrickst hat, als sie es wusste oder wissen wollte. Seine Mutter – die habe ich auch noch näher kennengelernt, dazu gleich mehr – war, wie gesagt, eine Geheiligte, und wenn sie ihren Mann schon nicht retten konnte, dann wenigstens verdammt noch mal ihren Sohn. Er war nämlich *ihr* Kind, nicht *deren* Kind.

Ich glaube, darum war Fonny so wild. Und ich glaube, darum war er, wenn man ihn einmal kennenlernte, so nett, ein richtig netter Mensch, ein richtig lieber Mann, mit viel Traurigkeit innen drin: Wenn man ihn kennenlernte. Mr Hunt, Frank, hat nicht versucht, ihn für sich zu beanspruchen, aber er hat ihn geliebt – er liebt ihn. Seine großen Schwestern waren nicht direkt Geheiligte, aber das hätten sie genauso gut sein können, auf jeden Fall kamen sie nach der Mutter. Blieben also Frank und Fonny. Im Grunde genommen hatte Frank Fonny die ganze Woche über, und Fonny hatte Frank die ganze Woche über, das wussten sie auch, darum konnte Frank Fonny sonntags seiner Mutter überlassen. Fonny machte auf der Straße das, was Frank im Schneiderladen und zu Hause machte. Beide machten, was sie wollten. Deswegen hat Frank auch so lange wie möglich an seinem Laden festgehalten. Deswegen konnte er sich um Fonny kümmern, wenn der blutend nach Hause kam; deswegen konnten sie, Vater und Sohn, mich lieben. Das ist gar nicht so rätselhaft, außer dass Menschen immer ein Rätsel sind. Später hab ich mich gefragt, ob Fonnys Eltern überhaupt miteinander schlafen. Und ich hab auch Fonny gefragt.

»Ja, aber nicht so wie wir. Früher hab ich sie immer gehört: Meine Mutter kommt von der Kirche nach Hause, klitschnass und stinkend. Sie tut so, als wenn sie sich kaum bewegen kann vor lauter Erschöpfung, und lässt sich angezogen aufs Bett fallen – vielleicht hat sie gerade noch ihre Schuhe ausgezogen und den Hut abgelegt und ihre Handtasche irgendwo abgestellt. Das Geräusch hab ich noch im Ohr, es klang immer total schwer beim Abstellen, voll mit Silbermünzen. Dann sagt sie: Der Herr hat ja heute Abend vielleicht meine Seele gesegnet, Schatz, wann gibst du dein Leben in die Hände des Herrn? Baby, sagt er dann, und ich schwöre, dabei liegt er da, und sein Schwanz wird steif und, sorry, Baby, aber bei ihr sieht's auch nicht besser aus, das ist nämlich, kaum zu glauben, wie ein Spiel, das zwei Straßenkatzen in der Gasse miteinander treiben. Scheiße. Sie jault und miauuuut, was das Zeug hält, sie schnappt sich den Tiger, jagt ihn kreuz und quer durch die Gasse, und sie jagt ihn, bis er ihr ins Genick beißt – inzwischen will er eigentlich nur noch schlafen, aber bei ihr ist voller Chor, er muss die Musik ausknipsen, und da gibt es nur einen Schalter: ihr ins Genick beißen, und dann hat sie ihn. Mein Daddy liegt also da ohne Klamotten, sein Schwanz wird immer steifer, und mein Daddy sagt: Wird wohl Zeit, dass der Herr *sein* Leben in *meine* Hände legt. Und sie sagt: Ach, Frank, ich führ dich zum Herrn. Und er sagt: Scheiße, Lady, ich führe den Herrn zu *dir*. Ich bin der Herr. Und da legt sie los mit Heulen und Stöhnen, Herr, hilf mir, diesem Mann zu helfen. Du hast ihn mir gegeben, da kann ich doch nichts machen. Ach, Herr, hilf mir. Und er sagt: Der Herr wird dir helfen, Süße, sobald du wieder ein kleines Kind bist, nackt wie ein kleines Kind. Komm schon, komm zum Herrn. Sie fängt an zu weinen und ruft nach Jesus, während er ihr alles auszieht – und ich höre es rascheln und flüstern, irgendwas reißt, irgendwas fällt runter – manchmal bleib ich morgens mit dem Fuß in was hängen, wenn ich auf dem Weg zur Schule durch ihr Zimmer muss –, und wenn er sie nackt ausgezogen hat und auf ihr liegt und sie noch immer Jesus ruft: hilf mir, Herr, sagt mein Daddy: Den Herrn kriegst du jetzt, und zwar hier. Wo willst du seinen Segen hin? Wo tut's denn weh? Wo sollen die Hände des Herrn dich berühren? Hier? Oder hier? Wo willst du seine Zunge hin? Wo soll der Herr in dich fahren, du dreckige, dumme schwarze Schlampe? Du Schlampe. Du Schlampe. Du Schlampe. Dann schlägt er sie, fest und laut. Und sie sagt: O Gott, hilf mir, meine Last zu tragen. Und er sagt: Hier ist sie, Baby, die wirst du tapfer tragen, das weiß ich. In Jesus hast du einen Freund, und ich sag dir, wenn er kommt. Das erste Mal. Über seine Wiederkunft wissen wir nichts. Noch nicht. Dann fängt das Bett an zu wackeln, und sie stöhnt und stöhnt und stöhnt. Und am nächsten Morgen ist es so, als wenn nichts passiert ist. Sie ist wie immer. Sie gehört noch zu Jesus, und er geht die Straße runter in den Laden.«

Und dann sagte Fonny: »Wenn ich nicht gewesen wäre, ich glaube, der Tiger hätte sich aus dem Staub gemacht. Ich werde meinen Daddy immer lieben, weil er mich nicht im Stich gelassen hat.« Und ich werde mich immer an Fonnys Gesicht erinnern, wenn er über seinen Daddy spricht.

Fonny drehte sich danach zu mir um, nahm mich in den Arm und lachte: »Du erinnerst mich ziemlich an meine Mutter, weißt du das? Komm, wir singen zusammen, du Sünderin, liebst du meinen Herrn? Und wenn ich kein Stöhnen höre, weiß ich, du bist nicht gerettet.«

Wahrscheinlich kommt es nicht so oft vor, dass zwei Menschen lachen und sich dabei lieben können, sich lieben, weil sie lachen, lachen, weil sie sich lieben. Die Liebe und das Lachen sitzen an derselben Stelle, da gehen nur nicht viele Leute hin.

Irgendwann an einem Samstag fragte mich Fonny, ob ich am nächsten Morgen mit in die Kirche komme, und ich sagte Ja, obwohl wir Baptisten sind und bei den Geheiligten nichts verloren haben. Aber inzwischen wussten alle, dass Fonny und ich Freunde sind, das war einfach so. In der Schule und unseren Block rauf und runter nannten sie uns Romeo und Julia, aber nicht, weil sie das Stück gelesen hatten. An dem Morgen kam Fonny total geknickt bei mir an mit öligen Haaren und so einem messerscharfen Scheitel, als wäre der mit einem Tomahawk oder einer Rasierklinge gezogen. Er trug seinen blauen Anzug, mich hatte Sis eingekleidet. Im Grunde war das so was wie unser erstes Date. Seine Mutter wartete unten.

Es war kurz vor Ostern, also nicht kalt, aber auch nicht warm.

Obwohl wir klein waren und ich nicht im Traum auf die Idee gekommen wäre, ihr Fonny wegzunehmen oder so was, und obwohl sie Fonny eigentlich gar nicht liebt, sondern nur denkt, das gehört sich so, weil sie ihn auf die Welt gepresst hat, konnte mich Fonnys Mutter schon damals nicht leiden. An vielen Dingen hab ich das gemerkt, zum Beispiel war ich fast nie bei Fonny, Fonny dafür ständig bei mir; und zwar nicht, weil Fonny und Frank mich nicht bei sich zu Hause haben wollten. Seine Mutter und seine beiden Schwestern wollten das nicht. Einerseits, das ist mir aber später erst klar geworden, fanden sie, ich bin nicht gut genug für Fonny – was im Klartext hieß, ich bin nicht gut genug für *sie* –, und andererseits dachten sie, Fonny hat vielleicht genau so was verdient. Ich bin nun mal dunkel, meine Haare sind einfach nur Haare, ich mache nicht viel her, nicht mal Fonny tut so, als wenn ich hübsch wäre, er sagt bloß, hübsche Frauen würden echt nerven.

Wenn er das sagt, denkt er an seine Mutter, das weiß ich – darum behauptet er, wenn er mich ärgern will, ich würde ihn an seine Mutter erinnern. Ich erinnere ihn aber überhaupt nicht an seine Mutter, und das weiß er, er weiß aber auch, dass ich weiß, wie sehr er sie liebt: wie sehr er sie lieben will, wie sehr er will, dass er sie lieben darf, um es mal so auszudrücken.

Mrs Hunt und die Mädchen haben helle Haut, und man sieht, dass Mrs Hunt in Atlanta, wo sie herkommt, ein sehr schönes Mädchen gewesen sein muss. Diese Ausstrahlung hat sie immer noch, dieses Rührmichnichtan, das ehemalige Schönheiten mit ins Grab nehmen. Die Schwestern sind nicht so schön wie ihre Mutter, und natürlich waren sie nie jung in Atlanta, aber sie haben helle Haut – und lange Haare. Fonny ist heller als ich, aber viel dunkler als sie, sein Haar ist einfach kraus, egal, wie viel Öl seine Mutter ihm da sonntags reinschmiert, dadurch kriegt sie es auch nicht glatter.

Fonny kommt eigentlich nach seinem Vater. Als er an dem Sonntag mit mir aus dem Haus ging, schenkte mir Mrs Hunt ein reizendes, gütiges Lächeln.

»Ich freu mich so, dass du heute Morgen mit uns zum Haus des Herrn kommst, Tish«, sagte sie. »Ach, wie hübsch du aussiehst heute Morgen!«

Womit sie mir zu verstehen gab, wie ich sonst morgens aussehe: wie ich generell aussehe.

»Guten Morgen, Mrs Hunt«, sagte ich, und dann gingen wir die Straße runter.

Es war die Sonntagmorgenstraße. Unsere Straßen haben Tage, sogar Stunden. Wo ich geboren wurde und wo mein Kind geboren wird, sieht man die Straße runter und kann fast sehen, was im Haus passiert: Samstag zum Beispiel, drei Uhr nachmittags, ist eine ganz schlechte Zeit. Die Kinder sind aus der Schule zurück. Die Männer sind von der Arbeit zurück. Man sollte meinen, da kommen alle glücklich zusammen, aber so ist es nicht. Die Kinder sehen die Männer. Die Männer sehen die Kinder. Und das macht die Frauen, die kochen und putzen und ihre Haare glätten und sehen, was Männer grundsätzlich nicht sehen, fast wahnsinnig. Das sieht man der Straße an, man hört es an der Art, wie die Frauen nach ihren Kindern rufen. Man sieht es an der Art, wie sie aus dem Haus laufen – eilig, wie der Wind –, ihre Kinder schlagen und nach oben zerren, man hört es den Kindern an, man sieht es an der Art, wie die Männer, die das alles gar nicht mitkriegen, vor einem Geländer beieinanderstehen, in einem Friseursalon beieinandersitzen, eine Flasche rumgehen lassen, zur Bar an der Ecke gehen, die junge Frau hinterm Tresen necken, sich streiten und später furchtbar emsig an ihren Klamotten nesteln. Der Samstagnachmittag hängt wie eine Wolke über allem, als würde man auf den großen Sturm warten.

Am Sonntagmorgen haben sich die Wolken verzogen, der Sturm hat seinen Schaden angerichtet und ist abgeflaut. Was auch immer der Schaden war, jetzt sind alle sauber. Die Frauen haben es irgendwie auf die Reihe gekriegt und halten alles zusammen. Also sind alle hier, sauber, geschrubbt, gekämmt und geölt. Später wird Schweinshaxe gegessen oder Chitlins, Brat- oder Backhähnchen mit Yams und Reis und Gemüse oder Maisbrot oder Brötchen. Sie kommen nach Hause, entspannen sich und sind nett: Manche Männer waschen sonntags ihre Autos sorgfältiger als ihre Vorhaut. An diesem Sonntagmorgen die Straße runterzugehen, Fonny neben mir wie ein Gefangener und Mrs Hunt auf meiner anderen Seite wie eine Königin, die ins Königreich schreitet, war wie ein Bummel über den Jahrmarkt. Inzwischen glaube ich allerdings, es lag nur an Fonny – der kein Wort sagte –, dass ich mir vorkam wie auf dem Jahrmarkt.

Schon aus einem Block Entfernung hörten wir die Tamburine in der Kirche.

»Wenn wir doch deinen Vater dazu kriegen könnten, dass er irgendwann mit ins Haus des Herrn kommt«, sagte Mrs Hunt. Dann sah sie mich an. »In welche Kirche gehst du normalerweise, Tish?«

Wir sind ja, wie gesagt, Baptisten, aber in die Kirche gehen wir nicht oft – vielleicht an Weihnachten oder Ostern, solchen Tagen. Mama kommt mit den Betschwestern nicht klar, und die kommen mit ihr nicht klar, Sis ist Mama ziemlich ähnlich, und Daddy sieht es nicht ein, dem Herrn hinterherzulaufen, irgendwie hat er keinen großen Respekt vor ihm.

»Wir gehen in die Abyssinia Baptist«, sagte ich und starrte auf die Risse im Asphalt.

»Das ist eine schöne Kirche«, sagte Mrs Hunt – als wäre das noch das Beste, was man über unsere Kirche sagen kann, also nicht gerade viel.

Es war elf Uhr morgens. Der Gottesdienst hatte gerade angefangen. Die Sonntagsschule fing um neun an, da musste Fonny eigentlich schon in der Kirche sein, aber an diesem Sonntag war ihm das wegen mir ausnahmsweise erlassen worden. Außerdem war Mrs Hunt in Wahrheit ziemlich faul und stand nicht gern so früh auf, dass sie Fonny in die Sonntagsschule schicken konnte. Dort konnte sie ja keiner bewundern – ihren sorgsam gewaschenen und eingekleideten Körper und ihre schneeweiße Seele. Frank stand nicht extra auf, um Fonny in die Sonntagsschule zu bringen, und die Schwestern wollten sich an ihrem kraushaarigen Bruder nicht die Hände schmutzig machen. Also musste Mrs Hunt, mit tiefen Seufzern und Lobpreis für den Herrn, aufstehen und Fonny beim Anziehen helfen. Aber wenn sie ihn nicht eigenhändig zur Sonntagsschule brachte, kam er da normalerweise gar nicht an. Und oft tanzte die Frau in der Kirche rum, ohne zu wissen, wo ihr Sohn sich rumtreibt. »Womit Alice sich nicht rumschlagen will«, hat Frank viel später mal zu mir gesagt, »das legt sie in die Hände des Herrn.«

Die Kirche war früher mal ein Postamt gewesen. Keine Ahnung, wieso das Gebäude verkauft werden musste und, vor allem, warum es überhaupt irgendwer haben wollte, es sah nämlich immer noch aus wie ein Postamt, lang, dunkel und flach. Sie hatten ein paar Wände eingerissen und ein paar Bänke reingestellt, die Kirchenschilder und die Termintafeln aufgestellt, aber die Decke war aus so einem schrecklichen Wellblech, das sie entweder braun gestrichen oder so gelassen hatten. Beim Reinkommen wirkte die Kanzel ewig weit weg. Ehrlich gesagt glaube ich, die Leute hier waren einfach nur stolz, dass ihre Kirche so groß war und sie sich die irgendwie unter den Nagel gerissen hatten. Na gut, ich war (mehr oder weniger) an unsere Abyssinia gewöhnt. Die war heller und hatte eine Empore, auf der ich früher immer gesessen habe, auf Mamas Schoß. Immer, wenn ich an das Lied *Uncloudy Day* denke, sitze ich wieder auf dieser Empore, auf Mamas Schoß. Immer, wenn ich *Blessed Quietness* höre, denke ich an Fonnys Kirche und Fonnys Mutter. Weder das Lied noch die Kirche waren leise, das meine ich nicht, aber in unserer

Kirche hab ich es nie gehört. Ich verbinde das Lied mit Fonnys Kirche, denn als es an diesem Sonntagmorgen gesungen wurde, war Fonnys Mutter ganz selig.

Leute, die total beseelt ausflippen, weil sie von der Kraft des Herrn gepackt werden, sind echt immer ein Anblick, egal wie oft man das sieht. In unserer Kirche passierte das aber gar nicht so oft: Wir waren eher seriös und gesittet als geheiligt. Etwas daran macht mir auch immer noch ziemlich Angst, aber ich glaube, das liegt daran, dass Fonny es nicht ausstehen konnte.

Die Kirche war so breit, dass sie drei Gänge hatte. Und obwohl man das gar nicht denken würde, ist es dann viel schwieriger, den Mittelgang zu finden, als wenn es nur einen gibt. Das muss man im Gefühl haben. Als wir in die Kirche reinkamen, lenkte uns Mrs Hunt sofort zu dem Gang ganz links, sodass die Leute zwei Gänge weiter sich umdrehen mussten, um uns zu sehen. Wir waren aber auch ein Anblick. Erst mal ich schwarzes Wesen mit den langen Beinen, in einem blauen Kleid und einer blauen Schleife in den geglätteten Haaren. Dann Fonny, der irgendwie verzweifelt meine Hand hielt, in seinem weißen Hemd, dem blauen Anzug und der blauen Krawatte, die Haare finster und hoffnungslos glänzend, weniger von der Vaseline als vom Schweiß auf seinem Kopf. Und dann noch Mrs Hunt, die irgendwie, keine Ahnung wie, seit wir durch die Tür waren, von einer eisernen Liebe für ihre beiden Heiden erfüllt war und uns vor sich her zum Gnadenstuhl lotste. Sie trug irgendwas in Rosa oder Beige, ich weiß nicht mehr genau, aber so trübe, wie alles drum herum war, fiel es auf. Und sie trug so einen schrecklichen Hut, wie Frauen den früher getragen haben, mit einem Schleier bis zu den Augenbrauen oder der Nase, wo man immer aussieht, als hätte man eine Krankheit. Außerdem trug sie High Heels, die so ähnlich klangen wie Pistolenschüsse, und hatte ihren Kopf sehr vornehm erhoben. Sie war gerettet, sobald sie die Kirche betrat, sie war heilig heilig, und ich weiß bis heute, wie ich plötzlich tief drinnen vor ihr erzitterte. Es fühlte sich an, als wenn es nichts, nichts, nichts gibt, was man zu ihr sagen kann, es sei denn, man will sich dem leibhaftigen Gott anvertrauen: Dann würde der sich aber immer noch mit ihr beraten, bevor er einem antwortet. Der Gnadenstuhl: Davor sollten wir uns hinsetzen, in die erste Reihe, und sie selbst kniete an ihrem Platz nieder, den Kopf gebeugt, die Augen bedeckt, darauf bedacht, dass ihr der dämliche Schleier nicht in die Quere kommt. Da hab ich Fonny einen Blick zugeworfen, aber er sah mich nicht an. Mrs Hunt stand auf, blickte kurz über die versammelte Gemeinde und nahm dann demütig Platz.

Jemand legte Zeugnis ab, ein junger Mann mit rötlichen Haaren erzählte, wie der Herr alle Schandflecken aus seiner Seele gewaschen und alle Wollust aus seinem Fleisch getilgt hatte. Später hab ich ihn oft auf der Straße gesehen. Er hieß George: Er dämmerte auf Eingangsstufen oder am Straßenrand vor sich hin und ist irgendwann an einer Überdosis gestorben. Die Gemeinde schüttete ihn mit Amen zu, eine dicke Schwester machte in ihrer langen weißen Robe auf der Kanzel einen Sprung und stieß einen kleinen Schrei aus; sie riefen: Hilf ihm, Herr Jesus, hilf ihm! Kaum hatte er sich hingesetzt, stand die nächste Schwester auf, sie hieß Rose und ist kurz darauf aus der Gemeinde verschwunden, um ein Kind auf die Welt zu bringen – ich weiß noch, wie ich sie das letzte Mal gesehen habe, da war ich ungefähr vierzehn, sie lief durch den Schnee, ihr Gesicht war ganz pockig und ihre Hände geschwollen, um den Kopf trug sie einen alten Lappen, ihre

Strümpfe rutschten, und sie sang vor sich hin; Rose stand auf und sang: *How did you feel when you come out the wilderness, leaning on the Lord?* Da sah Fonny mich an, ganz kurz. Mrs Hunt sang und klatschte in die Hände. Und in der Kirche fing es allmählich an zu brodeln.

Als Nächstes beobachtete ich eine Schwester, die auf der anderen Seite von Fonny saß, dunkler und nicht so schön wie Mrs Hunt, aber genauso schick angezogen; sie warf die Hände in die Luft und rief Heilig! heilig! heilig! Gesegnet sei dein Name, Jesus! Gesegnet sei dein Name, Jesus! Mrs Hunt fing auch an zu rufen, als wenn sie ihr antworten würde: als wenn sie versuchen würden, sich gegenseitig auszustechen. Die Schwester trug Blau, Dunkeldunkelblau, und dazu einen Hut in der gleichen Farbe, so einen, der im Nacken sitzt wie ein Käppi, und an dem Hut steckte eine weiße Rose, die sich bei jeder Bewegung, bei jeder Beuge mit verbeugte. Die weiße Rose war wie ein seltsames Licht, vor allem, weil die Frau so dunkel war und so ein dunkles Kleid trug. Fonny und ich saßen dazwischen, die Stimmen aus der Gemeinde schwollen an und schwollen weiter an und immer weiter ohne Gnade. Fonny und ich berührten uns nicht und sahen uns nicht an, trotzdem klammerten wir uns aneinander wie Kinder in einem schwankenden Boot. Hinten fing ein Junge an zu singen, ihn lernte ich später auch noch kennen, Teddy hieß er, ein großer, brauner Junge, ganz fleischig außer dort, wo es gepasst hätte, er war fleischig an den Schenkeln, an den Händen, am Hintern und an den Füßen wie ein umgedrehter Pilz, und er sang: *Blessed quietness, holy quietness.*

What assurance in my soul, sang da Mrs Hunt.

On the stormy sea, sang die dunkle Schwester auf Fonnys anderer Seite.

Jesus speaks to me, sang Mrs Hunt.

And the billows cease to roll!, sang die dunkle Schwester.

Teddy hatte ein Tamburin, und damit gab er dem Klavierspieler den Einsatz – ihn habe ich nie kennengelernt: ein großer, dunkler, düsterer Bruder mit Händen wie gemacht zum Würgen; mit diesen Händen ging er auf die Tasten los, als würde er jemandem, an den er sich erinnert, das Hirn rausprügeln. Bestimmt hatte auch die Gemeinde ihre Erinnerungen, und die gingen zu Bruch. Die Kirche kam in Wallung. Ich auch und Fonny auch, ohne dass es jemand merkte, aber ganz anders. Wir wussten, dass uns keiner liebt, oder jetzt wussten wir, wer uns liebt. Und wer uns liebte, war nicht hier.

Schon komisch, woran man sich festhält, wenn um einen rum nur Horror ist. Ich werde mich wahrscheinlich bis ans Ende meines Lebens an die weiße Rose der schwarzen Frau erinnern. Die schien sich plötzlich aufzurichten an diesem fürchterlichen Ort, und ich packte Fonnys Hand – ohne es zu merken –, und links und rechts von uns fingen die beiden Frauen auf einmal an zu tanzen und zu rufen: der heilige Tanz. Die Lady mit der Rose war vornübergebeugt, die Rose zuckte wie ein Blitz um ihren Kopf, um unsere Köpfe, und die Lady mit dem Schleier hatte den Kopf zurückgeworfen; der Schleier, der ihr jetzt weit die Stirn hochgerutscht war, die Stirn einrahmte, sah aus wie schwarzes Weihwasser, das uns taufte und sie besprenkelte. Die Leute rückten von uns ab, um ihnen Platz zu machen, und die beiden Frauen tanzten in den Mittelgang. Beide mit ihren Handtaschen. Beide auf High Heels.

Fonny und ich sind danach nie wieder in die Kirche gegangen. Und wir haben auch nie über unser erstes Date gesprochen. Als ich das erste Mal in den Knast musste, in die

Katakomben, um Fonny zu besuchen, die Treppe hochging und in diese Hallen kam, hatte ich allerdings total das Gefühl, ich betrete eine Kirche.

Wo ich jetzt Fonny von dem Kind erzählt hatte, musste ich es auch den anderen sagen: Mama und Sis – sie heißt eigentlich Ernestine und ist vier Jahre älter als ich –, Daddy und Frank. Als ich aus dem Bus stieg, wusste ich nicht, in welche Richtung ich gehen sollte – ein paar Blocks nach Westen zu Frank oder einen Block nach Osten zu uns. Mir war so komisch, dass ich lieber nach Hause gegangen bin. Eigentlich wollte ich es Frank unbedingt eher erzählen als Mama, aber ich hatte das Gefühl, so weit komme ich nicht.

Meine Mama ist ein bisschen eigenartig – jedenfalls behaupten die Leute das –, sie war vierundzwanzig, als sie mich bekommen hat, also ist sie jetzt schon über vierzig. Also ich, ich liebe sie. Ich finde, sie ist eine schöne Frau. Vielleicht keine Augenweide – was auch immer das für ein Scheiß sein soll in diesem Königreich der Blinden. Mama hat mit der Zeit etwas zugenommen. Ihre Haare werden grau, aber nur ganz unten im Nacken die Stelle, die Leute in ihrem Alter das »Kraut« nennen, und ganz oben auf dem Kopf – grau aussehen tut sie also nur, wenn sie den Kopf beugt oder dir den Rücken zudreht, und beides kommt weiß Gott nicht oft vor. Wenn sie dir gegenübersteht, ist sie durch und durch schwarz. Sie heißt Sharon. Sie wollte mal Sängerin werden, und geboren ist sie in Birmingham; aus dem Höllenwinkel hat sie es mit neunzehn rausgeschafft, abgehauen mit einer tourenden Band oder eigentlich mit dem Schlagzeuger. Ihrer Meinung nach hat es mit den beiden nicht geklappt, weil:

»Ich weiß nicht, ob ich ihn tatsächlich geliebt habe. Ich

war jung und für mein Alter erst recht, jedenfalls sehe ich das heute so. Wenn du weißt, was ich meine. Jedenfalls weiß ich, dass ich nicht Frau genug war, um dem Mann zu helfen, um ihm das zu geben, was er brauchte.«

Er ist hierhin, sie ist dorthin und dann ausgerechnet in Albany gelandet; da hat sie dann als Bardame gearbeitet. Sie war zwanzig, und ihr war klar geworden, dass sie zwar eine Stimme hat, aber keine Sängerin ist, dass man viel mehr braucht als eine Stimme, um das Leben einer Sängerin auszuhalten und auszufüllen. Insofern fühlte sie sich ziemlich verloren. Sie war kurz vorm Abstürzen; um sie herum stürzten dauernd Leute ab, täglich, und Albany ist jetzt auch nicht gerade ein Gottesgeschenk für die Schwarzen.

Wobei ich sagen muss, dass Gott meiner Meinung nach mit Amerika überhaupt niemandem ein Geschenk gemacht hat – sonst sind Gottes Tage garantiert gezählt. Dieser Gott, dem die Menschen angeblich dienen – dem sie ja auch wirklich dienen, aber anders, als sie ahnen –, muss einen verdammt fiesen Humor haben. Den würde man windelweich prügeln, wenn der ein Mann wäre. Oder wenn man selber einer wäre.

In Albany hat sie Joseph kennengelernt, meinen Vater, und zwar im Busbahnhof. Sie hatte gerade ihren Job gekündigt, und er hatte seinen gekündigt. Er ist fünf Jahre älter als sie und war im Busbahnhof Kofferträger gewesen. Er war aus Boston hergekommen und eigentlich Matrose in der Handelsmarine, war aber mehr oder weniger in Albany gestrandet, vor allem wegen einer älteren Frau, mit der er damals zusammen war und der es überhaupt nicht passte, dass er zur See fuhr. Als Sharon, meine Mutter, mit ihrem kleinen Pappkoffer und ihren großen ängstlichen Augen in den Busbahnhof kam, war die Beziehung zwischen ihm und der Frau so gut wie am

Ende – Joseph mochte keine Busbahnhöfe, und es war die Zeit des Koreakriegs, wenn er also nicht bald wieder zur See fuhr, musste er zur Armee, und das passte jetzt ihm wieder ganz und gar nicht. Wie das Leben manchmal so spielt, kam gerade alles zusammen: und dann auch noch Sharon.

Er behauptet, und das glaube ich ihm, er hätte in dem Moment, wo sie vom Fahrkartenschalter wegging, wo sie sich allein auf eine Bank setzte und sich umblickte, genau gewusst, dass er sie nicht mehr aus den Augen lässt. Sie wollte forsch und unbeschwert wirken, sah aber einfach nur ängstlich aus. Er sagt, er hätte am liebsten gelacht, gleichzeitig kamen ihm bei der Angst in ihren Augen aber auch fast die Tränen.

Er ging zu ihr und redete nicht lange drum rum.

»Verzeihung, Miss. Fahren Sie in die Stadt?«

»Nach New York City, meinen Sie?«

»Ja, Miss. Nach New York – City.«

»Ja.« Sie starrte ihn an.

»Ich auch.« Das hatte er in dieser Sekunde beschlossen, und er war sich ziemlich sicher, dass er genug Geld hatte für die Fahrkarte. »Aber ich kenn mich nicht so gut aus in der Stadt. Sie?«

»Nein, also, nicht besonders.« Sie sah jetzt so verängstigt aus wie noch nie, weil sie keine Ahnung hatte, wer dieser Irre war oder was er vorhatte. In New York war sie ein paar Mal mit ihrem Schlagzeuger gewesen.

»Also, ich hab da einen Onkel«, sagte er, »und der hat mir eine Adresse gegeben, wissen Sie zufällig, wo das ist?« Er kannte New York kaum, sein Hafen war die meiste Zeit San Francisco gewesen, und er nannte Mama aus dem Bauch heraus eine Adresse, die sie noch mehr erschreckte. Die Straße ging irgendwo von der Wall Street ab.

»Ja, schon«, sagte sie, »aber ob da unten Schwarze wohnen, ich weiß nicht.« Sie traute sich nicht, diesem Wahnsinnigen zu sagen, dass da unten überhaupt keiner wohnte, da unten war nämlich rein gar nichts außer Kantinen, Lagerhäusern und Büros. »Nur Weiße«, sagte sie und sah sich nach einem Fluchtweg um.

»Genau«, sagte er, »mein Onkel ist weiß.« Er setzte sich neben sie.

Er musste noch an den Schalter, um sich eine Fahrkarte zu kaufen, mochte sie aber nicht allein lassen, weil sie dann vielleicht weggegangen wäre. Dann kam der Bus, und sie stand auf. Also stand er auch auf und nahm ihren Koffer, sagte »Darf ich?« und schob sie am Ellbogen zum Schalter. Während er sich eine Fahrkarte kaufte, stand sie neben ihm. Im Grunde hatte sie keine andere Wahl, sie hätte um Hilfe schreien können, aber sie konnte ihn ja schlecht daran hindern, in den Bus zu steigen. Sie hoffte, dass ihr bis New York irgendwas einfiel.

Tja, und das war das letzte Mal, dass Daddy diesen Busbahnhof sah, und das allerletzte Mal, dass er einer Fremden den Koffer trug.

Natürlich war Mama ihn bis New York nicht losgeworden, und er hatte es auch nicht sonderlich eilig, seinen weißen Onkel zu finden. In New York half er ihr, in einer Pension unterzukommen, und ging dann in einen YMCA. Am nächsten Morgen holte er sie zum Frühstück ab. Eine Woche später hatte er sie geheiratet und fuhr wieder zur See, und meine Mutter richtete sich etwas verdattert in ihrem neuen Leben ein.

Mama wird das mit dem Kind schon gut aufnehmen, glaube ich, und Ernestine auch. Daddy hat vielleicht ein bisschen dran zu knabbern, aber das liegt daran, dass er seine Tochter nicht so gut kennt wie Mama und Sis. Na ja. Er macht sich bestimmt auch auf andere Art Sorgen und zeigt das stärker.

Als ich endlich bei uns im obersten Stock ankam, war keiner zu Hause. Wir wohnen hier seit etwa fünf Jahren, und für einen Sozialbau ist die Wohnung nicht so übel. Fonny und ich waren dabei gewesen, uns im East Village einen Speicher zu besorgen, und wir hatten uns schon ziemlich viele angesehen. Uns erschien das einfach besser, weil wir uns Sozialbau nicht leisten können und Fonny den auch echt nicht ausstehen kann, außerdem hätte er da keinen Platz gehabt für seine Bildhauerei. Alles andere in Harlem ist noch schlimmer als Sozialbau. In diesen Behausungen könnte man nie und nimmer ein neues Leben anfangen, dazu kennt man die einfach zu gut, und sein Kind will man da auch nicht großziehen. Erstaunlich allerdings, wenn man bedenkt, wie viele Kinder da eben doch großgeworden sind, mit Ratten so groß wie Katzen, Kakerlaken so groß wie Mäuse, Silberfischen so groß wie Männerfinger, und das irgendwie überlebt haben. Über die, die es nicht geschafft haben, will man gar nicht nachdenken; und ehrlich gesagt haben die anderen auch alle so was Trauriges an sich.

Ich war keine fünf Minuten zu Hause, da kam Mama zur Tür rein. Sie hatte eine Einkaufstasche dabei, und sie trug ihre Einkaufsmütze, so nenne ich die: eine weiche beige Baskenmütze.

»Wie geht es dir, Kleines?« Sie lächelte, guckte mich aber auch ganz scharf an. »Wie geht es Fonny?«

»Wie immer. Okay. Er lässt grüßen.«

»Schön. Warst du beim Anwalt?«

»Heute nicht. Ich muss Montag hin, also, nach der Arbeit.«

»Ist er bei Fonny gewesen?«

»Nein.«

Seufzend nahm sie die Mütze ab und legte sie auf den Fernseher. Ich nahm die Tasche, und wir gingen in die Küche. Mama räumte die Einkäufe weg.

Ich lehnte oder saß fast auf der Spüle und beobachtete sie, und auf einmal kriegte ich es kurz mit der Angst; mir drehte sich der Magen um. Da dämmerte mir, dass ich schon im dritten Monat war und es auf jeden Fall erzählen musste. Noch war nichts zu sehen, aber irgendwann würde mich Mama bestimmt noch mal so scharf angucken.

Wie ich da halb lehnte, halb saß und sie beobachtete – sie stand am Kühlschrank, begutachtete ein Hühnchen, packte es weg und summte dabei leise, aber so, wie man summt, wenn man sich auf was konzentriert, was Schmerzhaftes, was gleich um die Ecke kommt und einen kalt erwischt –, da hatte ich plötzlich das Gefühl, dass sie schon Bescheid wusste, die ganze Zeit schon Bescheid wusste und nur darauf wartete, dass ich es ihr erzähle.

»Mama …?«, sagte ich.

»Ja, Kleines?« Sie summte weiter.

Aber ich sagte nichts, also machte sie kurz darauf den Kühlschrank zu, drehte sich um und sah mich an.

Ich fing an zu weinen. Das lag an ihrem Blick.

Sie stand einen Moment da, dann kam sie zu mir, legte mir eine Hand auf die Stirn und dann die andere auf die Schulter. »Komm in mein Zimmer. Dein Daddy und Sis sind gleich da.«

Wir gingen in ihr Zimmer und setzten uns aufs Bett, nachdem sie die Tür zugemacht hatte. Mama fasste mich nicht an. Sie saß ganz still da. Als wenn sie sich sammeln muss, weil ich die Fassung verloren habe.

»Tish, im Ernst«, sagte sie, »ich finde, da gibt es nichts zu weinen.« Sie rührte sich. »Hast du es Fonny erzählt?«

»Ja, heute. Ich wollte es ihm zuerst sagen.«

»Recht so. Und bestimmt hat er gegrinst wie ein Honigkuchenpferd.«

Ich sah sie verstohlen an und lachte. »Ja. Hat er.«

»Du bist jetzt – warte mal – mit dem dritten Monat durch?«

»Fast.«

»Was weinst du denn?«

Dann nahm sie mich in die Arme und wiegte mich, und ich weinte.

Sie gab mir ein Taschentuch, und ich putzte mir die Nase. Sie ging ans Fenster und schneuzte sich auch.

»Jetzt hör zu«, sagte sie, »du hast schon genug um die Ohren ohne diesen Scheiß von wegen böses Mädchen. Ich hoffe doch, da hab ich dich besser erzogen. Wenn du ein böses Mädchen wärst, dann würdest du nicht hier auf dem Bett sitzen, dann wärst du schon längst dem Knastaufseher zu Diensten.«

Sie setzte sich wieder zu mir aufs Bett. Sie sah aus, als wenn sie die richtigen Worte sucht.

»Tish«, sagte sie, »als wir hierher gebracht wurden, da hat der weiße Mann uns keine Prediger geschickt, dass die uns mit Wörtern segnen, bevor wir unsere Kinder kriegen. Und du und Fonny, ihr wärt jetzt zusammen, verheiratet oder nicht, wenn eben dieser verfluchte weiße Mann nicht wäre. Also sag ich dir, was du jetzt tun musst. Du musst an das Kind denken. Du musst für das Kind da sein, egal, was sonst noch passiert oder nicht passiert. Das musst du jetzt tun. Das kann nämlich keiner sonst für dich tun. Und wir Übrigen, na ja, wir sind dann für dich da. Und wir holen Fonny raus. Keine Sorge. Ich weiß, wie schwer das alles ist – aber mach dir keine Sorgen. Und das Kind ist das Beste, was Fonny jemals passiert ist. Er braucht das Kind. Das macht ihm Mut.«

Sie legte einen Finger unter mein Kinn, das macht sie manchmal so, und sah mir lächelnd in die Augen.

»Hörst du mich, Tish?«

»Ja, Mama. Ja.«

»Und wenn Daddy und Ernestine gleich nach Hause kommen, setzen wir uns zusammen an den Tisch, und ich verkünde die Neuigkeit. Das ist doch leichter für dich, oder?«

»Ja. Ja.«

Sie stand auf.

»Zieh deine Sachen aus, leg dich eben hin. Ich hol dich.«

Sie machte die Tür auf.

»Ja, Mama – Mama?«

»Ja, Tish?«

»Danke, Mama.«

Sie lachte. »Keine Ahnung wofür, Töchterchen, aber es war mir ein Vergnügen.«

Sie machte die Tür zu, und ich hörte sie in der Küche. Ich zog Mantel und Schuhe aus und legte mich aufs Bett. Um diese Zeit kam die Dämmerung, kamen die Abendgeräusche.

Es klingelte an der Tür. Ich hörte, wie Mama »Sekunde!« rief, und dann kam sie noch mal ins Zimmer. Sie brachte mir ein kleines Glas Wasser mit einem Schuss Whiskey drin.

»Hier. Setz dich. Trink, das hilft.«

Dann machte sie die Tür wieder zu, und ich hörte ihre Schritte im Flur bis zur Tür. Es war Daddy, er hatte gute Laune, ich hörte ihn lachen.

»Ist Tish schon da?«

»Sie hat sich hingelegt. Sie war ziemlich erledigt.«

»War sie bei Fonny?«

»Ja, sie war bei Fonny. Darum hab ich ihr gesagt, sie soll sich hinlegen.«

»Und der Anwalt?«

»Zu dem geht sie Montag.«

Daddy schnaubte, ich hörte, wie die Kühlschranktür auf und zu ging und er sich ein Bier einschenkte.

»Wo ist Sis?«

»Kommt. Sie musste heute länger arbeiten.«

»Was, meinst du, kosten uns diese verdammten Anwälte, bis das hier alles vorbei ist?«

»Joe, du weißt ganz genau, es hat überhaupt keinen Sinn, mich das zu fragen.«

»Na ja. Diese Drecksäcke haben jedenfalls ausgesorgt.«

»Amen.«

Inzwischen hatte sich Mama einen Gin Orange gemacht und saß ihm am Tisch gegenüber. Sie wippte mit dem Fuß; sie dachte voraus.

»Wie ist es gelaufen heute?«

»Okay.«

Daddy arbeitet im Hafen. Er fährt nicht mehr zur See. Okay heißt, wahrscheinlich musste er den ganzen Tag nur ein, zwei Leute zusammenstauchen und keinem mit Mord drohen.

Fonny hat Mama eine seiner ersten Skulpturen geschenkt. Das ist fast zwei Jahre her. Irgendwie erinnert mich die Skulptur immer an Daddy. Mama hat sie ganz für sich auf ein Tischchen im Wohnzimmer gestellt. Sie ist nicht sehr groß, und sie ist aus schwarzem Holz. Sie stellt einen nackten Mann dar, der sich mit der einen Hand an die Stirn fasst und mit der anderen halb sein Geschlecht verdeckt. Die Beine sind lang, sehr lang und sehr weit auseinander, und ein Fuß steht da wie angewurzelt, total unbeweglich, und die ganze Figur drückt Qual aus. Eigentlich eine seltsame Skulptur für jemanden, der so jung ist, aber auch nur, bis man ein bisschen drüber nachdenkt. Fonny ist auf eine Berufsschule gegangen, wo sie lauter Müll lernen wie Kartentische bauen und Betschemel und Kommoden, die kein Mensch kauft, weil, wer kauft schon handgemachte Möbel? Die Reichen bestimmt nicht. Die Leute sagen, diese Kinder sind dumm, darum bringen sie ihnen bei, mit den Händen zu arbeiten. Diese Kinder sind nicht dumm. Aber die Schulleiter wollen verhindern, dass die Kinder schlau werden: Im Grunde bringen sie ihnen bei, Sklaven zu werden. Fonny fand das gar nicht lustig, er ist abgehauen und hat fast das ganze Holz aus der Werkstatt mitgenommen. Fast eine Woche hat das gedauert, an einem Tag die Werkzeuge, am nächsten das Holz, aber das Holz war schwierig, weil man das ja nicht in die Tasche stecken kann oder unter den Mantel; am Ende ist er im Dunkeln mit einem Freund in die Schule eingebrochen, hat die Werkstatt praktisch leer geräumt und das Holz ins Auto gepackt, das dem Bruder von seinem Freund gehört. Einen Teil haben sie dann im Keller bei einem netten Hausmeister versteckt, die Werkzeuge hat Fonny zu mir gebracht, und vom Holz liegt auch noch was bei mir unterm Bett.

Fonny hatte was gefunden, das er kann, etwas, das er mag, und damit hat er den Tod ausgetrickst, der die Kinder heutzutage so gerne einholt. Der Tod sieht zwar mal so und mal so aus, und die jungen Leute sterben auch ganz unterschiedlich, aber der Tod an sich ist ganz banal und der Grund für ihn auch – so banal wie die Pest: Die Kinder kriegen eingetrichtert, dass sie einen Dreck wert sind, und alles, was sie um sich herum sehen, ist der Beweis dafür. Sie kämpfen und kämpfen, aber sterben wie die Fliegen und begegnen sich dann auf dem Müllhaufen ihres Lebens, wie die Fliegen. Vielleicht hab ich mich an Fonny festgehalten, vielleicht hat Fonny *mich* gerettet, er ist nämlich so ungefähr der einzige Junge, den ich kenne, der nicht mit Drogen rumgemacht oder billigen Wein gesoffen hat, der nicht Leute ausgeraubt oder Läden überfallen hat – und seine Haare hat er sich auch nie geglättet: Die sind einfach kraus geblieben. Er hat als Schnellkoch in einem Imbiss gearbeitet, damit er was zu essen kriegt, und einen Keller gefunden, wo er an seinem Holz arbeiten kann; außerdem war er mehr bei uns als bei sich zu Hause.

Bei ihm zu Hause gab es immer Streit. Mrs Hunt kann Fonny nicht ertragen oder kann seine Art nicht ertragen, und die beiden Schwestern sind auf ihrer Seite – vor allem, seit sie echt Probleme haben. Sie sind so erzogen, dass sie unbedingt heiraten wollen, aber weit und breit ist keiner gut genug für sie. Eigentlich sind sie beide bloß gewöhnliche Mädchen aus Harlem, auch wenn sie es bis zum City College geschafft haben, aber auf dem College hat sich einfach nichts für sie getan, gar nichts: Die Brüder mit den Abschlüssen wollten sie nicht; wer seine Frau schwarz will, will sie schwarz, wer seine Frau weiß will, will sie weiß. Da stecken sie fest, und für alles geben sie Fonny die Schuld. Zwischen den Gebeten seiner Mutter, die sich eher nach Fluchen anhörten, und den Tränen der Schwestern, die sich eher nach Orgasmus anhörten, war Fonny chancenlos. Und Frank kam auch nicht gegen die drei Hexen an. Er wurde einfach nur wütend, und das Gebrüll bei denen zu Hause kann man sich lebhaft vorstellen. Frank fing an zu trinken. Kann ich ihm nicht verdenken. Und manchmal ist er auch zu uns gekommen und hat so getan, als wenn er Fonny sucht. Für ihn war es viel schlimmer als für Fonny; er hatte außerdem seinen Schneiderladen verloren und arbeitete jetzt im Garment District. Inzwischen war er von Fonny so abhängig wie Fonny früher von ihm. Aber ein anderes Zuhause, wo sie hingehen konnten, hatten sie beide nicht. Frank ging in Bars; Fonny mochte keine Bars.

Die Leidenschaft, die Fonny gerettet hat, hat ihn auch in Schwierigkeiten gebracht und ins Gefängnis. Er hat nämlich sich selbst gefunden, so richtig, innen drin: Und das hat man gemerkt. Er ist niemandes Nigger. Und das ist ein Verbrechen in diesem beschissenen freien Land. Von irgendwem muss man der Nigger sein. Wenn man niemandes Nigger ist, dann ist man ein böser Nigger: Und genau das hatten die Cops beschlossen, als Fonny nach Downtown gezogen war.

Ernestine ist da, meine Schwester, die Bohnenstange. Ich höre, wie sie Daddy aufzieht.

Sis arbeitet in einem Jugendzentrum downtown, ganz unten – für Kinder bis vierzehn ungefähr, alle Hautfarben, Jungs und Mädchen. Das ist total anstrengend, aber ihr gefällt's – sonst würde sie das wahrscheinlich auch gar nicht durchhalten. Menschen sind schon komisch. Als Kind war Ernestine einfach nur eitel. Dauernd hat sie sich die Haare eingedreht, ihre Kleider waren immer sauber, und ständig hing sie vor diesem blöden Spiegel rum, als wenn sie ihre Schönheit selbst nicht fassen kann. Ich hab sie gehasst. Weil sie fast vier Jahre älter ist als ich, war ich unter ihrer Würde, sie hat mich gar nicht wahrgenommen. Wir waren wie Hund und Katze oder vielleicht eher wie zwei Zicken.

Mama hat versucht, das so hinzunehmen. Sie hat sich gedacht, dass Sis – so hab ich sie genannt, damit ihr Name flöten geht, aber vielleicht auch, damit sie mir gehört – dass sie wahrscheinlich fürs Showbusiness bestimmt ist und irgendwann auf der Bühne landet. Toll fand sie das nicht, aber immerhin hat ja meine Mutter, Sharon, auch mal versucht, Sängerin zu werden.

Ganz plötzlich, praktisch von einem Tag auf den nächsten, hat sich das alles geändert. Erstens ist Sis total in die Höhe geschossen und richtig groß geworden, groß und dünn. Sie hat Hosen angezogen, sich die Haare zurückgebunden und angefangen zu lesen, als wenn Bücher bald abgeschafft werden. Wenn ich von der Schule kam und sie war schon zu Hause, dann hockte sie immer irgendwo gemütlich in der Ecke oder lag auf dem Fußboden und las. Keine Zeitungen mehr, kein Kino mehr. »Von dieser weißen Scheiße muss ich mich nicht weiter einlullen lassen«, meinte sie. »Der weiße Mann hat mir genug ins Hirn geschissen.« Dadurch wurde sie aber nicht stur oder biestig, lange Zeit hat sie auch gar nicht erzählt, was sie eigentlich liest. Sie war nur auf einmal viel netter zu mir. Ihr Gesicht hat sich auch verändert. Es wurde schmaler und schweigsamer, viel hübscher. Je mehr ihr die langen, schmalen Augen geöffnet wurden, für was auch immer, desto dunkler wurden sie.

Sie wollte dann auch nicht mehr aufs College, sondern hat erst mal im Krankenhaus gearbeitet. Dort hat sie ein Mädchen kennengelernt, das im Sterben lag und mit zwölf schon ein Junkie war. Nicht mal eine Schwarze, sondern Puerto Ricanerin. Seitdem kümmert sich Ernestine um Jugendliche.

»Wo ist Jezebel?«

Jezebel nennt sie mich, seit ich den Job am Parfümstand habe, in dem Kaufhaus, in dem ich arbeite. Das Kaufhaus fand es total gewagt, total fortschrittlich, diesen Job einer Schwarzen zu geben. Den ganzen Tag stehe ich hinter dieser verdammten Theke, lächle, bis mir die Zähne wehtun, und lasse müde alte Ladies an meinem Handrücken schnuppern.

Sis meint, wenn ich nach Hause komme, stinke ich wie eine Hure aus Louisiana.

»Sie ist hier. Sie hat sich hingelegt.«

»Geht es ihr gut?«

»Sie ist müde. Sie war bei Fonny.«

»Hält er gut durch?«

»Er hält durch.«

»Gott. Ich brauch einen Drink. Soll ich kochen?«

»Nein. Ich geh gleich an den Herd.«

»War sie bei Mr Hayward?«

Arnold Hayward ist der Anwalt. Sis hat ihn für mich aufgetan, über das Jugendzentrum, das ja zwangsläufig mit Anwälten zu tun hat.

»Nein. Sie geht Montag hin, nach der Arbeit.«

»Gehst du mit?«

»Ist bestimmt besser.«

»Ja, find ich auch. – Daddy, wenn du weiter so Bier in dich reinschüttest, bist du bald kugelrund. – Und ich ruf ihn von der Arbeit an, bevor ihr da seid. – Noch einen Schuss Gin ins Bier, Alterchen?«

»Stell's daneben, Tochterherz, bevor ich aufstehe.«

»Aufstehe! – Hier!«

»Um dir den Hintern zu versohlen. Hör lieber auf Aretha, wenn sie *Respect* singt. – Übrigens, Tish glaubt, der Anwalt will mehr Geld.«

»Daddy, wir haben ihm seinen Vorschuss gezahlt, darum haben wir jetzt nichts zum Anziehen. Und ich weiß, dass wir für seine Spesen aufkommen müssen. Aber der kriegt trotzdem erst wieder Geld, wenn er Fonny vor Gericht hat.«

»Er sagt, das ist ein schwieriger Fall.«

»Scheiße, wofür sind Anwälte denn da?«

»Um Geld zu machen«, sagte Mama.

»Tja. Hat einer in letzter Zeit mit den Hunts geredet?«

»Die wollen davon nichts wissen, das weißt du doch. Mrs Hunt und diese beiden Kamelien sind eine einzige Schande. Und der arme Frank hat kein Geld.«

»Na ja, reden wir nicht so viel drüber, wenn Tish dabei ist. Irgendwie kriegen wir das schon geregelt.«

»Das müssen wir verdammt noch mal. Fonny ist wie Familie.«

»Fonny *ist* Familie«, sagte Mama.

Ich machte Licht in Mamas Schlafzimmer, damit sie wussten, dass ich wach bin, guckte in den Spiegel, drückte mir kurz das Haar an und ging in die Küche.

»Tja«, sagte Sis, »man kann zwar nicht behaupten, dass dein Schönheitsschlaf wahnsinnig erfolgreich war, aber wie du das alles durchhältst, das bewundere ich.«

Mama sagte, wenn wir essen wollen, sollten wir lieber mal abschieben aus ihrer Küche, also gingen wir ins Wohnzimmer.

Ich setzte mich auf den Schemel und lehnte mich an Daddys Knie. Es war sieben, und es war viel los auf der Straße. Ich war sehr ruhig nach meinem langen Tag, und mein Kind wurde langsam Wirklichkeit für mich. Damit meine ich nicht, dass es vorher nicht wirklich war, aber jetzt war ich irgendwie allein damit. Sis hatte nur Dämmerlicht gemacht. Sie legte Ray Charles auf und setzte sich aufs Sofa.

Ich lauschte der Musik und den Geräuschen von der Straße, und Daddys Hand lag leicht auf meinem Haar. Alles wirkte miteinander verbunden – die Straßengeräusche und Rays Stimme und sein Klavier und Daddys Hand und die Umrisse meiner Schwester und die Geräusche und das Licht aus der Küche. Es war so, als wenn wir ein Bild wären, in der

Zeit gefangen: Seit Hunderten von Jahren geht das so, dass Menschen in einem Zimmer sitzen, sie warten aufs Essen und hören den Blues. Und es war so, als wenn aus all diesen Einzelteilen, aus der Geduld, aus Daddys Berührung, Mamas Geklapper in der Küche und der Art, wie das Licht fiel, der Art, wie die Musik unten drunter immer weiterlief, aus der Bewegung von Ernestines Kopf, als sie sich eine Zigarette ansteckt, aus der Bewegung ihrer Hand, als sie das Streichholz in den Aschenbecher fallen ließ, aus dem Stimmengewirr auf der Straße, aus dieser ganzen Wut und einer ständigen, irgendwie triumphierenden Trauer nach und nach mein Baby geformt würde. Ich überlegte, ob es Fonnys Augen haben wird. So wie das jemand vor gar nicht *so* langer Zeit in Bezug auf die Augen von Joseph überlegt hatte, von meinem Vater, dessen Hand auf meinem Kopf lag. Plötzlich ging mir auf, was ich ja wusste, aber noch nicht richtig bedacht hatte: Es war Fonnys und mein Kind, wir hatten es zusammen gemacht, das waren wir beide. Ich kannte weder ihn noch mich besonders gut, wie war dann »wir beide«? Jetzt musste ich an Fonny denken, und da musste ich lächeln. Mein Vater strich mir über die Stirn. Ich dachte an Fonnys Berührungen, an Fonny in meinen Armen, an seinen Atem, seinen Geruch, sein Gewicht, seine schreckliche, schöne Nähe in mir und seinen Atem, der sich verschlingt wie an einem goldenen Faden, tiefer und tiefer in seiner Kehle, während er tiefer und tiefer eindringt, nicht so sehr in mich wie in ein Königreich hinter seinen Augen. So arbeitet er mit Holz. So arbeitet er mit Stein. Hätte ich ihn nie bei der Arbeit gesehen, dann wüsste ich vielleicht gar nicht, dass er mich liebt.

Es ist ein Wunder, wenn dir klar wird, dass jemand dich liebt.

»Tish?«

Ernestine wedelte mit ihrer Zigarette.

»Ja.«

»Wann bist du am Montag beim Anwalt?«

»Nach dem Sechs-Uhr-Besuch. Ich bin etwa um sieben da. Er meint, er muss sowieso lange arbeiten.«

»Wenn es um Geld geht, sag ihm, er soll mich anrufen, ja?«

»Ich weiß nicht, was das bringen soll; wenn er mehr Geld will, will er mehr Geld …«

»Mach, was deine Schwester sagt«, sagte Daddy.

»Mit dir redet er nicht so«, sagte Ernestine, »wie er mit mir redet, kapiert?«

»Ja«, sagte ich irgendwann, »kapiert.« Ich konnte es mir nicht erklären, aber aus irgendeinem Grund erschreckte mich ihre Stimme zu Tode. Ich fühlte mich so, wie ich mich schon den ganzen Tag gefühlt hatte, allein mit meinen Problemen. Keiner konnte mir helfen, nicht mal Sis. Sie war ja fest entschlossen, mir zu helfen, das wusste ich, aber vielleicht merkte ich jetzt, dass sie auch Angst hatte, obwohl sie sich bemühte, ruhig und stark zu wirken. Sie wusste einfach zu gut Bescheid wegen ihren Jugendlichen downtown. Ich wollte sie fragen, wie das funktioniert. Ich wollte sie fragen, *ob* es funktioniert.

Wenn wir unter uns sind, essen wir in der Küche, das ist vielleicht der wichtigste Raum bei uns, wo alles passiert, wo alles anfängt, alles Gestalt annimmt und aufhört. An diesem Abend ging Mama nach dem Essen an den Küchenschrank und holte eine alte Flasche raus, eine Flasche, die sie seit Jahren hatte, mit sehr altem französischem Cognac. Die hatte sie aus ihrer Zeit als Sängerin, ihrer Zeit mit dem Schlagzeuger. Es war die letzte Flasche, und sie war noch zu. Mama stellte sie auf den Tisch, direkt vor Joseph, und sagte: »Aufmachen.«

Sie holte vier Gläser und stand da, während Daddy die Flasche aufmachte. Ernestine und Joseph sahen aus, als wenn sie keine Ahnung hätten, was in Mama gefahren war: Aber ich wusste, worum es ging, und mein Herz machte einen Sprung.

Daddy hatte die Flasche aufgemacht. Mama sagte: »Du bist der Mann im Haus, Joe. Schenk ein.«

Das ist schon komisch mit den Menschen. Kurz bevor was passiert, weiß man fast schon, was. Nein, man weiß es, glaube ich. Man hat nur noch keine Zeit gehabt – und hat sie jetzt auch nicht mehr –, es sich selber zu sagen. Daddys Gesicht veränderte sich so, wie ich es gar nicht beschreiben kann. Es wurde so klar wie Stein, jede Falte, jede Kerbe wirkte gemeißelt, und seine Augen wurden schwärzer als schwarz. Er wartete darauf – plötzlich, hilflos –, dass das, was schon bekannt war, übersetzt wurde, in die Wirklichkeit trat, auf die Welt kam.

Sis beobachtete Mama mit ganz ruhigen Augen, mit ihren langen, schmalen Augen, und lächelte leicht.

Mich sah keiner an. Ich war da, für sie, auf eine Art, die nichts mit mir zu tun hatte. Ich war da, für sie, so wie Fonny anwesend war und mein Kind, das jetzt erst anfing, irgendwo unter meinem Herzen, sich aus einem langen, langen Schlaf zu winden, zu lauschen und aufzuwachen.

Daddy schenkte ein, und Mama reichte uns die Gläser. Sie sah Joseph an, dann Ernestine, dann mich – und lächelte.

»Dies ist ein feierlicher Moment«, sagte sie, »und nein, ich bin nicht übergeschnappt. Wir trinken auf ein neues Leben. Tish kriegt ein Kind von Fonny.« Sie stupste Joseph an: »Trink.«

Daddy leckte sich die Lippen und starrte mich an. Es war, als wenn keiner sprechen darf, bevor er gesprochen hat. Ich starrte zurück. Ich wusste nicht, was er sagen wird. Joseph stellte sein Glas ab. Dann nahm er es wieder in die Hand. Er versuchte was zu sagen; er wollte was sagen, aber er konnte nicht. Und er sah mich an, als wenn er was rausfinden will, etwas, das mein Gesicht ihm verraten würde. Ein komisches Lächeln flackerte um sein Gesicht, noch nicht *über* sein Gesicht, und er schien auf eine Zeitreise zu gehen, vor und zurück. »Das ist ja mal eine Nachricht«, sagte er. Er nahm noch einen Schluck. »Trinkst du denn gar nicht auf das Kleine, Tish?« Ich nippte am Cognac, hustete, und Ernestine klopfte mir auf den Rücken. Dann nahm sie mich in den Arm. Sie hatte Tränen im Gesicht. Sie lächelte zu mir runter – sagte aber nichts.

»Wie lange schon?«, fragte Daddy.

»Drei Monate etwa«, sagte Mama.

»Ja, das hab ich mir gedacht«, sagte Ernestine zu meiner Überraschung.

»Drei Monate!«, sagte Daddy. Als wenn fünf Monate oder zwei Monate irgendwas geändert hätten oder irgendwas erklärt.

»Seit März«, sagte ich. Fonny war im März festgenommen worden.

»Während ihr beiden kreuz und quer nach einer Wohnung gesucht habt, damit ihr heiraten könnt«, sagte Daddy. Sein Gesicht war voller Fragen, und diese Fragen hätte er seinem Sohn stellen können – jedenfalls glaube ich, dass ein Schwarzer das könnte: Seiner Tochter konnte er diese Fragen aber nicht stellen. Einen Moment lang war ich fast wütend, aber nur ganz kurz. Väter und Söhne sind eine Sache. Väter und Töchter eine andere.

Es bringt nichts, diesem Geheimnis zu sehr nachzuspüren, es ist weder simpel noch sicher. Wir wissen einfach nicht genug über uns. Besser, man weiß, dass man es nicht weiß, so kann man mit dem Geheimnis wachsen, während es in einem wächst. Aber heutzutage weiß ja jeder alles, darum sind so viele Menschen auch so verloren.

Ich hab mich aber gefragt, wie Frank darauf reagiert, dass sein Sohn Fonny Vater wird. Dann wurde mir klar, dass bei allen der erste Gedanke ist: *Aber Fonny sitzt doch im Knast!* Frank würde das denken: Das wäre sein erster Gedanke. Frank würde denken: Wenn was passiert, wird mein Junge sein Kind nie zu sehen kriegen. Und Joseph dachte: Wenn was passiert, hat das Kind von meiner Kleinen keinen Vater. Ja. Das war der Gedanke, der unausgesprochene, der die Luft in unserer Küche wegschnürte. Und ich hatte das Gefühl, ich muss was sagen, aber ich war zu müde. Ich lehnte mich an Ernestines Schulter. Ich hatte nichts zu sagen.

»Bist du sicher, dass du das Kind willst, Tish?«, fragte mein Vater.

»Ja, klar«, sagte ich, »und Fonny will es auch! Das ist unser Kind. Verstehst du das nicht? Und es ist nicht Fonnys Schuld, dass er im Gefängnis sitzt, er ist ja nicht abgehauen oder so was. Und« – nur so konnte ich die Fragen beantworten, die er mir nicht gestellt hatte – »wir waren schon immer beste Freunde, seit wir klein waren, das weißt du. Und wir wären jetzt verheiratet, wenn ... wenn ...!«

»Dein Vater weiß das«, sagte Mama. »Er macht sich nur Sorgen um dich.«

»Denk bloß nicht, ich halte dich für ein böses Mädchen oder so einen Quatsch«, sagte Daddy. »Ich hab doch bloß gefragt, weil du so jung bist, das ist alles, und ...«

»Es wird hart, aber das kriegen wir hin«, sagte Ernestine.

Sie kennt Daddy besser als ich. Ich glaube, weil sie von

klein auf das Gefühl hatte, dass Daddy mich vielleicht mehr liebt als sie. Das stimmt nicht, und inzwischen weiß sie das auch – Menschen lieben unterschiedliche Menschen auf unterschiedliche Art –, aber als wir klein waren, muss das so auf sie gewirkt haben. Ich sehe so aus, als wenn ich gar nicht klarkomme, sie sieht so aus, als wenn nichts sie aufhalten kann. Wenn man hilflos aussieht, reagieren die Leute *so*, und wenn man stark aussieht oder auch nur so tut, reagieren die Leute *so*, und weil man selbst nicht sieht, was die andern sehen, kann das ziemlich wehtun. Vielleicht hat Sis deswegen früher die ganze Zeit vor dem blöden Spiegel gestanden. Als wenn sie sagen will: *Mir egal, ich hab ja mich.* Wodurch sie natürlich noch stärker wirkte, also genau das Gegenteil von dem, was sie eigentlich wollte: Aber so sind wir, und deswegen sind wir manchmal so verkorkst. Aber das hat sie alles hinter sich. Sie weiß, wer sie ist, oder zumindest, wer sie verdammt noch mal nicht ist. Und weil sie keine Angst mehr hat vor den Kräften, die manchmal in ihr losbrechen und die sie bändigen und benutzen kann, nimmt sie es mit allem auf; da kann sie auch Daddy das Wort abschneiden – was ich nicht kann. Sie rückte ein Stück von mir ab und gab mir mein Glas. »Kopf hoch, Schwester.« Sie hob ihr Glas, um mit mir anzustoßen. »Rettet die Kinder«, sagte sie ganz leise und trank aus.

»Auf das neue Leben«, sagte Mama, und Daddy sagte: »Ich hoffe, es wird ein Junge, da würde der alte Frank sich einen Ast freuen.« Er sah mich an: »Macht es dir was aus, wenn ich es ihm sage, Tish?«

»Nein, gar nicht.«

»Na denn«, sagte er grinsend, »gehe ich jetzt vielleicht mal rüber.«

»Ruf lieber vorher an«, sagte Mama. »Er ist ja nicht so furchtbar viel zu Hause.«

»Wie gerne würde ich es den beiden Schwestern erzählen«, sagte Ernestine.

Mama lachte. »Joe, ruf doch an und sag, sie sollen alle herkommen. Meine Güte, es ist Samstag, es ist noch nicht spät, und wir haben noch jede Menge Cognac. Und eigentlich finde ich, ist es so rum doch am besten.«

»Bist du einverstanden, Tish?«, fragte Daddy.

»Muss ja gemacht werden«, sagte ich.

Nach einem langen Blick stand Daddy auf und ging ans Telefon im Wohnzimmer. Er hätte auch das Wandtelefon in der Küche benutzen können, aber sein trotziges Grinsen machte uns klar, dass es jetzt ans Eingemachte ging und wir uns da raushalten sollten.

Wir hörten, wie er die Nummer wählte. Das war das einzige Geräusch in der Wohnung. Dann hörten wir das Klingeln in der Leitung. Daddy räusperte sich.

Wir hörten: »Mrs Hunt? – Ach, guten Abend, Mrs Hunt. Hier ist Joe Rivers. Sagen Sie, könnte ich bitte mal Frank sprechen, ist er da? – Danke, Mrs Hunt.«

Mama schnaubte und zwinkerte Sis zu.

»Hey! – Wie geht's, Frank? Ja, hier ist Joe. – Mir geht's gut, tja, man tut, was man kann – sag mal – genau, Tish war heute Nachmittag bei ihm, geht ihm gut. – Ja, ja – apropos, es gibt nämlich viel zu besprechen, darum rufe ich an. – Das geht jetzt nicht alles am Telefon. Hör zu. Es betrifft uns alle – ja – hör zu. Erzähl mir nicht so viel, ihr steigt jetzt alle ins Auto und kommt rüber. Jetzt. Klar. Genau. *Jetzt* – was? – ich sag doch, das betrifft uns alle. – Hier ist auch keiner angezogen, sie kann im Scheißmorgenrock kommen, mir doch egal. –

Halt's Maul, das war nett gemeint. Ach Scheiße, nimm's nicht so schwer. – Pack sie einfach auf den Rücksitz und komm her, Mann, mach schon. Hier geht's um was. – Und bring ein Sixpack mit, Geld kriegst du, wenn du kommst. – Genau. – Hör zu, legst du jetzt auf und schiebst deinen Arsch hier rüber, ich meine euren gesammelten Familienarsch, hierher, Mann? – Bis gleich.«

Lächelnd kam er in die Küche zurück.

»Mrs Hunt macht sich zurecht«, sagte er und setzte sich. Dann sah er mich an. Er lächelte – ein wunderbares Lächeln. »Komm her, Tish«, sagte er, »komm zu Daddy auf den Schoß.«

Ich fühlte mich wie eine Prinzessin. Ehrlich. Er nahm mich in den Arm, setzte mich auf seinen Schoß, küsste mich auf die Stirn und strich mir, erst kräftig, dann ganz sanft durchs Haar. »Du bist ein gutes Mädchen, Clementine. Ich bin stolz auf dich, vergiss das nicht.«

»Das vergisst sie schon nicht«, sagte Ernestine. »Sonst gibt es einen Arsch voll.«

»Aber sie ist doch schwanger!«, rief Mama und nahm einen Schluck Cognac, und da prusteten wir alle los. Mein Vater bebte vor Lachen, seine Brust wogte zwischen meinen Schulterblättern auf und ab, und in seinem Lachen steckte eine wilde Freude, eine unsagbare Erleichterung: trotz all dem Zeug, das uns überm Kopf schwebte. Ja, ich war seine Tochter: Ich hatte meine Liebe gefunden, und er war bestätigt und befreit. Das Kind in meinem Bauch war schließlich auch sein Kind, ohne Joseph gäbe es ja keine Tish. Unser Lachen in der Küche war also eine hilflose Reaktion auf ein Wunder. Das Kind war unser Kind, es war unterwegs, mein Vater hielt es mit seiner großen Hand auf meinem Bauch warm: trotz all dem Zeug, das uns überm Kopf schwebte, versprach das Kind Sicherheit.

Die Liebe hatte es geschickt, aus uns heraus zu uns geführt. Wo uns das hinführte, wusste keiner: Aber mein Vater, Joe, war bereit. Kompromissloser und grundsätzlicher als seine Töchter war dieses Kind die Frucht seiner Lenden. Und kein Messer konnte ihn vom Leben abschneiden, bis das Kind auf der Welt war. Ich spürte beinahe, dass das Kind es spürte, dieses Kind, das sich noch nicht regte – ich fühlte fast, wie es zu Daddys Hand hinsprang und mir gegen die Rippen trat. Etwas in mir sang und summte, und dann kam die tödliche Morgenübelkeit, und ich ließ meinen Kopf auf Daddys Schulter sinken. Er hielt mich fest. Es war sehr still. Die Übelkeit verging.

Sharon beobachtete das alles, lächelte, wippte mit dem Fuß, dachte weiter. Sie zwinkerte noch mal Ernestine zu.

»Sollen wir uns für Mrs Hunt fein machen?« Ernestine stand auf, und wieder fingen wir an zu lachen.

»Hört zu, wir müssen nett sein«, sagte Joseph.

»Wir werden nett sein«, sagte Ernestine. »Wir werden weiß Gott nett sein. Du hast uns ja gut erzogen, du hast uns nur nie was zum Anziehen gekauft.« Zu Mama sagte sie: »Mrs Hunt dagegen und diese Schwestern, die haben eine *Garderobe!* Sich mit denen zu messen, bringt überhaupt nichts«, sagte sie verzweifelt und setzte sich wieder.

»Ich hatte ja auch keine Schneiderei«, sagte Joseph und sah mir lächelnd in die Augen.

Das allererste Mal, als Fonny und ich miteinander geschlafen haben, war komisch. Es war komisch, weil wir es beide hatten kommen sehen. Wobei, so kann man das eigentlich nicht sagen. Wir hatten es *nicht* kommen sehen. Urplötzlich war es da: Und dann wussten wir, dass es immer schon da gewesen war und gewartet hat. Den Moment hatten wir nicht gesehen, aber der Moment hatte uns gesehen, von Weitem schon, hatte einfach dagesessen und auf uns gewartet – total frei, der Moment, Karten spielend, Blitze schleudernd, Knochen brechend in aller Ruhe auf uns gewartet, während wir von der Schule nach Hause trödelten, um unsere Verabredung einzuhalten.

Jedenfalls. Ich hab Fonny in der Badewanne Wasser über den Kopf geschüttet und den Rücken geschrubbt, vor sehr langer Zeit, so scheint es mir jetzt. Im Ernst, ich erinnere mich nicht daran, dass ich sein Geschlecht gesehen hätte, obwohl ich es doch bestimmt gesehen habe. Wir haben nie Doktorspiele gespielt – aber mit anderen Jungs hab ich dieses ganz schön beängstigende Spiel gespielt und Fonny bestimmt mit anderen Mädchen und mit Jungs. Ich kann mich nicht erinnern, dass wir jemals neugierig waren auf den Körper des anderen – so durchtrieben war der Moment, der uns beobachtete und immer näher kam. Fonny hat mich zu sehr geliebt, wir brauchten einander zu sehr. Wir waren ein Teil voneinander, Fleisch vom Fleisch des anderen – was bedeutet, dass wir füreinander so selbstverständlich waren, dass wir ans Fleisch gar nicht dachten. Er hatte Beine, ich hatte Beine – wir wussten zwar mehr, aber wir brauchten nicht mehr. Die Beine brachten uns die Treppen hoch und die Treppen runter und immer zueinander.

Das hieß aber auch, dass es nie eine Situation gab, wo wir uns voreinander schämen mussten. Ich war ganz lange total flachbrüstig. Einen richtigen Busen kriege ich erst jetzt, wegen dem Kind, und Hüften hab ich immer noch nicht. Fonny mochte mich so gern, da ist ihm gar nicht in den Sinn gekommen, dass er mich liebt. Ich mochte ihn so gern, dass für mich im Grunde gar keine anderen Jungs existierten. Ich sah sie einfach nicht. Ich wusste nicht, was das heißt. Aber der Moment, der uns auf der Straße aufgelauert hatte und jetzt auf uns wartete, wusste das.

Fonny gab mir eines Abends einen Gutenachtkuss, da war er einundzwanzig, und ich war achtzehn, und ich merkte, wie sein Geschlecht aufzuckte, und er ist zurückgewichen. Ich sagte Gute Nacht und rannte die Treppe hoch, und er rannte die Treppe runter. In der Nacht konnte ich nicht schlafen: Etwas war passiert. Zwei oder drei Wochen lang ist er nicht vorbeigekommen, und ich hab ihn nicht gesehen. Das war die Zeit, wo er die Holzfigur für Mama gemacht hat.

An einem Samstag hat er sie ihr geschenkt. Nachdem er ihr die Skulptur gegeben hatte, sind wir nach draußen. Ich hab mich so gefreut, ihn zu sehen, nach so langer Zeit, dass ich beinahe geheult hätte. Und alles war anders. Ich ging durch Straßen, die ich noch nie gesehen hatte. Die Gesichter um mich rum hatte ich noch nie gesehen. Die Stille, in der wir uns bewegten, war Musik, von überallher. Vielleicht zum ersten Mal in meinem Leben war ich glücklich und wusste, dass ich glücklich bin, und Fonny hielt meine Hand. Es war wie an dem Sonntag damals, als seine Mutter uns in die Kirche geschleppt hatte.

Jetzt hatte Fonny keinen Scheitel mehr, sondern dichtes Haar rund um den Kopf. Er trug keinen blauen Anzug, überhaupt keinen Anzug. Er trug eine alte rot-schwarze Holzfällerjacke und eine alte graue Cordhose. Seine schweren Schuhe waren abgestoßen; und er roch nach Erschöpfung.

Er war der schönste Mensch, den ich in meinem ganzen Leben gesehen hatte.

Er hat so einen langsamen, langbeinigen, o-beinigen Gang. Wir gingen runter zur Subway, und er hielt meine Hand. In der überfüllten Bahn legte er schützend den Arm um mich. Da sah ich ihm plötzlich ins Gesicht. Das kann keiner beschreiben, ich sollte es gar nicht erst versuchen. Sein Gesicht war größer als die Welt, seine Augen tiefer als die Sonne, weiter als die Wüste – alles, was überhaupt je passiert ist seit Anbeginn der Zeit, war in seinem Gesicht. Ich sah seine Zähne: wo die Lücke damals gewesen war, als er mir in den Mund gespuckt hat. Die Bahn ruckelte, er hielt mich fester, und ein Seufzen, wie ich es noch nie gehört hab, blieb in ihm stecken.

Es ist echt verblüffend, wenn man zum ersten Mal erkennt, dass ein Fremder einen Körper hat – die Erkenntnis, dass er einen Körper hat, macht ihn zum Fremden. Das bedeutet nämlich, dass man selber auch einen Körper hat. Mit dem lebst du bis zum Schluss, und der buchstabiert die Sprache deines Lebens.

Außerdem hat mich total überrascht, dass ich Jungfrau bin. Ehrlich. Plötzlich hab ich mich gefragt, wie das denn kommt. Und wieso. Das ist aber so, weil ich immer, immer gewusst habe, ohne drüber nachzudenken, dass ich mein Leben mit Fonny verbringe. Mir ist einfach nie in den Sinn gekommen, dass mein Leben was anderes vorhaben könnte. Was aber hieß, dass ich nicht nur Jungfrau war; ich war noch ein Kind.

Am Sheridan Square, im Village, stiegen wir aus. Wir gingen die West Fourth Street nach Osten. Wegen Samstag waren die Straßen voll, schwer und wankend vor lauter Menschen. Die meisten waren jung, sie mussten jung sein, das sah man ja, aber auf mich wirkten sie nicht jung. Sie machten mir Angst, warum, hätte ich damals nicht sagen können. Ich dachte, es liegt daran, dass sie so viel mehr wissen als ich. Stimmte ja auch. Auf eine andere Weise, die ich erst jetzt langsam kapiere, aber auch wieder nicht. Sie hatten es alles drauf: den Gang, den Ton, das Lachen, die schludrigen Klamotten – Kopien einer Armut, die für sie so unvorstellbar war, wie ihre mir unsagbar fern war. Viele Schwarze und Weiße zusammen: schwer zu sagen, wer wen nachmachte. Sie waren so frei, dass sie an nichts glaubten; und nicht merkten, dass diese Illusion ihre einzige Wahrheit war und dass sie genau das machten, was man ihnen sagte.

Fonny sah mich an. Es war so zwischen sechs und sieben.

»Alles klar?«

»Ja, und bei dir?«

»Willst du hier in der Gegend was essen oder warten, bis wir zurück sind, willst du ins Kino, oder willst du einen Schluck Wein oder ein bisschen Gras oder Bier oder Kaffee? Oder einfach noch ein bisschen rumlaufen, bevor du dich entscheidest?« Er lächelte total lieb, zog leicht an meiner Hand und schwang sie hin und her.

Ich war sehr glücklich, aber ich war auch befangen. Mit Fonny war ich noch nie befangen gewesen.

»Gerne erst mal in den Park.« Ich wollte noch ein bisschen draußen bleiben.

»Okay.« Er hatte immer noch das komische Lächeln im Gesicht, als wenn ihm gerade was ganz Tolles passiert wäre und keiner auf der Welt außer ihm das wüsste. Er würde es aber bald jemandem erzählen, und zwar mir.

Wir gingen über die volle Sixth Avenue, wo alle möglichen Leute der Samstagnacht hinterherjagten. Aber keiner sah uns an, weil wir zusammen waren und beide schwarz. Später, als ich alleine durch diese Straßen gehen musste, war es anders, da waren die Leute anders, und ich war kein Kind mehr.

»Lass uns hier langgehen«, sagte er, und wir gingen die Sixth Avenue runter Richtung Bleecker Street. In der Bleecker

Street guckte Fonny einen Moment durch das große Fenster vom San Remo. Drinnen saß keiner, den er kannte, und das ganze Lokal sah müde und gedrückt aus, als wenn es sich für einen schrecklichen Abend lustlos rasiert und zurechtmacht. Die Leute in dem lustlosen Licht hatten unsagbare Kriege hinter sich. Wir gingen weiter. Es war jetzt richtig voll auf den Straßen, junge Leute, schwarz und weiß, Polizisten. Fonny straffte sich ein bisschen und drückte meine Hand fester. Auf dem Gehweg vor dem Coffeeshop standen lauter junge Leute rum. Aus einer Jukebox kam Arethas *That's Life*. Es war komisch. Es war so viel los auf der Straße, und alle liefen und redeten wie Leute überall auf der Welt, aber nichts daran wirkte freundlich. Eher hart und beängstigend: wie etwas, das echt aussieht, aber nicht echt ist, einen komplett wahnsinnig machen kann. Hier spielte sich im Grunde das Gleiche ab wie bei uns in Harlem, wo ältere Männer und Frauen auf ihren Eingangsstufen sitzen, kleine Kinder den Block rauf und runter rasen, Autos sich langsam durchs Gewühl schieben, der Streifenwagen mit zwei Cops drin an der Ecke steht und noch mehr Cops lässig über den Gehweg schlendern. Im Grunde wie bei uns, aber etwas fehlte oder war zu viel, das eine oder das andere: Jedenfalls machte es mir Angst. Man musste sich hier vorsichtig bewegen, weil alle blind waren. Wir wurden angerempelt, und Fonny legte den Arm um meine Schulter. Wir kamen an der Minetta Tavern vorbei, gingen über die Minetta Lane, am Zeitungskiosk an der nächsten Ecke vorbei und quer rüber in den Park, der aussah, als wenn er sich in den Schatten der massigen neuen Gebäude der New York University und der neuen Wohnhochhäuser im Osten und im Norden duckt. Wir kamen an den Männern vorbei, die seit ewigen Generationen im Lampenschein Schach spielen, an Leuten, die ihre Hunde ausführten, und jungen Männern mit bunten Haaren und knallengen Hosen, die einen verstohlenen Blick auf Fonny und dann einen enttäuschten auf mich warfen. Wir setzten uns am trockenen Brunnen auf den Steinrand mit Blick auf den Bogen. Um uns herum waren lauter Menschen, aber einfach immer noch keine Freundlichkeit.

»Ich hab ein paar Mal hier im Park geschlafen«, sagte Fonny. »Keine so gute Idee.« Er steckte sich eine Zigarette an. »Willst du eine?«

»Jetzt nicht.« Ich hatte noch ein bisschen draußen bleiben wollen, aber jetzt wollte ich rein, weg von diesen Leuten, raus aus dem Park. »Warum hast du im Park geschlafen?«

»Es ist spät geworden, und ich wollte zu Hause niemanden wecken. Außerdem hatte ich keine Kohle.«

»Du hättest zu uns kommen können.«

»Na ja, euch wollte ich auch nicht wecken.« Er steckte seine Zigaretten wieder ein. »Aber jetzt hab ich hier eine kleine Bude. Zeig ich dir später, falls du sie sehen willst.« Er sah mich an. »Du frierst und bist müde, du kriegst jetzt was zu essen, okay?«

»Okay. Hast du Geld?«

»Ja, ich hab mir ein bisschen was besorgt, Baby. Komm.«

Wir sind viel gelaufen an dem Abend, weil Fonny mich dann ziemlich weit Richtung Westen geführt hat, auf der Greenwich Avenue am Frauenknast vorbei zu dem spanischen Restaurant, wo Fonny die Kellner alle kannte. Diese Leute waren anders als die auf der Straße, ihr Lächeln war anders, und ich fühlte mich zu Hause. Es war Samstag, aber noch früh, und sie setzten uns an einen kleinen Tisch ganz hinten im Lokal – nicht so, als wenn sie nicht wollen, dass man uns sieht, sondern so, als wenn sie froh sind, dass wir da sind, und hoffen, dass wir möglichst lange bleiben.

Ich kannte mich nicht so gut aus mit Restaurants, aber Fonny schon, er sprach auch ein bisschen Spanisch, und ich merkte, wie die Kellner ihn wegen mir aufzogen. Als dann unser Kellner Pedrocito – was bedeutet, dass er der jüngste war – zu uns kam, fiel mir ein, wie sie Fonny und mich früher Romeo und Julia genannt haben; wir sind schon immer aufgezogen worden. Aber nicht so.

An den Tagen, wo ich mir freigenommen habe, wo ich ihn mittags und dann noch mal um sechs besuchen konnte, bin ich manchmal von der Centre Street nach Greenwich gelaufen und habe mich hinten hingesetzt, sie haben mir was gekocht und dann ganz still und behutsam darauf geachtet, dass ich esse, irgendwas esse; mehr als einmal hat Luisito, der gerade aus Spanien gekommen war und kaum Englisch konnte, das kalte Omelette, das er mir gemacht und das ich nicht angerührt hatte, weggenommen und mir ein neues, heißes hingestellt. »Señorita …? *Por favor*. Er und der *muchacho* braucht beide Ihre Kraft. Er vergibt uns nicht, wenn wir lassen Sie verhungern. Wir sind seine Freunde, er vertraut uns. Sie auch müssen uns vertrauen.« Dann hat er mir einen Schluck Rotwein eingeschenkt. »Wein ist gut. *Lang*-sam.« Ich habe genippt. Er hat gelächelt, ist aber nicht weggegangen, bis ich angefangen hab zu essen. »Wird ein Junge«, hat er gesagt, hat gegrinst und ist weggegangen. Sie haben mir durch viele, viele schreckliche Tage durchgeholfen. Sie sind die allernettesten Menschen, die ich in ganz New York kennengelernt habe; sie waren für mich da. Als es schwieriger wurde, als ich dick wurde, wenn Joseph und Frank und Sharon bei der Arbeit waren und Ernestine am Kämpfen, haben sie dafür gesorgt, dass sie bei den Katakomben in der Nähe was zu tun haben, damit sie mich in ihr Restaurant mitnehmen können, als wenn es das Normalste von der Welt wäre – was es für sie auch war –, und haben mich um sechs wieder hingebracht. Nie werde ich sie vergessen, nie: Sie wissen Bescheid.

An diesem Samstagabend wussten wir aber noch nichts, Fonny wusste nichts, und wir waren glücklich, allesamt. Ich trank eine Margherita, obwohl wir alle wussten, dass das gegen das verdammte dämliche Scheißgesetz verstößt, und Fonny trank einen Whiskey, weil er das ja mit einundzwanzig durfte. Er nahm meine Hände. Er hat große Hände. »Ich will dir nachher was zeigen«, sagte er. Ich hätte nicht sagen können, wessen Hände zitterten und wer wessen Hände festhielt. »Okay«, sagte ich. Er hatte Paella bestellt, und als sie kam, ließen wir uns los, und Fonny tat mir feierlich auf. »Nächstes Mal du«, sagte er, wir lachten und fingen an zu essen. Wir tranken Wein. Kerzen brannten auf unserem Tisch. Gäste kamen rein und guckten komisch, aber Fonny sagte: »Wir kennen die Typen, denen der Laden gehört«, und wir lachten wieder und fühlten uns sicher.

Ich hatte Fonny noch nie außerhalb von meiner Welt erlebt. Ich hatte ihn mit seinem Vater und seiner Mutter und seinen Schwestern erlebt, und ich hatte ihn bei uns erlebt. Aber ehrlich gesagt bin ich mir nicht sicher, ob ich ihn irgendwann mal richtig mit mir erlebt hatte: nicht bis zu dem Moment, wo wir aus dem Restaurant gingen und die Kellner alle lachten und mit ihm redeten, auf Spanisch und auf Englisch, und Fonnys Gesicht aufging, wie ich es noch nie bei ihm gesehen hatte, und dieses Lachen in ihm hochrollte, in ihnen allen hochrollte, ganz tief aus den Eiern – jedenfalls hatte ich ihn ganz bestimmt noch nicht in seiner Welt erlebt. Vielleicht erst jetzt so mit mir, weil er von mir abgewandt war und lachte, aber meine Hand hielt. Er war ein Fremder für mich, aber mit mir verbunden. Ich hatte ihn noch nie mit anderen Männern zusammen gesehen. Ich hatte noch nie die Liebe und den Respekt erlebt, den Männer füreinander empfinden können.

Inzwischen hab ich Zeit gehabt, darüber nachzudenken. Das erste Mal, wenn eine Frau so was sieht – wobei ich ja noch gar keine Frau war –, sieht sie es wahrscheinlich, weil sie den Mann liebt: Anders kann sie es ja gar nicht sehen. Das kann eine echte Offenbarung sein. Und in dieser kranken Zeit, in dieser kranken Welt empfinden viele Frauen, vielleicht die meisten, diese Wärme und Energie als Bedrohung. Sie meinen, sie fühlen sich ausgeschlossen. In Wahrheit spüren sie aber sozusagen die Anwesenheit einer Sprache, die sie nicht entziffern, also auch nicht beeinflussen können, und ahnen zu ihrem Entsetzen, egal, was sie draus machen, dass sie ganz und gar nicht ausgeschlossen, sondern für immer darin eingeschlossen sind. Nur ein Mann erkennt im Gesicht einer Frau das Mädchen, das sie einmal war. Dieses Geheimnis kann man nur einem einzigen Mann preisgeben und auch nur auf sein Drängen. Männer dagegen haben keine Geheimnisse, außer vor Frauen, und werden auch nie erwachsen wie Frauen. Für Männer ist es viel schwieriger und langwieriger, erwachsen zu werden, und ohne Frauen könnten sie es gar nicht. Das ist ein Rätsel, das eine Frau erschrecken und lähmen kann, und der Schlüssel zu ihrer größten Not. Sie muss wachsam sein, sie muss Orientierung geben, aber er muss führen, und immer wirkt es so, als wenn er seinen Kumpeln viel mehr echte Aufmerksamkeit schenkt als ihr. Dabei hilft den Männern ihr Gepolter und ihre Offenheit untereinander, mit der Stille und Verschwiegenheit der Frauen fertigzuwerden, einer Stille und Verschwiegenheit, die das wahre Wesen eines Mannes birgt und befreit. Wahrscheinlich hat der Groll – ein Groll, hinter dem sich bodenlose Angst verbirgt – damit zu tun, dass die Frau so unglaublich von dem beherrscht wird, was der Mann in seiner Vorstellung aus ihr macht, buchstäblich, Stunde für Stunde, Tag für Tag; dadurch wird sie zur Frau. Ein Mann dagegen existiert in seiner eigenen Vorstellung und kann nicht von der Vorstellung einer Frau abhängig sein. Jedenfalls, in dieser kranken Zeit, in dieser kranken Welt wird das alles lächerlich, wenn man bedenkt, dass Frauen mehr Vorstellungskraft haben sollen als Männer. Das haben sich Männer ausgedacht, und es beweist genau das Gegenteil. Mit der Wirklichkeit der Männer fertigzuwerden lässt Frauen nämlich in Wahrheit ganz wenig Zeit oder Bedarf für Fantasie. Und wenn man einmal das Vorurteil schluckt, dass ein Mann, der keine Angst hat, seiner Fantasie zu vertrauen (etwas anderem haben Männer überhaupt nie vertraut), verweichlicht ist, kann einen das hier echt krank machen. Das sagt viel aus über dieses Land, denn wenn man nur Geld machen will, braucht man natürlich als Allerletztes Fantasie. Oder Frauen. Oder Männer.

»Einen wunderschönen Abend, Señorita!«, rief der Chef, dann standen Fonny und ich wieder auf der Straße.

»Guck dir meine Bude an«, sagte Fonny. »Ist nicht weit.«

Es war jetzt zwischen zehn und elf.

»Okay«, sagte ich.

Damals kannte ich das Village nicht – jetzt schon; damals war alles eine Überraschung. Wo wir langgingen, war es viel dunkler und stiller als auf der Sixth Avenue. Wir waren beim Fluss in der Nähe, und wir waren die Einzigen auf der Straße. Alleine hätte ich hier Angst gehabt.

Ich hatte das Gefühl, dass ich zu Hause anrufen sollte, und das wollte ich Fonny sagen, tat es aber nicht.

Seine Bude lag in einem Keller in der Bank Street. Neben einem niedrigen schwarzen Metallgeländer mit Spitzen blieben wir stehen. Fonny machte ganz leise ein Tor auf. Wir gingen vier Stufen runter, dann nach links und standen vor einer Tür. Rechts von uns waren zwei Fenster. Fonny steckte den Schlüssel ins Schloss, und die Tür ging nach innen auf. Über uns brannte schwach ein gelbes Licht. Fonny schob mich rein, machte die Tür hinter uns zu und führte mich ein paar Schritte durch einen schmalen dunklen Flur. Dann öffnete er noch eine Tür und machte Licht.

Wir standen in einem niedrigen kleinen Zimmer mit den Fenstern zum Tor raus. Das Zimmer hatte einen Ofen. Gleich nebenan waren eine kleine Kochnische und ein Bad mit Dusche, ohne Badewanne. Im Zimmer standen ein Holzhocker, ein paar Schemel, ein großer Holztisch und ein kleiner. Auf dem kleinen Tisch standen ein paar Bierdosen, und auf dem größeren lagen Werkzeuge. Das Zimmer roch nach Holz, und überall lag Rohholz rum. In der Ecke gegenüber lag eine Matratze auf dem Boden mit einem mexikanischen Tuch drauf. An den Wänden hingen Fonnys Bleistiftskizzen und ein Foto von Frank.

In diesem Zimmer sollten wir noch viel Zeit verbringen: unser Leben.

Als es klingelte, ging Ernestine an die Tür, und als Erste kam Mrs Hunt rein. Sie trug irgendwas, das sehr schick aussah, bis man richtig hinguckte. Es war braun, es glänzte, es wirkte wie Satin. Um die Knie rum, glaube ich, und an den Ellbogen und – ich glaube – um die Taille hingen weiße Spitzenfransen;

außerdem trug sie eine Art Schaufelhut, einen umgedrehten Kohleneimer, der ihre harte Stirn noch härter machte.

Sie trug hohe Absätze. Sie nahm zu und kämpfte dagegen an, ohne Erfolg. Sie hatte Angst: trotz der Kraft vom Heiligen Geist. Als sie reinkam, lächelte sie, ohne genau zu wissen, was oder wen sie anlächelte, sozusagen hin- und hergeworfen zwischen dem prüfenden Blick vom Heiligen Geist und ihrer wackligen Erinnerung an ihr Spiegelbild. Und wie sie da reinkam und die Hand ausstreckte mit diesem Lächeln, das um Gnade bat, ohne welche geben zu können, fand ich sie irgendwie toll. Das war eine Frau, die ich noch nie gesehen hatte. Fonny war in ihrem Bauch gewesen. Sie hatte ihn getragen.

Hinter ihr kamen die Schwestern, und die waren eine ganz andere Nummer. Ernestine stand an der Tür, sehr munter und aufgekratzt (»Euch sieht man ja auch nur, wenn man ein Gipfeltreffen einberuft! Also, das geht doch nicht! Jetzt mal rein in die gute Stube!«), und hatte Mrs Hunt an sich vorbei in Sharons Dunstkreis geschleust; Sharon reichte sie gnädig mehr oder weniger an Joseph weiter, der den Arm um mich gelegt hatte. Etwas an der Art, wie mein Vater mich festhielt, und etwas an seinem Lächeln machten ihr Angst. Wobei mir langsam klar wurde, dass sie eigentlich immer Angst hatte.

Obwohl die Schwestern Fonnys Schwestern waren, hab ich sie nie als seine Schwestern betrachtet. Na ja, ganz stimmt das so nicht. Wenn sie nicht Fonnys Schwestern gewesen wären, hätte ich sie ja nie wahrgenommen. Weil sie Fonnys Schwestern waren und ich wusste, dass sie Fonny eigentlich nicht mochten, hasste ich sie. Sie hassten mich nicht. Sie hassten überhaupt niemanden, das war das Problem mit ihnen. Als Adrienne, siebenundzwanzig, und Sheila, vierundzwanzig, ins Wohnzimmer kamen, lächelten sie einen unsichtbaren Schwarm von Bewunderern an und gaben sich entsetzlich Mühe, mich Schmuddelkind reizend zu behandeln, wie die Missionare es ihnen beigebracht hatten. Im Grunde sahen sie nur Daddys große schwarze Hand auf ihrer Taille – natürlich lag sie eigentlich auf meiner Taille, aber sie bezogen es irgendwie auf sich. Sie wussten nicht, ob sie was gegen die Farbe, die Lage oder die Form der Hand hatten, aber auf jeden Fall hatten sie was gegen ihre Macht der Berührung. Adrienne war zu alt für das, was sie trug, und Sheila zu jung. Als Frank hinter ihnen reinkam, ließ mein Vater ein bisschen locker. Wir polterten plaudernd ins Wohnzimmer.

Mr Hunt sah sehr müde aus, hatte aber immer noch sein Lächeln. Er setzte sich neben Adrienne aufs Sofa und fragte: »Du hast also meinen vorlauten Jungen gesehen, hm?«

»Ja. Es geht ihm gut. Er lässt grüßen.«

»Sie behandeln ihn nicht so schlecht, oder? Ich frag nur, weil, na ja, vielleicht erzählt er dir Sachen, die er mir nicht erzählen würde.«

»Liebesgeflüster«, sagte Adrienne und schlug lächelnd die Beine über.

Ich wusste nicht, wieso ich mich mit Adrienne abgeben sollte, jedenfalls noch nicht; Mr Hunt auch nicht, er sah weiter mich an.

»Na ja«, sagte ich, »es ist schrecklich für ihn, das merkt man schon. Ist ja auch klar. Aber er ist sehr stark. Und er liest viel und lernt viel.« Ich sah Adrienne an. »Er kommt schon klar. Und wir müssen ihn da rausholen.«

Frank wollte gerade was sagen, da fuhr Sheila dazwischen: »Wenn er gelesen und gelernt hätte, als er es sollte, wäre er da jetzt nicht drin.«

Ich hatte schon den Mund aufgemacht, da sagte Joseph schnell: »Hast du das Sixpack mitgebracht, Mann? Sonst haben wir auch noch Gin, und wir haben Whiskey, und wir haben Cognac.« Er grinste. »Thunderbird hab ich aber nicht.« Er drehte sich zu Mrs Hunt um. »Die Damen haben doch nichts dagegen …?«

Mrs Hunt lächelte. »Dagegen? Frank schert sich nicht drum, ob wir was dagegen haben. Er macht sowieso, was er will. Der hat sich noch nie um wen anders geschert.«

»Mrs Hunt«, sagte Sharon, »was kann ich Ihnen bringen? Ich habe Tee, Kaffee – wir haben auch Eis – und Cola.«

»... und Seven-Up«, sagte Ernestine. »Ich kann Ihnen ein Eiscreme-Soda machen. Komm, Sheila, hilfst du mir? Setz dich, Mama, wir machen das schon.«

Sie schleifte Sheila in die Küche.

Mama setzte sich neben Mrs Hunt. »Mein Gott«, sagte sie, »die Zeit rast aber auch. Wir haben uns ja kaum gesehen, seit das alles angefangen hat.«

»Was Sie nicht *sagen*. Ich habe mir die *Hacken* abgelaufen, die ganze Bronx rauf und runter, um die beste Rechtsberatung zu bekommen – von Leuten, für die ich früher gearbeitet habe, nicht wahr, einer von ihnen ist *Stadt*rat und kennt *jeden* und kann Strippen ziehen, auf den *muss* man einfach hören, nicht wahr. Aber damit bringe ich meine *ganze* Zeit zu, und mein Arzt sagt, ich *muss* mich vorsehen, er sagt, das geht zu sehr auf mein Herz. Er sagt, Mrs Hunt, bedenken Sie, egal wie sehr ihr Junge seine Freiheit braucht, er braucht auch seine Mutter. Aber darauf nehme ich ja keine Rücksicht. Um *mich* bin ich nicht besorgt. Der *Herr* hält mich aufrecht. Ich bete und bete und bete, dass der Herr meinen Jungen zum Licht führt. Nur dafür bete ich, jeden Tag und jede Nacht.

Und dann denke ich manchmal, vielleicht will der Herr damit erreichen, dass mein Junge über seine Sünden nachdenkt und seine Seele Jesus anver–«

»Wer weiß«, unterbrach Sharon sie. »Die Wege des Herrn sind unergründlich.«

»Genau!«, sagte Mrs Hunt. »Also, er mag uns prüfen, aber er lässt seine Kinder nicht im Stich, kein einziges.«

»Was halten Sie denn von dem Anwalt, Mr Hayward, den Ernestine aufgetrieben hat?«, fragte Sharon.

»Ich kenne ihn noch nicht. Ich habe es einfach noch nicht nach Downtown geschafft, aber Frank war ja bei ihm …«

»Und was meinen Sie, Frank?«, fragte Sharon.

Frank zuckte mit den Schultern. »Weißer Bursche, hat Jura studiert und seine Diplome in der Tasche. Tja. Ich brauch euch nicht sagen, was das heißt: Einen Scheiß heißt das.«

»Frank, du redest mit einer Frau«, sagte Mrs Hunt.

»Schon klar, und das ist eine äußerst willkommene Abwechslung. Wie gesagt, einen Scheiß heißt das, weiß auch nicht, ob wir bei ihm bleiben sollen. Andererseits, für einen weißen Burschen ist er nicht so übel. Er ist hungrig, noch nicht so ein selbstzufriedener Arsch wie später vielleicht, wenn er satt ist. Mann«, sagte er zu Joseph, «du weißt, ich seh meinen Sohn nicht gern in den Händen von so weißen Schlappschwänzen, diesen Arschlöchern. Bei Gott, ich schwör dir, lieber lass ich mich bei lebendigem Leib rösten. Er ist mein einziger Sohn, *mein einziger Sohn*. Aber wir sind ja alle in den Händen von weißen Männern, und ich kenne ein paar aufgeblasene schwarze Typen, denen würde ich auch nicht trauen.«

»Wie oft soll ich dir sagen, wie oft soll ich es dir nur *sagen*«, rief Mrs Hunt, »genau diese negative Haltung ist so gefährlich! Du verbreitest so viel *Hass!* Wenn du Menschen Hass entgegenbringst, geben sie ihn dir zurück! Jedes Mal, wenn ich dich so reden höre, bricht mir das Herz, und ich erzittere für meinen Sohn, allein in einem Kerker, aus dem ihn nur die Liebe befreien kann – Frank, wenn du deinen Sohn liebst, löse dich von diesem Hass, gib ihn auf. Er wird deinem Sohn auf den Kopf fallen, er wird ihn umbringen.«

»Frank verbreitet keinen Hass, Mrs Hunt«, sagte Sharon. »Er sagt nur, wie es zugeht in diesem Land und dass er genug davon hat, das ist doch ganz normal.«

»Ich vertraue auf Gott«, sagte Mrs Hunt. »Ich weiß, dass er auf mich aufpasst.«

»Keine Ahnung«, sagte Frank, »was Gott von einem Menschen erwartet, wenn sein Sohn in Schwierigkeiten steckt. *Dein* Gott hat *seinen* Sohn gekreuzigt, aber so bin ich nicht. Ich geh auch nicht raus und küsse den erstbesten weißen Cop, der mir auf der Straße entgegenkommt. Aber an dem Tag, wo mein Sohn aus diesem Höllenloch rausspaziert, da weiß ich gar nicht, wohin mit meiner Liebe. Wenn ich den Kopf von meinem Sohn wieder zwischen meinen Händen halte und ihm in die Augen gucke, da kommt mir die Liebe aus allen Poren raus. Ah! An dem Tag bestehe ich nur aus Liebe!« Er stand auf und ging zu seiner Frau. »Und wenn das nicht passiert, da kannst du aber Gift drauf nehmen, dass Köpfe rollen. Und wenn du mir auch nur ein Wort über diesen Jesus erzählst, mit dem du es seit Jahren treibst, dann ist dein Kopf der erste. Statt bei deinem Sohn zu sein, treibst du es mit diesem weißen Judenbock.«

Mrs Hunt legte den Kopf in ihre Hände, und Frank ging langsam wieder zum Sofa zurück.

Adrienne sah ihn an und wollte was sagen, tat es aber nicht. Ich saß bei meinem Vater auf dem Schemel. Dann fragte

Adrienne: »Mr Rivers, warum genau sind wir eigentlich hier? Sie haben uns doch nicht ganz hierher bestellt, um zuzugucken, wie mein Vater meine Mutter beleidigt?«

»Warum nicht?«, sagte ich. »Es ist Samstagabend. Was die Menschen nicht so alles tun, wenn ihnen langweilig wird. Vielleicht haben wir euch nur eingeladen, um ein bisschen Leben in die Bude zu kriegen.«

»Dass du so bösartig bist«, sagte sie, »glaub ich gern, aber dass du so dumm bist, glaube ich nicht.«

»Ich hab dich keine zwei Mal gesehen, seit dein Bruder im Knast sitzt«, sagte ich, »und in den Katakomben hab ich dich kein einziges Mal gesehen. Fonny hat erzählt, du warst ein Mal da, und da hattest du es eilig. Und bei der Arbeit hast du bestimmt kein Wort drüber verloren, stimmt's? Und zu diesen geschniegelten Ex-Fürsorge-Zuhältern, Gaunern und Schwuchteln, mit denen du rumrennst, auch kein Wort, stimmt's? Und jetzt sitzt du da auf dem Sofa, findest dich toller als Elizabeth Taylor und wirst ganz nervös, weil irgend so eine Beigenase irgendwo auf dich wartet und du deine Zeit damit verschwendest, was über deinen Bruder zu erfahren.« Mrs Hunt starrte mich total entsetzt an. Frank hatte ein bitteres kaltes Lächeln auf den Lippen und senkte den Kopf. Adrienne guckte mich von ganz weit weg an und setzte bei ihrem Bruder noch einen fetten schwarzen Minuspunkt auf die Liste; dann steckte sie sich, wie sie es ganz offensichtlich die ganze Zeit schon wollte, eine Zigarette an. Vorsichtig, hauchfein blies sie den Rauch aus und schien insgeheim den Entschluss zu fassen, dass sie sich nie wieder, unter gar keinen Umständen, noch einmal mit Leuten in einen Raum sperren ließ, die so dermaßen unter ihrer Würde waren.

Sheila und Ernestine kamen zurück, Sheila ziemlich verschreckt, Ernestine grimmig lächelnd. Sie gab Mrs Hunt ihr Eis, stellte Adrienne eine Cola hin, gab Joseph ein Bier, Frank ein Seven-Up mit Gin, Sheila eine Cola, Sharon ein Seven-Up mit Gin, gab mir einen Cognac und nahm sich selbst einen Highball. »Hals- und Beinbruch«, sagte sie fröhlich und setzte sich, und alle anderen setzten sich auch.

Dann folgte ein ganz komisches Schweigen: Alle starrten mich an. Ich spürte Mrs Hunts Blick, bösartiger, ängstlicher denn je. Sie hatte sich vorgebeugt und umklammerte mit einer Hand den Löffel, der in ihrem Eis steckte. Sheila sah panisch aus. Adriennes Mund kräuselte sich zu einem verächtlichen Lächeln, sie beugte sich vor, um was zu sagen, aber ihr Vater hob feindselig, drohend die Hand und hielt sie davon ab. Da lehnte sie sich wieder zurück. Und Frank beugte sich vor.

Meine Neuigkeit war ja für ihn bestimmt, darum sprach ich ihn an. »Ich wollte dieses Treffen. Ich hab Daddy gebeten, euch herzuholen, damit ich euch erzählen kann, was ich Fonny heute Nachmittag zu erzählen hatte. Fonny wird Vater. Wir kriegen ein Kind.«

Franks Blick wanderte von mir zu meinem Vater. Die beiden Männer verließen uns, ganz still dort auf dem Stuhl, auf dem Sofa: gingen zusammen weg auf eine seltsame Reise. Franks Gesicht auf dieser Reise war furchtbar im biblischen Sinn. Er hob Steine auf und ließ sie fallen, sein Blick, als würde er sich überwinden, dehnte sich über Horizonte, die er sich nie hätte träumen lassen. Als er zusammen mit meinem Vater zurückkehrte, war sein Gesicht ganz friedlich. »Du und ich, wir gehen uns jetzt betrinken«, sagte er zu Joseph. Dann grinste er und sah dabei fast so aus wie Fonny. »Ich freu mich, Tish«, sagte er. »Ich freu mich riesig.«

»Und wer«, fragte Mrs Hunt, »kümmert sich um das Kind?«

»Der Vater und die Mutter«, sagte ich.

Mrs Hunt starrte mich an.

»Bestimmt nicht der Heilige Geist«, sagte Frank, »darauf kannst du wetten.«

Mrs Hunt sah Frank an, stand auf und ging auf mich zu; ganz langsam und als wenn sie die Luft anhalten würde. Ich stand auf, ging ihr entgegen und hielt auch die Luft an.

»Wahrscheinlich nennst du eure Lüsternheit Liebe«, sagte sie. »Ich nicht. Ich hab immer gewusst, dass du meinen Sohn zugrunde richtest. Du hast einen Teufel in dir – ich hab's immer gewusst. Mein Gott hat es mir vor vielen Jahren eingegeben. Der Heilige Geist wird das Kind in deinem Bauch verschrumpeln lassen. Aber meinem Sohn wird vergeben. *Meine* Gebete werden ihn retten.«

Sie war lächerlich und erhaben; sie legte Zeugnis ab. Aber Frank ging lachend auf sie zu und schlug sie mit dem Handrücken zu Boden. Ja. Da lag sie, ihr Hut war ihr in den Nacken gerutscht und ihr Kleid hoch über die Knie; Frank stand neben ihr. Sie gab keinen Mucks von sich, Frank auch nicht.

»Ihr Herz!«, murmelte Sharon, und Frank lachte wieder.

»Das pumpt noch, wirst du sehen. Aber ein Herz würde ich das nicht nennen.« Er drehte sich zu meinem Vater um. »Joe, die Frauen kümmern sich um sie, komm.« Als mein Vater zögerte: »Bitte. Bitte, Joe, komm schon.«

»Na, mach schon«, sagte Sharon. »Geht.«

Sheila kniete sich zu ihrer Mutter. Adrienne drückte ihre Zigarette im Aschenbecher aus und stand auf. Ernestine kam mit Franzbranntwein aus dem Badezimmer und kniete sich neben Sheila. Sie drückte den Alkohol auf die Watte und rieb Mrs Hunt damit die Schläfen und die Stirn ein, nahm ihr vorsichtig den Hut ab und gab ihn Sheila.

»Geh schon, Joe«, sagte Sharon. »Wir brauchen euch hier nicht.«

Die beiden Männer gingen, die Tür fiel hinter ihnen zu, und jetzt waren da diese sechs Frauen, die miteinander klarkommen mussten, wenn auch nur für den Augenblick. Mrs Hunt stand langsam auf, ging zu ihrem Stuhl und setzte sich hin. Und bevor sie irgendwas sagen konnte, sagte ich: »Das war grauenhaft, was Sie zu mir gesagt haben. Das war das Grauenhafteste, was ich in meinem ganzen Leben gehört hab.«

»Mein Vater brauchte sie deswegen aber nicht schlagen«, sagte Adrienne. »Sie hat wirklich ein schwaches Herz.«

»Sie hat ein schwaches Hirn«, sagte Sharon. Zu Mrs Hunt sagte sie: »Der Heilige Geist hat Ihnen das Hirn weich gemacht, mein Kind. Haben Sie vergessen, dass es Franks Enkelkind war, das Sie da verflucht haben? Und meins natürlich auch. Ich kenne ein paar Männer und Frauen, die hätten Ihnen Ihr schwaches Herz aus dem Leib geschnitten und wären dafür gern zur Hölle gefahren. Wollen Sie einen Tee oder so? Eigentlich sollten Sie einen Cognac trinken, aber dafür sind Sie wahrscheinlich zu heilig.«

»Ich finde, Sie haben kein Recht, sich über den Glauben meiner Mutter lustig zu machen«, sagte Sheila.

»Ach, verschont mich doch mit diesem Dreck«, sagte Ernestine. »Eure durchgeknallte Betmutter ist euch so peinlich, dass ihr gar nicht weiterwisst. Ihr macht euch nicht lustig. Ihr sagt nur, daran erkennt man ihre ›Seele‹, damit die Leute nicht denken, das ist ansteckend – und damit die Leute denken, was für kluge, kluge Mädchen ihr doch seid. Ihr kotzt mich an.«

»*Du* kotzt *mich* an«, sagte Adrienne. »Vielleicht hat meine Mutter es nicht ganz so richtig ausgedrückt – schließlich ist sie ganz schön aufgewühlt! Sie *hat* nämlich eine Seele! Und was meint ihr stinkenden Nigger, was ihr habt? Eigentlich hat sie doch nur eine Frage gestellt« – sie hielt eine Hand hoch, damit Ernestine sie nicht unterbricht – »sie hat gefragt: Wer kümmert sich um das Kind? Ja, wer denn? Tish hat keine Ausbildung und weiß Gott auch sonst nichts, und Fonny war noch nie zu was nütze. Das weißt du doch selber. Also. Wer kümmert sich um das Kind?«

»Ich«, sagte ich, »du vertrocknete gelbe Fotze, und wenn du nicht bald das Maul hältst, kümmer ich mich mal so richtig um dich.«

Sie stemmte die Hände in die Hüften, die Doofe, Ernestine schob sich zwischen uns und säuselte: »Adrienne? Baby? Darf ich dir mal was sagen, Süße? Schätzchen? Mausi?« Sie legte eine Hand ganz leicht auf Adriennes Wange. Adrienne zitterte, rührte sich aber nicht. Ernestine ließ ihre Hand noch einen Moment da. »Herzchen. Schon beim allerersten Anblick, als ich das Vergnügen hatte, dich zu sehen, war ich besessen von deinem Adamsapfel. Ich träume von ihm. Weißt du, was das heißt …? Von was besessen zu sein? Du warst noch nie von irgendwas oder irgendwem besessen, stimmt's? Du hast noch nie gesehen, wie dein Adamsapfel sich bewegt, stimmt's? Ich schon. Jetzt gerade. Ach. Köstlich. Ich weiß gar nicht, Süße, ob ich ihn mit meinen Fingern oder mit meinen Zähnen rausreißen will – ooh! – oder rausschälen, wie man bei einem Pfirsich den Kern rausschält. So schön aber auch. Kapierst du, worum es mir geht, Schätzchen? Aber wenn du meine Schwester anrührst, muss ich mich ganz fix entscheiden. Also« – sie trat von Adrienne zurück – »bitte schön, rühr sie an. Na los. Entfessle mein Herz, befreie mich.«

»Ich hab gewusst, dass wir nicht herkommen sollten«, sagte Sheila. »Ich hab's gewusst.«

Ernestine starrte Sheila an, bis Sheila den Blick heben musste. Da lachte Ernestine: »Meine Güte, muss ich eine schmutzige Fantasie haben, Sheila. Ich wusste gar nicht, dass du so was überhaupt über die Lippen bringst.«

Dann wurde die Luft richtig eng vor Hass. Etwas Bodenloses geschah, das nichts mit dem zu tun hatte, was im Zimmer passierte. Plötzlich hatte ich Mitleid mit den Schwestern – Ernestine nicht. Sie stand noch da mit einer Hand auf der Hüfte und bewegte nur ihre Augen. Sie trug eine graue Hose und eine alte Bluse, und ihre Haare waren durcheinander, und sie war nicht geschminkt. Sie lächelte. Sheila sah aus, als wenn sie kaum atmen oder stehen könnte, als wenn sie zu ihrer Mutter rennen wollte, die starr auf ihrem Stuhl saß. Adrienne mit ihren breiten Hüften trug eine weiße Bluse und einen weiten schwarzen Faltenrock, eine kurze, enge schwarze Jacke und flache Schuhe. Ihre Haare waren in der Mitte gescheitelt und im Nacken mit einer weißen Schleife zusammengebunden. Sie hatte die Hände nicht mehr in die Hüften gestemmt. Ihre Haut, die gerade etwas zu dunkel war, um als gelb durchzugehen, war noch dunkler geworden und fleckig. Ihre Stirn sah ölig aus. Ihre Augen waren genau wie ihre Haut dunkler geworden, und die Haut wehrte sich gegen das Make-up und gönnte ihm keine Feuchtigkeit. Jetzt sah man, dass sie eigentlich nicht sonderlich hübsch war, dass ihr Gesicht und ihr Körper mit der Zeit derb und dick werden würden.

»Komm, weg von diesen geschmacklosen Menschen«, sagte sie zu Sheila, und das hatte sogar irgendwie Würde.

Beide gingen zu ihrer Mutter, der Zeugin und Hüterin, wie mir schlagartig klar wurde, ihrer Keuschheit.

Merkwürdig friedlich stand Mrs Hunt auf.

»Ich hoffe sehr«, sagte sie, »dass Sie zufrieden sind mit der Erziehung Ihrer Töchter, Mrs Rivers.«

Sharon war auch ganz friedlich, aber so überrumpelt, dass sie nur noch staunte: Ohne ein Wort zu sagen, starrte sie Mrs Hunt an. Und Mrs Hunt setzte noch eins drauf: »*Meine* Mädchen bringen *mir* bestimmt keine Bastarde ins Haus, die ich durchfüttern muss, das kann ich Ihnen versichern.«

»Aber das Kind, das da kommt«, sagte Sharon kurz darauf, »das ist Ihr Enkelkind. Ich verstehe Sie nicht. Das ist Ihr Enkelkind. Was spielt es für eine Rolle, wie es hierherkommt? Das Kind hat damit doch gar nichts zu tun – damit haben wir alle doch überhaupt nichts zu tun!«

»Dieses Kind«, sagte Mrs Hunt, sah mich einen Moment an und ging dann zur Tür, während Sharon sie die ganze Zeit anguckte, »dieses Kind …«

Ich ließ sie bis zur Tür kommen. Meine Mutter setzte sich in Bewegung, wie im Traum, um ihnen aufzumachen, aber ich war schneller; ich stellte mich mit dem Rücken an die Tür. Adrienne und Sheila standen hinter ihrer Mutter.

Sharon und Ernestine rührten sich nicht.

»Dieses Kind«, sagte ich, »ist in meinem Bauch. Rammen Sie es doch mit Ihrem Knie – oder mit Ihren Stöckelschuhen. Sie wollen das Kind nicht? Dann bringen Sie es doch um, jetzt. Na los.« Ich guckte ihr in die Augen. »Wäre ja nicht das erste Kind, das Sie versuchen umzubringen.« Ich tippte ihr an den umgedrehten Kohleneimerhut und sah Adrienne und Sheila an. »Mit den ersten beiden waren Sie ja schon ganz gut dabei« – ich machte die Tür auf, ging aber nicht zur Seite – »okay, und jetzt versuchen Sie's noch mal mit Fonnys. Na los.«

»Könnten wir« – Adrienne bemühte sich um eine eisige Stimme – »jetzt bitte gehen?«

»Tish«, sagte Sharon, aber sie rührte sich nicht vom Fleck.

Ernestine drängte sich an mir vorbei und schob mich von der Tür weg zu Sharon. »Ladies«, sagte sie, ging zum Fahrstuhl und drückte auf den Knopf. Sie war jetzt nicht mehr einfach nur wütend. Als der Fahrstuhl kam, scheuchte sie die drei rein, hielt aber mit einer Schulter die Tür auf. »Keine Sorge. Dem Kind werden wir nichts von euch erzählen. Einem Kind kann man nicht erklären, wie abscheulich Menschen sein können!« In einem anderen Ton, einem Ton, den ich noch nie bei ihr gehört hatte, sagte sie zu Mrs Hunt: »Gesegnet sei die nächste Frucht Ihres Leibes. Ich hoffe, es wird Gebärmutterkrebs. Und das meine ich ernst.« Und zu den Schwestern: »Wenn ihr in diesem Leben noch ein Mal auch nur hier in die Nähe kommt, *bring ich euch um*. Dieses Kind ist nicht euer Kind – das habt ihr eben selber gesagt. Wenn ich mitkriege, dass ihr auch nur einen Spielplatz überquert und das Kind anguckt, habt ihr nicht mal mehr die Chance, Krebs zu kriegen. Na schön. Ich bin nicht meine Schwester. Merkt euch das. Meine Schwester ist nett. Ich nicht. Mein Vater und meine Mutter sind nett. Ich nicht. Ich kann euch erzählen, wieso Adrienne es nicht schafft, gefickt zu werden – wollt ihr's hören? Ich könnte euch auch was von Sheila erzählen und all den Typen, die sie in deren Taschentücher wichst, im Auto, im Kino – hm, wollt ihr's hören?« Sheila fing an zu weinen, und Mrs Hunt versuchte, die Fahrstuhltür zuzuziehen. Ernestine hielt sie lachend mit einer Schulter auf, und ihre Stimme änderte sich wieder: »Sie haben gerade das Kind im Bauch meiner Schwester verflucht. Kommen Sie mir nie wieder unter die Augen, Sie abgewrackte halb weiße Braut Christi!« Sie spuckte Mrs Hunt ins Gesicht und ließ die Fahrstuhltür zugleiten. Und brüllte den Schacht runter: »Das war Ihr Fleisch und Blut, das Sie da verflucht haben, Sie kranke, dreckige, verschrumpelte Fotze! Und richten Sie das gern dem Heiligen Geist aus; wenn ihm das nicht passt, sagen Sie ihm, er ist eine Schwuchtel und soll sich nicht bei mir blicken lassen.«

Sie kam in die Wohnung zurück, tränenüberströmt, ging zum Tisch und schenkte sich ein. Und steckte sich eine Zigarette an; sie zitterte.

Sharon hatte die ganze Zeit über nichts gesagt. Ernestine hatte mich ihr übergeben, aber Sharon hatte mich gar nicht angefasst. Sie hatte was viel Verrückteres gemacht, nämlich mich gehalten und beruhigt – ohne mich zu berühren.

»Na denn«, sagte sie, »die Männer sind wohl eine Weile weg, und Tish braucht Ruhe. Gehen wir schlafen.«

Aber ich wusste, dass sie mich ins Bett schickten, damit sie noch ein bisschen aufbleiben konnten, ohne mich, ohne die Männer, ohne irgendwen, um damit fertigzuwerden, dass Fonnys Familie sich einen Dreck um ihn scherte und keinen Finger rühren würde, um ihm zu helfen. Wir waren jetzt seine Familie, die einzige Familie, die er hatte: Jetzt hing alles von uns ab.

Ich ging ganz langsam in mein Zimmer und setzte mich eine Minute aufs Bett. Ich war zu müde, um zu weinen. Ich war zu müde, um irgendwas zu fühlen. In gewissem Sinn hatte Sis Ernestine das alles auf sich genommen, alles, weil sie wollte, dass das Kind eine sichere Reise hat und gut hier ankommt: Und das hieß, dass ich schlafen musste.

Ich zog mich aus und rollte mich im Bett zusammen. Ich drehte mich so, wie ich mich immer zu Fonny gedreht hatte, wenn wir zusammen im Bett lagen. Ich kroch in seine Arme, und er hielt mich fest. Und ich fühlte ihn so nah bei mir, dass ich, wie gesagt, nicht weinen konnte. Meine Tränen hätten ihm zu sehr wehgetan. Also hielt er mich fest, und ich flüsterte seinen Namen und sah dabei die Lichter von der Straße an die Zimmerdecke blinzeln. Gedämpft hörte ich, wie Mama und Sis in der Küche so taten, als würden sie Gin Rommé spielen.

An dem Abend in dem Zimmer in der Bank Street nahm Fonny das mexikanische Tuch von der Matratze auf dem Boden und legte es mir über den Kopf und die Schultern. Lächelnd trat er zurück. »Nicht zu fassen«, sagte er, »es gibt tatsächlich eine Rose in Spanish Harlem.« Wieder lächelte er. »Nächste Woche steck ich dir eine Rose ins Haar.« Dann lächelte er nicht mehr, und eine stechende Stille erfüllte das Zimmer und füllte meine Ohren. Es war, als wenn es auf der ganzen Welt nichts gibt außer uns. Ich hatte keine Angst. Es ging tiefer als Angst. Ich konnte meinen Blick nicht von ihm losreißen. Ich konnte mich nicht bewegen. Es war zwar tiefer als Angst, aber noch keine Freude. Es war Staunen.

Er bewegte sich nicht. »Wir sind jetzt erwachsen, hm?«

Ich nickte.

»Und du hast immer zu mir gehört, nicht?«

Ich nickte wieder.

»Und du weißt« – er bewegte sich immer noch nicht, hielt mich aber mit seinen schönen Augen fest – »dass ich immer zu dir gehört habe, oder?«

»Darüber hab ich so noch nie nachgedacht.«

»Dann denk jetzt drüber nach, Tish.«

»Ich weiß nur, dass ich dich liebe.« Ich fing an zu weinen. Das Tuch war so schwer und warm, und ich wollte es abnehmen, konnte aber nicht.

Da bewegte er sich; sein Blick wurde anders, er kam auf

mich zu, nahm mir das Tuch ab und warf es in die Ecke. Er umarmte mich und küsste meine Tränen, dann küsste er mich, und dann wussten wir beide etwas, was wir vorher noch nicht gewusst hatten.

»Ich liebe dich auch«, sagte er, »aber ich versuche, nicht darüber zu weinen.« Er lachte, da musste ich auch lachen, und er küsste mich wieder, heftiger, und lachte nicht mehr. »Ich will, dass du mich heiratest«, sagte er. Wahrscheinlich sah ich überrascht aus, denn er sagte: »Ganz recht. Ich gehöre zu dir, und du gehörst zu mir, fertig, Baby. Aber ich muss dir was erklären.«

Er nahm meine Hand und zog mich zu seinem Arbeitstisch.

»Das hier ist mein Leben«, sagte er, »mein richtiges Leben.« Er nahm ein kleines Stück Holz, ungefähr so groß wie zwei Fäuste. Die Ahnung eines Auges war da reingedrückt, die Andeutung einer Nase – der Rest war einfach ein Klotz Holz, das irgendwie atmete. »Das wird vielleicht mal gut irgendwann«, sagte er und legte es vorsichtig wieder hin. »Aber ich glaube, wahrscheinlich hab ich's schon vermurkst.« Er nahm ein anderes Stück, so groß wie der Oberschenkel von einem Mann. Der Oberkörper einer Frau war drin gefangen. »Von ihr weiß ich noch gar nichts.« Er legte es wieder hin, wieder ganz vorsichtig. Obwohl er mich an einer Schulter festhielt und ganz dicht neben mir stand, war er ewig weit weg. Er sah mich mit einem kleinen Lächeln an. »Hör zu«, sagte er, »ich bin nicht so ein Blödmann, der dir das Leben schwer macht und den Hühnern hinterherläuft und so ne Scheiße. Ein bisschen kiffen tu ich, aber gespritzt hab ich nie, und ich bin ziemlich geradeaus. Allerdings …« Er sah mich an, ganz still, ganz streng: In ihm war eine Härte, die ich so noch nie gespürt hatte. Durch diese Härte floss seine Liebe, und zwar wie ein Sturzbach oder wie ein Feuer, am Verstand vorbei, über Einwände drüber, durch nichts umzuleiten, was dem Leben einfallen könnte. Ich gehörte zu ihm, und er gehörte zu mir – auf einmal wurde mir klar, dass ich ein sehr unglückliches, vielleicht sogar ein totes Mädchen war, wenn ich jemals versuchen sollte, daran zu rütteln.

»Aber«, sagte er dann und ging ein paar Schritte von mir weg; seine schweren Hände versuchten irgendwie die Luft zu formen, »ich lebe mit Holz und Stein. Ich hab Steine im Keller und arbeite hier, die ganze Zeit, ich suche nach einem Speicher, wo ich richtig arbeiten kann. Eigentlich versuch ich dir nur zu erklären, Tish, dass ich dir nicht viel bieten kann. Ich hab kein Geld, und ich mach alle möglichen Jobs – nur Brotjobs, weil ich mich nicht von deren beschissenen Spielchen verarschen lasse – und das heißt, dass du auch arbeiten musst, und wenn du nach Hause kommst, grunze ich wahrscheinlich nur und mach weiter mit meinem Meißel und Zeug, und manchmal denkst du vielleicht, ich merk nicht mal, dass du da bist. Aber das darfst du nie denken, nie. Du bist die ganze Zeit bei mir, die ganze Zeit, ohne dich würde ich es wahrscheinlich überhaupt gar nicht schaffen, Baby, und wenn ich den Meißel hinlege, komme ich immer zu dir. Ich komme immer zu dir. Ich brauch dich. Ich liebe dich.« Er lächelte. »Ist das in Ordnung, Tish?«

»Natürlich ist das für mich in Ordnung«, sagte ich. Ich wollte noch mehr sagen, aber meine Kehle war zu.

Da nahm er meine Hand und ging mit mir zur Matratze. Er setzte sich neben mich und zog mich so zu sich runter, dass mein Gesicht unter seinem war, mein Kopf in seinem Schoß. Ich spürte einen Aufruhr in ihm. Er wusste, dass ich fühle, wie sein Geschlecht steif wird und gegen den Hosenstoff wütet und gegen meine Wange; er wollte, dass ich es fühle, aber er hatte auch Angst. Er küsste und küsste mein Gesicht und meinen Hals, er entblößte meinen Busen und berührte ihn mit seinen Zähnen und seiner Zunge, und seine Hände waren überall auf meinem Körper. Ich wusste, was er tat, und wusste es auch wieder nicht. Ich war in seinen Händen, er rief mich durch den Donner in meinem Ohr. Ich war in seinen Händen: Ich wurde verwandelt und konnte mich nur an ihn klammern. Zuerst merkte ich gar nicht, dass auch ich ihn küsste, dass alles in mir aufbrach, sich veränderte, drehte, zu ihm wollte. Wenn er mich nicht gehalten hätte, wäre ich direkt runtergefallen, hinten runter in meinen Tod. Mein Leben hielt mich. Mein Leben holte mich. Ich hörte, ich fühlte seinen Atem wie zum ersten Mal: Aber es war, als wenn sein Atem aus mir rauskommt. Er öffnete meine Beine oder ich öffnete sie, und er küsste meine Schenkel. Er zog mich ganz aus, bedeckte meinen Körper mit Küssen, bedeckte mich dann mit dem Tuch und ging weg.

Das Tuch kratzte. Mir war kalt und heiß. Ich hörte ihn im Badezimmer. Ich hörte, wie er die Spülung zog. Als er zurückkam, war er nackt. Er legte sich unters Tuch, zu mir, streckte seinen langen Körper auf mir aus, und ich fühlte sein langes schwarzes, schweres Geschlecht an meinem Nabel pochen.

Er nahm mein Gesicht in seine Hände, und er küsste mich.

»Keine Angst«, flüsterte er. »Hab keine Angst. Denk immer dran, dass ich zu dir gehöre. Denk immer dran, dass ich dir niemals wehtun würde, um nichts in der Welt. Du musst dich einfach nur an mich gewöhnen. Und dazu haben wir alle Zeit der Welt.«

Es war jetzt zwischen zwei und drei; er las meine Gedanken. »Deine Mama und dein Daddy wissen, dass du bei mir bist, und sie wissen, dass ich gut auf dich aufpasse.« Dann rutschte er nach unten, und sein Geschlecht drückte gegen meine Öffnung. »Keine Angst«, sagte er wieder. »Halt dich an mir fest.«

Ich hielt mich an ihm fest, wie im Todeskampf, auf der ganzen Welt gab es sonst nichts zum Festhalten, ich hielt mich fest an seinen krausen Haaren. Ich wusste nicht, ob er stöhnte oder ob ich stöhnte. Es tat weh, es tat weh, es tat nicht weh. Es war seltsam und schwer, diese Nähe, in mir, wo ich mich gar nicht vermutet hätte. Beinahe hätte ich geschrien, und ich fing an zu weinen: Es tat weh. Es tat nicht weh. Etwas begann, etwas Unbekanntes. Seine Zunge, seine Zähne an meiner Brust taten weh. Ich wollte ihn abwerfen, ich hielt ihn fester, und er machte weiter und weiter und weiter. Ich hatte nicht gewusst, dass so viel von ihm da ist. Ich schrie und weinte an seiner Schulter. Er machte eine Pause. Schob beide Hände unter meine Hüften. Zog sich zurück, aber nicht ganz raus, einen Moment hing ich nirgendwo, dann zog er mich an sich und stieß rein mit aller Kraft, und in mir brach etwas. Etwas brach, und ein Schrei stieg auf, aber er drückte seinen Mund auf meinen, er erstickte meinen Schrei mit seiner Zunge. Sein Atem war in meiner Nase, ich atmete mit seinem Atem und bewegte mich mit seinem Körper. Und jetzt war ich offen und hilflos und spürte ihn überall. Auf einmal sang etwas in mir, und sein Körper wurde heilig – sein Po, der zitternd auf und ab ging, seine Schenkel zwischen meinen Schenkeln, seine schwere Brust auf meiner Brust und seine Steifheit, die immer steifer wurde und größer und pochte und mich wegbrachte, irgendwohin. Ich wollte lachen und weinen. Dann fing etwas absolut Neues an, ich lachte, und ich weinte, und ich rief seinen Namen. Ich hielt ihn fester und fester und wollte unbedingt alles, alles, alles von ihm haben. Er wartete, und er küsste und küsste mich. Sein Kopf wanderte über meinen Hals und meine Brüste. Wir kriegten kaum Luft: Wenn wir nicht bald Luft kriegten, würden wir ganz sicher sterben. Fonny bewegte sich wieder, ganz langsam zuerst, dann schneller und schneller. Ich spürte, wie es kam, spürte, wie ich kam, über die Schwelle glitt, wie alles in mir ihm entgegenströmte, ich rief immer wieder seinen Namen, während er meinen in seiner Kehle knurrte, und jetzt stieß er ohne Gnade zu – holte scharf Luft, atmete mit einem Schluchzen aus und zog sich aus mir zurück, hielt mich fest, und eine heiße Flüssigkeit schoss über meinen Bauch, meine Brust und mein Kinn.

Dann lagen wir ganz lange da, still und aneinandergeklebt.

»Tut mir leid«, sagte er irgendwann ganz scheu in die lange Stille, »dass ich so eine Sauerei gemacht hab. Aber du willst ja wohl jetzt kein Kind, und ich hatte nichts dabei.«

»Ich glaube, ich hab auch eine Sauerei gemacht«, sagte ich. »Es war mein erstes Mal. Dann ist da doch Blut, oder?«

Wir flüsterten. Er lachte ein bisschen. »Ich hatte eine Blutung. Sollen wir gucken?«

»Ich lieg hier gerne so mit dir.«

»Ich auch.« Dann: »Magst du mich, Tish?« Er klang wie ein kleiner Junge. »Ich meine – wenn ich dich so liebe, magst du das?«

»Ach, komm schon. Du willst das doch nur von mir hören.«

»Stimmt. Also …?«

»Also was?«

»Also, warum sagst du es nicht einfach?« Und er küsste mich.

»Es war ein bisschen so, als wenn man vom Laster überfahren wird« – er lachte wieder – »aber es war das Schönste, was mir je passiert ist.«

»Für mich auch«, sagte er. Er sagte das ganz verwundert, fast so, als wenn er über jemand anders spricht. »Mich hat noch nie jemand so geliebt.«

»Hast du schon viele Mädchen gehabt?«

»Nicht so viele. Mach dir da keine Sorgen.«

»Kenne ich eine?«

Er lachte. »Soll ich mit dir auf die Straße und auf sie zeigen? Das wäre ja nicht so nett. Und jetzt, wo ich dich noch ein bisschen besser kenne, wahrscheinlich auch nicht ganz ungefährlich.« Er kuschelte sich an mich und legte seine Hand auf meine Brust. »Du hast eine Wildkatze in dir, Mädchen. Selbst wenn ich Zeit hätte, hinter anderen Fegern herzulaufen, die Energie hätte ich gar nicht. Ich muss wirklich langsam mal meine Vitamine nehmen.«

»Ach, halt den Mund, du bist ja widerlich.«

»Warum bin ich widerlich? Ich rede doch nur über meine Gesundheit. Ist dir meine Gesundheit egal? Und sie sind mit Schokolade überzogen – die Vitamine, meine ich.«

»Du bist verrückt.«

»Na ja«, sagte er fröhlich, »verrückt nach dir. Sollen wir den Schaden begutachten, bevor das Zeug zu Zement wird?«

Er machte Licht, und wir sahen uns und das Bett an.

Wir waren ein ziemlicher Anblick. Blut, ganz schön viel Blut – jedenfalls kam es mir viel vor, aber einen Schreck hab ich nicht gekriegt, ich war stolz und glücklich – auf ihm und auf dem Bett und auf mir; sein Sperma und mein Blut krochen mir langsam über den Körper, und sein Sperma war auf ihm und auf mir. Im Dämmerlicht, auf unseren dunklen Körpern sah das aus wie eine seltsame Salbung oder als hätten wir gerade ein Stammesritual hinter uns gebracht. Ich fand Fonnys Körper total geheimnisvoll – der Körper von deinem Geliebten ist immer geheimnisvoll, egal, wie gut du ihn kennst: Er ist die Hülle, die sich ständig ändert und das tiefste Geheimnis deines Lebens in sich trägt. Ich starrte seine breite Brust an, seinen flachen Bauch, seinen Bauchnabel, die zwirbeligen schwarzen Haare und sein schweres schlaffes Geschlecht: Er war nicht beschnitten. Ich strich ihm über den schlanken Körper und küsste ihn auf die Brust. Es schmeckte salzig und nach einem scharfen, unbekannten bitteren Gewürz – ganz klar, wie andere das ausdrücken würden, gewöhnungsbedürftig. Eine Hand auf meiner Hand, die andere auf meiner Schulter, hielt er mich ganz fest. Dann sagte er: »Wir müssen gehen. Ich sollte dich nach Hause bringen, bevor die Sonne aufgeht.«

Es war halb fünf.

»Ist wohl besser«, sagte ich, und wir standen auf und gingen duschen. Ich seifte seinen Körper ab und er meinen, und wir lachten viel, und er warnte mich, wenn ich nicht meine Hände von ihm lasse, kommen wir nie nach Hause, und dann flippt mein Daddy aus, und außerdem, meinte Fonny, hat er ja viel mit meinem Daddy zu besprechen, und zwar gleich.

Als wir zu Hause ankamen, war es sieben. Den ganzen Weg stadtauswärts in der praktisch leeren Subway hatte Fonny mich im Arm gehalten. Es war Sonntagmorgen. Wir gingen zusammen durch die Straßen, Hand in Hand; nicht mal die Kirchgänger waren schon auf, und die Leute, die immer noch auf waren, wenige Leute, hatten keinen Blick für uns übrig, hatten keinen Blick für irgendwen oder irgendwas.

Vor meiner Haustür dachte ich, Fonny geht gleich wieder, ich drehte mich also zum Abschiedskuss um, aber er nahm meine Hand und sagte: »Komm«, und wir gingen die Treppe hoch. Fonny klopfte an unsere Tür.

Sis machte auf, ihre Haare waren hochgebunden, und sie

trug einen alten grünen Bademantel. Sie sah total schlimm aus. Sie guckte von mir zu Fonny und dann wieder zu mir. Ohne es zu wollen, lächelte sie.

»Ihr kommt gerade rechtzeitig zum Kaffee«, sagte sie und trat zurück, damit wir rein konnten.

»Wir …«, fing ich an, aber Fonny sagte: »Guten Morgen, Miss Rivers …«, und irgendwas in seiner Stimme machte Sis schlagartig wach; sie sah Fonny scharf an. »Tut mir leid, dass wir so spät sind. Kann ich bitte mit Mr Rivers sprechen? Es ist wichtig.«

Er hielt immer noch meine Hand.

Sis sagte: »Das wird vielleicht einfacher, wenn ihr reinkommt und nicht im Flur stehen bleibt.«

»Wir …«, fing ich noch mal an, um mir weiß Gott was für eine Entschuldigung auszudenken.

»Wir wollen heiraten«, sagte Fonny.

»Dann braucht ihr wirklich einen Kaffee.« Sis machte die Tür hinter uns zu.

Sharon kam in die Küche, und sie war etwas besser beisammen als Sis – das heißt, sie hatte eine Hose an und einen Pullover und hatte ihre Haare zu einem Zopf geflochten und hochgesteckt.

»Wo habt ihr beide euch denn rumgetrieben«, fing sie an, »ganz bis heute Morgen früh? Meint ihr wirklich, das ist eine Art? Also wirklich. Um ein Haar hätten wir die Polizei gerufen.«

Ich sah aber auch, dass sie erleichtert war, weil Fonny in der Küche neben mir saß. Es war also was Wichtiges, das wusste sie. Die Situation wäre ganz anders gewesen, und sie hätte sich ganz anders aufgeregt, wenn ich allein hochgekommen wäre.

»Tut mir leid, Mrs Rivers«, sagte Fonny. »Das ist alles meine Schuld. Ich hab Tish ein paar Wochen nicht gesehen, und wir hatten so viel zu bereden – ich hatte viel zu bereden … und …« – er wedelte mit den Armen – »da hab ich sie dann aufgehalten.«

»Mit Reden?«, fragte Sharon.

Er zuckte fast nicht zusammen, und er senkte nicht den Blick. »Wir wollen heiraten«, sagte er. »Darum hab ich sie so lange aufgehalten.« Sie sahen sich an. »Ich liebe Tish. Darum bin ich so lange nicht da gewesen. Ich war sogar …« – ganz kurz guckte er mich an – »mit anderen Frauen zusammen … und … hab alles Mögliche gemacht, damit ich auf andere Gedanken komme.« Er guckte mich wieder an. Und dann auf den Boden. »Aber dann hab ich gemerkt, dass ich mir selber nur was vormache. Ich liebe niemand sonst außer Tish. Und dann hab ich Angst gekriegt, dass sie vielleicht weggeht oder jemand anders kommt und sie mir wegnimmt, darum bin ich zurückgekommen.« Er versuchte zu lächeln. »Ganz schnell bin ich zurückgekommen. Und ich will nicht wieder gehen müssen.« Dann sagte er: »Sie ist schon immer mein Mädchen gewesen, das wissen Sie. Und – ich bin kein schlechter Kerl. Das wissen Sie auch. Und – Sie sind die einzige Familie, die ich je hatte.«

»Darum«, brummte Sharon, »kapier ich auch nicht, wieso du mich auf einmal Mrs Rivers nennst.« Sie sah mich an. »Tja. Hoffentlich ist dir klar, Miss, dass du erst achtzehn bist.«

»Dieser Hinweis«, sagte Sis, »plus eine Subwaymünze bringen dich von hier bis zur Tür. Wenn überhaupt!« Sie schenkte Kaffee ein. »Eigentlich gehört es sich so, dass die ältere Schwester zuerst heiratet. Aber in diesem Haus hatten wir's ja noch nie mit Etikette.«

»Was hältst du denn von dem allen hier?«, fragte Sharon Ernestine.

»Ich? Ich freu mich tierisch, dieses Gör los zu sein. Ich konnte sie noch nie ausstehen. Hab ich nie kapiert, was ihr anderen immer in der seht, echt.« Grinsend setzte sie sich an den Tisch. »Nimm Zucker, Fonny, den brauchst du, glaub mir, wenn du dich mit meiner süßen, süßen Schwester verbandelst.«

Sharon ging zur Küchentür und rief: »Joe! Komm her! Der Blitz ist ins Armenhaus eingeschlagen! Komm schon, auf der Stelle, ich mein es ernst.«

Fonny nahm meine Hand.

Joseph kam in die Küche, in Pantoffeln, einer alten Cordhose und einem T-Shirt. Mir wurde allmählich klar, dass hier keiner so richtig geschlafen hatte. Als Erstes sah Joseph mich. Niemanden sonst. Und weil er gleichzeitig wütend und erleichtert war, klang er einigermaßen gefasst. »Ich würde sehr gerne von dir wissen, Miss, was du dir dabei denkst, um diese Morgenstunde hier reinzuspazieren. Wenn du ausziehen willst, dann ziehst du aus, verstanden? Aber solange du in meinem Haus wohnst, respektierst du das. Verstanden?«

Dann sah er Fonny, und Fonny ließ meine Hand los und stand auf. »Mr Rivers, schimpfen Sie bitte nicht mit Tish. Das ist alles meine Schuld, Sir. Ich hab sie aufgehalten. Ich musste mit ihr reden. Bitte. Mr Rivers. Bitte. Ich hab sie gefragt, ob sie mich heiraten will. Darum waren wir so lange weg. Wir wollen heiraten. Darum bin ich auch hier. Sie sind ihr Vater. Sie lieben sie. Daher weiß ich, dass Sie wissen – das müssen Sie wissen –, dass ich sie liebe. Mein ganzes Leben schon. Das wissen Sie. Und wenn ich sie nicht lieben würde, dann würde ich jetzt nicht hier stehen – oder? Dann hätte ich sie unten abgeliefert und wäre weggelaufen. Wahrscheinlich wollen Sie mir jetzt eine scheuern. Aber ich liebe sie. Mehr kann ich Ihnen dazu nicht sagen.«

Joseph guckte ihn an.

»Wie alt bist du?«

»Einundzwanzig, Sir.«

»Meinst du, das ist alt genug zum Heiraten?«

»Keine Ahnung, Sir. Aber alt genug, um zu wissen, wen man liebt.«

»Das meinst du?«

Fonny straffte sich. »Das weiß ich.«

»Wie willst du sie ernähren?«

»Wie haben Sie das denn gemacht?«

Wir Frauen waren abgemeldet, das wussten wir. Ernestine schenkte Joseph einen Kaffee ein und schob ihn in seine Richtung.

»Hast du Arbeit?«

»Tagsüber belade ich Lkws, und abends bildhauer ich. Ich bin Bildhauer. Wir wissen, dass es nicht leicht wird. Aber ich bin ein echter Künstler. Und ich werde mal ein richtig guter Künstler – vielleicht sogar ein großer.« Sie sahen sich wieder an.

Joseph nahm seinen Kaffee, ohne hinzugucken, und trank einen Schluck, ohne ihn zu schmecken.

»Also, damit ich das auch richtig verstehe: Du hast mein kleines Mädchen gefragt, ob sie dich heiraten will, und sie sagt …«

»Ja.«

»Und jetzt bist du hier, um mir das zu sagen? Oder um meine Erlaubnis zu kriegen?«

»Beides, Sir«, sagte Fonny.

»Und du hast keine …«

»Zukunft«, sagte Fonny.

Da taxierten sich die beiden Männer. Joseph stellte seinen Kaffee ab. Fonny hatte seinen nicht angerührt.

»Was würdest du denn machen an meiner Stelle?«, fragte Joseph.

Ich spürte, wie Fonny zitterte. Er konnte nicht anders – seine Hand legte sich leicht auf meine Schulter, dann trat er einen Schritt zur Seite. »Ich würde meine Tochter fragen. Wenn sie Ihnen sagt, dass sie mich nicht liebt, geh ich weg und belästige Sie nie wieder.«

Joseph sah Fonny lange an – ein Blick, an dem man ablesen konnte, wie der Zweifel sich langsam von einer Zärtlichkeit geschlagen gibt, einer Selbsterkenntnis. Daddy sah aus, als wenn er Fonny zu Boden schlagen will; er sah aus, als wenn er ihn in den Arm nehmen will.

Dann sah Joseph mich an.

»Liebst du ihn? Willst du ihn heiraten?«

»Ja.« Ich hatte nicht gewusst, dass meine Stimme so komisch klingen kann. »Ja. Ja.« Dann sagte ich: »Ich bin ja sehr deine Tochter, und ich bin sehr Mamas Tochter. Also solltest du wissen, dass ich Nein meine, wenn ich Nein sage, und Ja meine, wenn ich Ja sage. Fonny ist hergekommen, damit er dich um Erlaubnis fragen kann, und dafür liebe ich ihn. Ich will auch unbedingt deine Erlaubnis, weil ich dich liebe. Aber dich heirate ich nicht. Ich heirate Fonny.«

Joseph setzte sich.

»Wann?«

»Sobald wir die Kohle beisammen haben«, sagte Fonny.

Joseph sagte: »Wir beide, mein Sohn, gehen jetzt besser mal nach nebenan.«

Und weg waren sie. Wir sagten nichts. Da gab es nichts mehr zu sagen. Allerdings fragte Mama nach einer Weile: »Bist du wirklich sicher, dass du ihn liebst, Tish? Ganz sicher?«

»Mama«, sagte ich, »warum fragst du mich das?«

»Weil sie insgeheim gehofft hat, dass du Governor Rockefeller heiratest«, sagte Ernestine.

Einen Moment sah Mama sie ganz streng an, dann lachte sie. Ernestine war, ohne es zu wissen, der Wahrheit ziemlich nahe gekommen – nicht der Wahrheit an sich, aber doch der Wahrheit: weil der Traum von Sicherheit schwer auszurotten ist. Ich sagte: »Du weißt aber, dass diese vertrocknete Mehlfresse viel zu alt ist für mich.«

Sharon lachte wieder. »So sieht er sich selber aber gar nicht. Na ja, wahrscheinlich würde es mir überhaupt nicht gefallen, wie er dich sieht. Also gut. Thema abgehakt. Du heiratest Fonny. Schön. So gesehen« – jetzt unterbrach sie sich, und irgendwie war sie nicht mehr Sharon, meine Mutter, sondern jemand anders, aber diese andere war genau meine Mutter Sharon – »bin ich ganz schön froh.« Sie lehnte sich mit verschränkten Armen zurück, guckte in die Ferne, dachte voraus. »Ja. Er ist echt. Er ist ein Mann.«

»Noch ist er kein Mann«, sagte Ernestine, »aber er wird einer – darum sitzt du hier und kämpfst mit den Tränen. Weil das heißt, dass deine jüngste Tochter eine Frau wird.«

»Ach, halt den Mund«, sagte Sharon. »Ich wünsch mir bei Gott, dass du mal jemanden heiratest, dann kann ich dich halb tot nerven statt andersrum.«

»Ich würde dir aber auch fehlen«, sagte Ernestine ganz leise, »wobei, ich glaub nicht, dass ich mal heirate. Manche heiraten, weißt du, Mama, und manche eben nicht.« Sie stand auf, ging einmal im Kreis und setzte sich wieder hin. Nebenan hörten wir Fonnys Stimme und Josephs Stimme, hörten aber nicht, was sie sagten – und bemühten uns auch sehr, es nicht zu hören. Männer sind Männer, manchmal müssen die einfach unter sich sein. Vor allem muss man sich ja Folgendes klarmachen: Wenn sie zusammen in ein Zimmer gesperrt sind, wo sie gar nicht so gerne sein wollen, sind sie da zusammen eingesperrt wegen ihrer Verantwortung für die Frauen da draußen.

»Doch, das verstehe ich«, sagte Sharon – sehr fest, ohne sich zu bewegen.

»Das einzige Problem ist«, sagte Ernestine, »dass man schon manchmal zu jemandem gehören will.«

»Aber«, sagte ich zu meiner eigenen Überraschung, »es macht auch Angst, zu jemandem zu gehören.«

Vielleicht war mir das bis zu dem Moment, wo ich es aussprach, gar nicht klar gewesen.

Ernestine lächelte. »Mal ist das Glas halb voll, mal ist es halb leer.«

Joseph und Fonny kamen zurück.

»Ihr seid beide verrückt«, sagte Joseph, »aber daran kann ich nichts ändern.« Er sah Fonny an. Er lächelte – liebevoll und zaghaft. Dann sah er mich an. »Aber – Fonny hat recht – irgendwann kommt jemand und nimmt dich mit. Ich hätte nur nicht gedacht, dass es so schnell passiert. Aber – wie Fonny sagt, und das stimmt – ihr seid schon immer zusammen gewesen, von klein auf. Und jetzt seid ihr nicht mehr klein.« Er brachte Fonny zu mir und zog mich hoch. Er legte meine Hand in Fonnys Hand. »Passt aufeinander auf«, sagte er. »Ihr werdet sehen, das sind keine leeren Worte.«

Tränen standen Fonny in den Augen. Er küsste meinen Vater. Er ließ meine Hand los. Er ging zur Tür. »Ich muss nach

Hause«, sagte er, »und es meinem Daddy erzählen.« Sein Gesichtsausdruck veränderte sich, er sah mich an, warf mir einen Kuss zu. »Der wird sich so freuen.« Als er die Tür aufmachte, sagte er zu Joseph: »Wir sind hier gegen sechs zurück, okay?«

»Okay«, sagte Joseph, und jetzt strahlte er übers ganze Gesicht.

Fonny ging. Zwei oder drei Tage später, Dienstag oder Mittwoch, sind wir zusammen in die Stadt runter, um downtown ernsthaft nach einem Speicher für uns zu suchen.

Und das wurde ein echter Höllentrip.

Mr Hayward war am Montag im Büro, wie er es angekündigt hatte. Ich war gut Viertel nach sieben da, und Mama war bei mir.

Mr Hayward ist geschätzt siebenunddreißig, hat sanfte braune Augen und ziemlich dünne braune Haare. Er ist sehr, sehr groß und dick; er ist ganz nett, jedenfalls wirkt er nett, aber ich fühl mich in seiner Gegenwart einfach nicht wohl. Ich weiß nicht, ob er was dafür kann. Eigentlich fühle ich mich in letzter Zeit mit niemandem wohl, und mit einem Anwalt schon mal gar nicht.

Als wir reinkamen, stand er auf, bot Mama den großen und mir den kleineren Sessel an und setzte sich wieder hinter seinen Schreibtisch.

»Wie geht es den Damen heute? Mrs Rivers? Und dir, Tish? Warst du bei Fonny?«

»Ja, um sechs.«

»Wie geht es ihm?«

Die Frage finde ich immer ein bisschen doof. Wie soll es einem Mann gehen, der darum kämpft, dass er aus dem Knast rauskommt? Allerdings musste ich schon auch einsehen, dass es, von der anderen Seite aus betrachtet, eine wichtige Frage ist. Zum einen war das die Frage, mit der ich lebte, und zum anderen spielte es vielleicht für Mr Hayward eine große Rolle, wie es Fonny ging, und konnte ihm bei seinem Fall helfen. Aber eigentlich ging es mir gegen den Strich, Mr Hayward überhaupt was über Fonny zu erzählen. Es gab so viel, das er meiner Meinung nach längst hätte wissen sollen. Aber vielleicht bin ich da auch schon wieder ungerecht.

»Na ja, sagen wir es mal so, Mr Hayward. Es ist schrecklich für ihn, aber er versucht, sich nicht unterkriegen zu lassen.«

»Wann holen wir ihn da raus?«, fragte Mama.

Mr Hayward guckte von Mama zu mir und lächelte – ein schmerzhaftes Lächeln, als hätte man ihm gerade in die Eier getreten. »Na ja, die Damen wissen schon, dass das ein besonders schwieriger Fall ist.«

»Genau deswegen hat meine Schwester Sie ja damit beauftragt«, sagte ich.

»Und jetzt hast du langsam das Gefühl, dass ihr Vertrauen nicht gerechtfertigt war?« Er lächelte immer noch. Er steckte sich eine Zigarre an.

»Nein«, sagte ich, »das würde ich so nicht sagen.«

Das hätte ich mich nicht getraut – jedenfalls noch nicht –, weil ich Angst hatte, dass ich mir dann einen neuen Anwalt suchen muss, und der konnte locker noch schlechter sein.

»Wir hatten Fonny einfach gerne bei uns«, sagte Mama, »und er fehlt uns halt.«

»Das verstehe ich natürlich«, sagte er, »und ich tue alles, was ich kann, damit er zu Ihnen zurückkommt, und zwar so schnell ich kann. Aber, wie die Damen ja wissen, besteht das Hauptproblem in Mrs Rogers' Weigerung, ihre Aussage zu überdenken. Und jetzt ist sie verschwunden.«

»Verschwunden?«, rief ich. »Wie kann die einfach verschwinden?«

»Tish«, sagte er, »dies ist eine große Stadt, ein sehr großes Land – ja, genau genommen sogar eine sehr große Welt. Da kann es vorkommen, dass Menschen verschwinden. Zwar glaube ich nicht, dass sie sehr weit weggegangen ist – für eine lange Reise haben sie gewiss kein Geld. Aber ihre Familie hat sie möglicherweise nach Puerto Rico zurückgebracht. Auf jeden Fall brauche ich Detektive und …«

»Das heißt Geld«, sagte Mama.

»In der Tat.« Hinter seiner Zigarre hatte Mr Hayward seinen Blick auf mich gerichtet, einen seltsamen, erwartungsvollen, überraschend kummervollen Blick.

Ich war aufgestanden; jetzt setzte ich mich. »Diese dreckige Schlampe«, sagte ich, »die dreckige Schlampe.«

»Wie viel Geld?«, fragte Mama.

»Ich bemühe mich, die Kosten so gering wie möglich zu halten«, sagte Mr Hayward mit einem scheuen, jungenhaften Lächeln, »aber Detektive sind – teuer, fürchte ich. Wenn wir Glück haben, machen wir Mrs Rogers in ein paar Tagen ausfindig – oder in ein paar Wochen. Wenn nicht« – er zuckte mit den Schultern – »na ja, nehmen wir erst mal an, dass wir Glück haben.« Er lächelte wieder.

»Puerto Rico«, sagte Mama bleischwer.

»Wir wissen ja nicht, ob sie wirklich dorthin zurückgekehrt ist«, sagte Mr Hayward, »aber die Möglichkeit besteht durchaus. Jedenfalls sind ihr Mann und sie vor ein paar Tagen aus ihrer Wohnung in der Orchard Street verschwunden, ohne Nachsendeadresse. Die übrigen Verwandten, die Tanten und Onkel, die, wie Sie wissen, ohnehin nicht sehr kooperativ waren, haben wir nicht erreicht.«

»Aber sieht das nicht schlecht aus für sie«, fragte ich, »wenn sie einfach so verschwindet? Sie ist die Hauptzeugin in diesem Fall.«

»Ja. Aber sie ist eine verstörte, ungebildete Puerto Ricanerin, die unter den Folgen einer Vergewaltigung leidet, also ist ihr Verhalten nachvollziehbar. Verstehst du, was ich meine?« Er sah mich durchdringend an, und seine Stimme kriegte einen anderen Ton. »Und sie ist nicht die einzige Hauptzeugin in diesem Fall. Du hast die Aussage von Officer Bell vergessen – er ist es, der den Vergewaltiger einwandfrei identifiziert hat. Bell ist derjenige, der schwört, er habe Fonny vom Tatort wegrennen sehen. Und ich war schon immer der Auffassung – du erinnerst dich bestimmt, dass wir darüber gesprochen haben –, dass es *seine* Aussage ist, die Mrs Rogers so beharrlich wiederholt ...«

»Wenn er Fonny vom Tatort hat wegrennen sehen, warum musste er dann abwarten und ihn bei sich aus dem Haus holen?«

»Tish«, sagte Mama, »Tish.« Und dann: »Nur dass ich Sie richtig verstehe, Sie wollen damit sagen, Officer Bell erzählt ihr, was sie sagen soll? Das wollen Sie damit sagen?«

»Ja«, sagte Mr Hayward.

Ich sah Hayward an. Ich sah mich in seinem Büro um. Wir waren mitten in Downtown, Nähe Broadway, nicht weit von der Trinity Church. Das Büro war mit dunklem Holz getäfelt, ganz glatt und poliert. Ein breiter Schreibtisch, zwei Telefone drauf, ein Knöpfchen, das dauernd blinkte. Hayward achtete nicht darauf, er guckte mich an. An den Wänden hingen Auszeichnungen und Diplome und ein großes Foto von Hayward senior. Auf dem Schreibtisch standen zwei gerahmte Fotos, von seiner Frau, lächelnd, und von seinen beiden kleinen

Söhnen. Zwischen mir und diesem Zimmer gab es überhaupt keine Verbindung.

Trotzdem war ich hier.

»Wollen Sie damit sagen«, fragte ich, »es gibt keine Chance, dass wir in diesem Fall an die Wahrheit rankommen?«

»Nein, das will ich damit nicht sagen.« Er steckte seine Zigarre wieder an. »Die Wahrheit zählt nicht bei einem Fall. Was zählt ist – wer gewinnt.«

Zigarrenrauch hing im Raum. »Ich will damit nicht sagen«, sagte er vorsichtig, »dass ich an der Wahrheit zweifle. Würde ich nicht an Fonnys Unschuld glauben, hätte ich den Fall nicht übernommen. Ich weiß ein bisschen was über Officer Bell, er ist ein Rassist und ein Lügner – das habe ich ihm auch ins Gesicht gesagt, insofern kannst du mich gern zitieren, bei wem auch immer, wann immer es dir beliebt –, und ich weiß ein bisschen was über den Staatsanwalt, der für diesen Fall zuständig ist, und der ist noch schlimmer. Nun. Fonny und du, ihr behauptet, ihr wärt in dem Zimmer in der Bank Street gewesen, mit einem alten Freund, Daniel Carty. Eure Aussage, wie du dir vorstellen kannst, zählt nichts, und Daniel Carty wurde gerade von der Staatsanwaltschaft festgenommen und mit einer Kontaktsperre belegt. Man hat mich nicht zu ihm gelassen.« Er stand auf und ging ans Fenster. »Was die da veranstalten, verstößt gegen das Gesetz, aber: Daniel ist vorbestraft, das weißt du ja. Die haben offensichtlich vor, ihn zu einer anderen Aussage zu bewegen. Und – ich weiß es nicht, aber darauf könnte ich wetten – aus diesem Grund ist Mrs Rogers verschwunden.« Er setzte sich wieder an den Schreibtisch. »Also. Du siehst.« Er sah mich an. »Ich will es euch so leicht wie möglich machen. Aber das wird immer noch schwer.«

»Wie schnell brauchen Sie das Geld?«, fragte Mama.

»Ich habe schon alles in die Wege geleitet«, sagte er, »um die Lady aufzuspüren. Das Geld brauche ich, sobald Sie es haben. Ich werde außerdem die Staatsanwaltschaft zwingen, mich zu Daniel Carty vorzulassen, aber sie werden mir alle nur erdenklichen Knüppel zwischen die Beine werfen …«

»Also versuchen wir, Zeit zu kaufen«, sagte Mama.

»Ja.«

Zeit: Das Wort hallte wie Glocken in einer Kirche. Fonny sitzt seine Zeit ab. Noch sechs Monate Zeit, bis unser Kind da ist. Irgendwo im Lauf der Zeit haben Fonny und ich uns kennengelernt, irgendwo im Lauf der Zeit haben wir uns verliebt, irgendwo, nicht mehr im Lauf der Zeit, sondern der Zeit ausgeliefert, lieben wir uns.

Irgendwo im Lauf der Zeit geht Fonny in einer Gefängniszelle auf und ab, und sein Haar wird immer krauser. Irgendwo im Lauf der Zeit streicht er sich übers Kinn und hätte sich so gerne rasiert, irgendwo im Lauf der Zeit kratzt er sich unter den Achseln und hätte so gerne gebadet. Irgendwo im Lauf der Zeit sieht er sich um und erkennt, dass man ihn belügt, mit der Zeit, mit Duldung der Zeit. Vor Zeiten hat er das Leben gefürchtet: Jetzt fürchtet er den Tod – irgendwo im Lauf der Zeit. Jeden Morgen wacht er auf mit Tish auf seinen Augenlidern, jeden Abend schläft er ein mit Tish auf seinem Nabel, eine Qual. Zurzeit lebt er mit dem Gebrüll und dem Gestank und der Schönheit und der Not unzähliger Männer: Im Handumdrehen ist er in dieser Hölle gelandet.

Zeit lässt sich nicht kaufen. Die einzige Währung, die die Zeit akzeptiert, ist das Leben. Ich saß auf der Lederlehne von Mr Haywards Sessel, guckte durch das riesige Fenster ganz runter auf den Broadway und fing an zu weinen.

»Tish«, sagte Hayward hilflos.

Mama nahm mich in den Arm.

»Tu uns das nicht an«, sagte sie. »Tu uns das nicht an.«

Aber ich konnte nicht aufhören. Es sah einfach so aus, als wenn wir Mrs Rogers nie finden, als wenn Bell nie seine Aussage ändert und Daniel so lange geschlagen wird, bis er seine ändert. Dann würde Fonny im Knast verrotten, Fonny würde da sterben, und ich – ich konnte nicht leben ohne Fonny.

»Tish«, sagte Mama, »du bist jetzt eine Frau. Du musst eine Frau sein. Wir stecken in der Klemme – aber mal ehrlich, das ist ja nichts Neues. Das ist genau die Situation, Liebes, wo man nicht aufgibt. Du kannst jetzt nicht aufgeben. Wir müssen Fonny da rausholen. Mir egal, was wir dafür tun müssen – verstehst du mich, Liebes? Diese Scheiße geht schon zu lange. Also. Wenn du das irgendwie anders siehst, machst du dich nur krank. Und du kannst jetzt nicht krank werden, das weißt du, lieber soll der Staat ihn umbringen, als dass du ihn umbringst. Also, komm schon, komm – wir kriegen ihn da *raus*.«

Sie ließ mich los. Ich wischte mir die Augen. Sie drehte sich zu Hayward um.

»Sie haben nicht zufällig eine Adresse von dem Mädchen in Puerto Rico?«

»Doch.« Er schrieb sie ihr auf einen Zettel. »Wir schicken diese Woche jemanden hin.«

Mama faltete den Zettel und steckte ihn in die Handtasche.

»Wie bald, meinen Sie, können Sie zu Daniel?«

»Ich habe vor, ihn morgen zu besuchen, aber dafür muss ich Himmel und Hölle in Bewegung setzen.«

»Na gut«, sagte Mama, »solange Sie das tun.«

Sie kam wieder zu mir.

»Wir stecken zu Hause die Köpfe zusammen, Mr Hayward, und finden einen Weg, und Ernestine ruft Sie dann morgen früh an. In Ordnung?«

»Ja, gut. Bitte richten Sie Ernestine einen Gruß von mir aus.« Er legte die Zigarre ab, kam zu mir und legte eine plumpe Hand auf meine Schulter. »Meine liebe Tish«, sagte er. »Halt bitte durch. Bitte, halt durch. Ich verspreche dir, dass wir gewinnen werden, dass Fonny seine Freiheit zurückbekommt. Nein, das wird nicht einfach. Aber so unüberwindlich, wie es heute scheint, wird es auch nicht.«

»Ihr Wort«, sagte Mama.

»Also – wenn ich bei Fonny bin, fragt er immer als Erstes nach dir, und ich sage immer: Tish? Ihr geht's gut. Aber er mustert mein Gesicht, um sicherzugehen, dass ich nicht lüge. Und ich bin ein sehr schlechter Lügner. Morgen gehe ich zu ihm. Was soll ich ihm sagen?«

»Dass es mir gut geht«, sagte ich.

»Meinst du, du schaffst es, uns ein kleines Lächeln zu schenken? Um den Gruß zu unterstreichen? Das könnte ich mitnehmen, es würde ihm gefallen.«

Ich lächelte, und er lächelte, und etwas richtig Menschliches passierte zwischen uns, zum ersten Mal. Er ließ meine Schulter los und ging zu Mama rüber. »Können Sie Ernestine ausrichten, sie soll mich bitte gegen zehn anrufen? Oder, wenn möglich, sogar noch früher. Sonst erreicht sie mich vielleicht erst wieder um sechs.«

»Kann ich machen. Und vielen Dank, Mr Hayward.«

»Wissen Sie was? Lassen Sie doch den Mister weg.«

»Ja – gut. Hayward. Nennen Sie mich Sharon.«

»Das wiederum kann *ich* machen. Und ich hoffe, wir werden Freunde, durch das alles hier.«

»Ganz bestimmt«, sagte Mama. »Danke noch mal. Wiedersehen.«

»Auf Wiedersehen. Vergiss nicht, was ich gesagt habe, Tish.«

»Nein. Versprochen. Sagen Sie Fonny, es geht mir gut.«

»Braves Mädchen. Beziehungsweise« – jetzt sah er total jungenhaft aus – »Fonnys Mädchen.« Er lächelte. Er machte uns die Tür auf. »Auf Wiedersehen.«

»Auf Wiedersehen.«

Fonny war an einem Samstagnachmittag die Seventh Avenue runtergelaufen, als er Daniel wiedertraf. Sie hatten sich seit der Schule nicht mehr gesehen.

Die Zeit hatte es nicht gut gemeint mit Daniel. Er war immer noch groß, schwarz und laut; mit dreiundzwanzig – er ist ein bisschen älter als Fonny – gingen ihm schon die vertrauten Gesichter aus. Mitten auf der Straße packten sie einander – nach einem kurzen Schockmoment, einem Glücksmoment –, heulten vor Lachen, klapsten sich auf den Kopf und auf die Schultern, waren wieder Kinder, und obwohl Fonny keine Bars mag, setzten sie sich in die nächstbeste und bestellten zwei Bier.

»Wow! Was machst du so?« Ich weiß nicht, wer von beiden die Frage stellte oder wer von beiden sie zuerst stellte: Aber ihre Gesichter seh ich vor mir.

»Was fragst du *mich*, Mann?«

»Na, wie der Mann über den Mount Everest sagt, du bist da.«

»Wo?«

»Im Ernst, Mann – was machst du?«

»Ich mach den Sklaven für den Juden im Garment District,

ich schieb eine Sackkarre, Mann, und fahr im Fahrstuhl rauf und runter.«

»Und deine Familie?«

»Ach, mein Daddy ist gestorben, Mann, schon eine Weile her. Ich wohne immer noch bei meiner Mama. Ihre Krampfadern machen ihr aber zu schaffen. Also« – und Daniel guckte runter in sein Bier.

»Was machst du – ich meine, jetzt?«

»Du meinst, jetzt gerade?«

»Ich meine, hast du Pläne, Mann, bist du unter Druck, oder kannst du ein bisschen mitkommen? Ich meine, jetzt gleich ...?«

»Ich hab nichts vor.«

Fonny trank sein Bier aus und zahlte. »Komm. Wir haben Bier auf der Bude. Komm schon. Erinnerst du dich an Tish?«

»Tish ...?«

»Ja, Tish. Die dürre kleine Tish. Mein Mädchen.«

»Dürre kleine Tish?«

»Ja. Sie ist immer noch mein Mädchen. Wir wollen heiraten, Mann. Komm schon, ich zeig dir meine Bude. Und sie macht uns was zu essen – jetzt komm, ich hab doch gesagt, wir haben Bier zu Hause.«

Und obwohl er für so was ja eigentlich kein Geld hat, schiebt er Daniel in ein Taxi, und sie fahren in die Bank Street: wo ich die beiden nicht erwarte. Aber Fonny freut sich riesig, er ist total glücklich; genau genommen erkenne ich Daniel am Leuchten in Fonnys Augen. Es ist nämlich gar nicht so, dass die Zeit es nicht gut mit ihm gemeint hat: Ich sehe, wie sehr er geschlagen ist. Nicht, weil ich so scharfsichtig bin, sondern weil ich Fonny liebe. Weder Liebe noch Grauen macht blind: Gleichgültigkeit macht blind. Und Daniel kann mir nicht gleichgültig sein, weil ich Fonny ansehe, wie traumhaft es für ihn ist, aus dem Sumpf seiner Vergangenheit wie durch ein Wunder einen Freund herauszuziehen.

Aber das heißt, dass ich raus muss, einkaufen, also lass ich die beiden allein. Wir haben einen Plattenspieler. Als ich rausgehe, legt Fonny *Compared to What* auf, und Daniel hockt auf dem Boden und trinkt Bier.

»Ihr wollt also echt heiraten?«, fragt Daniel – wehmütig und spöttisch zugleich.

»Ja, klar, wir suchen gerade eine Wohnung – wir suchen einen Speicher, weil der nicht so viel kostet, und außerdem, da kann ich arbeiten, ohne dass Tish durchdrehen muss. Das Zimmer hier ist ja nicht mal groß genug für einen – für zwei, da braucht man nicht lange fragen, und ich hab meine ganze Arbeit hier und im Keller.« Er dreht eine Zigarette, während er erzählt, für sich und für Daniel, der ihm gegenüberhockt. »Die ganze East Side längs stehen Speicher leer, die will keiner mieten außer so Freaks wie ich. Das sind alles Feuerfallen, und manche haben nicht mal ein Klo. Da denkt man doch, einen Speicher finden ist kein großes Thema.« Er steckt die Zigarette an, nimmt einen Zug und gibt sie Daniel. »Aber, Mann, dieses Land mag einfach keine Nigger. Es mag Nigger so wenig, Mann, die würden lieber an einen Aussätzigen vermieten. Ehrlich wahr.« Daniel zieht an der Zigarette und gibt sie Fonny zurück – *Tired old ladies kissing dogs,* ruft der Plattenspieler –, der zieht, nimmt einen Schluck Bier und gibt sie zurück. »Manchmal gehen Tish und ich zusammen, manchmal sie alleine, manchmal ich alleine. Aber immer dieselbe Geschichte, Mann.« Er steht auf. »Und jetzt kann ich Tish nicht mehr alleine gehen lassen, weil, echt, letzte Woche dachten wir, wir haben einen Speicher, der Typ hat ihn ihr versprochen. Aber er hatte mich noch nicht gesehen. Und er denkt sich, so eine schwarze Schnalle allein, ganz unten downtown, die einen Speicher sucht, tja, da fällt doch garantiert was für ihn ab. Er denkt, sie macht ihn an, das denkt er eigentlich. Und Tish kommt zurück und erzählt es mir, so stolz und glücklich« – er setzt sich wieder – »und wir gehen zusammen hin. Als der Typ mich sieht, meint er, da hat es ein Riesenmissverständnis gegeben, er kann den Speicher gar nicht vermieten, weil in einer halben Stunde oder was kommt seine ganze Verwandtschaft aus Rumänien, und die brauchen den. Scheiße. Ich hab ihm gesagt, dass er mich verarscht, und er hat mir angedroht, mir die Bullen auf den Hals zu hetzen.« Er nimmt die Zigarette von Daniel. »Ich muss mir echt was überlegen, wo ich Kohle herkriege, dass ich raus kann aus diesem Scheißland.«

»Wie willst du das denn machen?«

»Weiß ich noch nicht«, sagt Fonny. »Tish kann nicht schwimmen.« Er gibt Daniel die Zigarette zurück, und sie johlen und zucken vor Lachen.

»Vielleicht könntest du zuerst gehen«, sagt Daniel nüchtern.

Die Zigarette und die Platte sind zu Ende.

»Nein«, sagt Fonny, »ich glaub, das will ich nicht.« Daniel sieht ihn an. »Da hab ich zu viel Angst.«

»Wovor das denn?«, fragt Daniel, obwohl er die Antwort auf die Frage eigentlich kennt.

»Einfach Angst«, sagt Fonny – nach einer langen Stille.

»Angst, was mit Tish passiert?«, fragt Daniel.

Wieder ist da eine lange Stille. Fonny starrt aus dem Fenster. Daniel starrt Fonnys Rücken an.

»Ja«, sagt Fonny schließlich. »Angst, was mit uns beiden passiert – ohne den anderen. Weil Tish, die ist so naiv, Mann –

die vertraut jedem. Sie geht die Straße runter und wackelt mit ihrem kleinen Hintern und wundert sich dann, wenn irgendso ein Typ sie bespringen will. Sie sieht nicht, was ich sehe.« Und wieder kommt die Stille, Daniel sieht ihn an, und Fonny sagt: »Ich weiß, ich komm rüber wie ein ziemlich schräger Vogel. Aber ich hab zwei Dinge im Leben, Mann – ich hab Holz und Stein, und ich hab Tish. Wenn ich die verliere, bin ich verloren. Das weiß ich. Weißt du« – und jetzt dreht er sich zu Daniel um – »was da in mir drin ist, das hab ich da nicht reingetan. Und rausholen kann ich es auch nicht.«

Daniel setzt sich auf die Matratze und lehnt sich an die Wand. »Weiß nicht, ob du so schräg bist. Ich weiß nur, dass du Glück hast. Ich hab so was nicht. Kann ich noch ein Bier, Mann?«

»Klar.« Fonny macht noch zwei Dosen auf. Er gibt Daniel eine, und der nimmt einen langen Schluck, bevor er sagt: »Ich komm grad aus dem Bau, Baby. Zwei Jahre.«

Fonny sagt nichts – dreht sich nur um und sieht ihn an.

Daniel sagt nichts; nimmt noch einen Schluck.

»Die haben behauptet – behaupten sie immer noch –, ich hab ein Auto geklaut. Ich kann nicht mal fahren, Mann, und ich wollte, dass mein Anwalt – aber das war eher deren Anwalt, echt, der arbeitet für die Stadt – dass der das beweist, hat er aber nicht. Und überhaupt, ich saß in keinem Auto, als sie mich aufgegriffen haben, aber ich hatte ein bisschen Gras dabei. Ich saß bei uns vor der Tür. Und da kommen sie und greifen mich ab, einfach so, um Mitternacht rum, sperren mich ein, am nächsten Morgen Gegenüberstellung, und irgendjemand behauptet, ich bin der Autoklauer – von dem Auto, das ich noch nie gesehen hab. Und weil, na ja, weil ich das Gras dabeihatte, hatten die mich ja sowieso schon dran, da haben sie gesagt, wenn ich mich schuldig bekenne, gibt es eine mildere Strafe. Wenn ich mich nicht schuldig bekenne, kommt es richtig dicke für mich. Tja« – er nimmt noch einen Schluck – »ich war allein, Baby, niemand da, also bekenne ich mich schuldig. Zwei Jahre!« Er beugt sich vor, starrt Fonny an. »Das klang immerhin noch viel besser als die Haschisch-Anklage.« Er lehnt sich zurück, lacht, trinkt und guckt Fonny an. »War es aber gar nicht. Ich hab mich reinlegen lassen, weil ich die Hosen voll hatte und dumm war, und jetzt bereue ich es.« Er schweigt. »Zwei Jahre!«

»Scheißdreck«, sagt Fonny.

»Genau«, sagt Daniel – nach dem lautesten und längsten Schweigen, das sie beide jemals gehört haben.

Als ich zurückkomme, sitzen sie da, etwas beschwipst, und ich verzieh mich wortlos in die Kochnische und mach da so leise wie möglich meine Sachen. Fonny kommt kurz rein, schmiegt sich von hinten an und küsst mich in den Nacken. Dann geht er zu Daniel zurück.

»Wie lange bist du draußen?«

»Knapp drei Monate.« Er steht von der Matratze auf und geht ans Fenster. »Mann, das war schlimm. Sehr schlimm. Ist immer noch schlimm. Vielleicht würde es mir anders gehen, wenn ich was gemacht hätte und sie mich erwischt hätten. Aber ich hab nichts gemacht. Sie haben mit mir gespielt, weil sie es konnten. Und ich hab noch Glück, dass es nur zwei Jahre waren, echt. Weil, die können mit dir machen, was sie wollen. *Was sie wollen.* Hunde sind das, Mann. Ich weiß jetzt, seit dem Bau, was Malcolm und die alle gemeint haben. Der weiße Mann *muss* der Teufel sein. Jedenfalls ist er kein Mensch. Was ich gesehen hab zum Teil, Baby, davon träum ich bis zu meinem Tod.«

Fonny legt eine Hand in Daniels Nacken. Daniel zittert. Tränen laufen ihm übers Gesicht.

»Ich weiß«, sagt Fonny sanft, »aber du musst versuchen, davon nicht zu hart zu werden. Du bist jetzt draußen, es ist vorbei, du bist jung.«

»Mann, schon klar, ich versteh schon, was du sagst, ist auch gut, dass du das sagst. Aber du weißt nicht, was das Schlimmste ist, Mann, das Allerschlimmste – dass die es schaffen, dir solche *Angst* zu machen. Angst, Mann. *Angst.*«

Fonny sagt nichts, steht nur da mit der Hand in Daniels Nacken.

Ich rufe aus der Küche. »Habt ihr Hunger?«

»Ja«, ruft Fonny zurück, »am Verhungern sind wir! Her damit!«

Daniel wischt sich die Augen, kommt an die Küchentür und lächelt mich an.

»Schön, dich zu sehen, Tish. Du hast ja nicht gerade zugenommen!«

»Hör auf. Ich bin so dünn, weil ich arm bin.«

»Na ja, kapier ich auch nicht, wieso du dir nicht einen reichen Ehemann holst. Jetzt nimmst du garantiert nie zu.«

»Na ja, Daniel, wenn man dünn ist, kann man schneller laufen, und wenn man in der Klemme steckt, hat man mehr Chancen, da rauszukommen. Verstehst du?«

»Du hast den Bogen raus. Hast du das alles von Fonny gelernt?«

»Ein paar Sachen hab ich von Fonny gelernt. Aber ich bin auch einfach ein ganz schön helles Köpfchen – hat dich das noch gar nicht geblendet?«

»Tish, mich hat so viel geblendet, da konnte ich dir einfach nicht gerecht werden.«

»Da bist du nicht allein. Und ich kann es dir nicht verdenken. Ich bin so bemerkenswert, manchmal muss ich mich selber kneifen.«

Daniel lacht. »Das würde ich gern mal sehen. Wo denn?«

Fonny murmelt: »Sie ist so bemerkenswert, manchmal muss ich ihr den Kopf zurechtrücken.«

»Schlägt er dich?«

»Ach! Was soll ich machen? *All my life is just despair, but I don't care …*«

Auf einmal singen wir alle:

When he takes me in his arms
The world is bright
All right
What's the difference if I say
I'll go away
When I know I'll come back
On my knees someday
For whatever my man is
I'm his forevermore

Und dann lachen wir. Da wird Daniel ernst, ist auf einmal in sich gekehrt, ganz weit weg. »Die arme Billie«, sagt er, »die haben sie auch windelweich geprügelt.«

»Mann«, sagt Fonny, »wir dürfen immer nur von einem Tag zum nächsten gucken. Wenn du zu viel drüber nachdenkst, bist du echt am Arsch, dann kommst du gar nicht weiter.«

»Wollen wir nicht essen«, sage ich. »Kommt schon.«

Ich hab was gekocht, was Fonny besonders mag: Spareribs und Maisbrot und Reis mit Soße und Erbsen. Fonny stellt den Plattenspieler leise: Marvin Gayes *What's Going On*.

»Tish nimmt vielleicht nicht zu«, sagt Daniel nach einer Weile, »aber du bestimmt. Macht es euch was aus, wenn ich öfter vorbeikomme – so um diese Zeit?«

»Bitte«, sagt Fonny fröhlich und zwinkert mir zu. »Tish ist vielleicht keine Schönheit, aber den Kochlöffel schwingen kann sie.«

»Freut mich, dass ich zu irgendwas zu gebrauchen bin«, antworte ich; er zwinkert mir noch mal zu und kaut an einer Rippe.

Fonny: knabbert an der Rippe und guckt mich an; und ganz still, ohne einen Muskel zu bewegen, lachen wir miteinander. Wir lachen aus verschiedenen Gründen. Wir sind da, wo keiner uns erreichen, wo keiner uns berühren kann, und zwar zusammen. Glücklich, dass wir genug zu essen haben für Daniel, der friedlich isst, der nicht weiß, dass wir lachen, aber ahnt, dass was Wunderbares passiert zwischen uns, was heißt, dass wunderbare Sachen passieren können, auch ihm vielleicht irgendwann. Wunderbar ist jedenfalls, dass man einem Menschen so ein Gefühl vermitteln kann.

Daniel bleibt bis Mitternacht bei uns. Er hat ein bisschen Angst zu gehen, er hat Angst vor den Straßen da draußen; Fonny merkt das und bringt ihn zur Subway – Daniel, der seine Mutter nicht im Stich lassen kann, sich aber danach sehnt, frei zu sein und sein Leben anzupacken, gleichzeitig total Angst hat vor dem Leben und Angst vor der Freiheit; in einer Falle sitzt und kämpft. Fonny, der jünger ist, kämpft jetzt darum, älter zu werden, damit er seinem Freund helfen kann bei seiner Erlösung. *Didn't my Lord deliver Daniel? And why not every man?*

Das Lied ist alt, die Frage noch immer unbeantwortet: Wenn mein Herr Daniel erlöst hat, warum dann nicht alle Menschen?

Auf ihrem Weg in dieser Nacht und in vielen weiteren Nächten hat Daniel versucht, Fonny zu erzählen, was mit ihm passiert ist, im Gefängnis. Manchmal war er bei uns, da hab ich ihn auch gehört; manchmal waren Fonny und er allein. Manchmal hat Daniel geweint beim Erzählen – manchmal hat Fonny ihn festgehalten. Manchmal ich. Daniel hat es aus sich rausgegeholt oder rausgepresst oder rausgerissen wie ein eiskaltes Stück schartiges, verbogenes Eisen, das sein Fleisch und sein Blut gleich mitnimmt – aus sich rausgerissen wie einer, der geheilt werden will:

»Zuerst kapierst du gar nicht, was los ist. Wie denn auch. Sie sind gekommen, haben mich von den Stufen vor meiner Haustür abgegriffen und durchsucht. Später ist mir klar geworden, dass ich eigentlich gar nicht weiß, wieso. Ich hab da immer gesessen, auf diesen Stufen, genau wie die anderen Typen, und sie sind immer vorbeigefahren; ich persönlich bin zwar nie drauf gewesen auf dem Stoff, aber ein paar von den anderen Typen schon, und das wussten die – klar wussten die das. Die haben die Kerle doch gesehen, wie sie sich gekratzt haben und mit dem Kopf gewackelt. Später hab ich gedacht, diese Arschlöcher stehen da echt drauf. Sie kommen auf die Wache zurück und berichten, alles bestens, Sir. Wir haben die French Connection auf ihrer Runde begleitet, der Stoff ist ausgeliefert, und die Nigger sind fertig. Aber in der Nacht war ich alleine, ich wollte gerade rein, da halten sie den Wagen an, schreien mich an, schieben mich in den Hausflur und durchsuchen mich. Kennt ihr ja, so was.«

Ich nicht, aber Fonny nickt, sein Gesicht ist still und die Augen ganz dunkel.

»Und ich hatte gerade das Gras besorgt, es war hinten in meiner Hosentasche. Die ziehen es raus, Mann, finden die das geil, deinen Arsch abzutasten, und einer gibt's dem andern, und einer legt mir Handschellen an und schiebt mich in den Wagen. Ich hab das überhaupt nicht kommen sehen, vielleicht war ich ein bisschen high, vielleicht hatte ich einfach noch nicht drüber nachgedacht, aber Baby, als dieser Mann mir die Handschellen anlegt und mich die Treppe runterschubst und ins Auto schiebt, da wollte ich nach meiner Mama schreien. Und dann hab ich Angst gekriegt, weil sie kommt ja alleine fast gar nicht zurecht, und sie macht sich Sorgen um mich, und keiner weiß, wo ich bin! Sie haben mich mitgenommen auf die Wache, sie hatten mich wegen Drogenbesitz dran, und sie haben mir alles abgenommen, und ich wollte gerade fragen, ob ich mal telefonieren kann, da wird mir klar, dass ich eigentlich niemanden hab zum Anrufen außer meiner Mama, und wen soll sie anrufen mitten in der Nacht? Ich hab nur gehofft, dass sie schläft, dass sie sich denkt, der ist einfach lange unterwegs, und bis sie am nächsten Morgen aufwacht und merkt, dass ich nicht da bin, hab ich mir vielleicht schon was überlegt – irgendwas. Sie haben mich in eine kleine Zelle gesteckt zu vier, fünf anderen Typen, die waren nur am Kopfwackeln und Furzen, und ich sitz da und versuch, irgendwie einen klaren Gedanken zu fassen. Was soll ich verdammt noch mal machen? Ich hab niemanden zum Anrufen, echt nicht, außer vielleicht dem Juden, für den ich arbeite, der ist eigentlich ganz nett, aber Mann, das findet der bestimmt gar nicht lustig. Im Grunde überleg ich die ganze Zeit nur, ob nicht jemand anders meine Mama anrufen kann, jemand, der die Ruhe bewahrt, der sie beruhigen kann, jemand, der was unternehmen kann. Aber mir fällt keiner ein.

Dann kommt der Morgen, und sie setzen uns in den Kastenwagen. Da ist so ein alter Weißarsch, den haben sie an der

Bowery aufgegabelt – nehm ich an –, der hat sich vollgekotzt, und er starrt auf den Boden und singt. Singen kann er nicht, aber stinken tut er. Und, Mann, bin ich froh, dass ich nicht am Stoff hänge, weil jetzt fängt einer der Brüder an zu stöhnen und schlingt die Arme um sich, und dem läuft echt überall der Schweiß wie Wasser über ein Waschbrett. Ich bin kaum älter als er, und ich hätte ihm total gerne geholfen, aber ich kann ja nichts machen. Und da denk ich, also, die Cops, die ihn in diesen Wagen sperren, die wissen doch, dass der Typ krank ist. Ich weiß, dass sie es wissen. Der sollte gar nicht hier sein – und er ist fast noch ein Kind. Aber die Arschlöcher, die ihn da reingesetzt haben, Mann, denen ist dabei echt was abgegangen in der Hose. Baby, ich glaub, in diesem Land kriegt kein Weißer einen hoch, ohne dass er dabei einen Nigger stöhnen hört.

Wir kommen also an, und mir fällt immer noch keiner ein, den ich anrufen kann. Ich will scheißen, und ich will sterben, aber ich weiß, ich kann weder noch. Wahrscheinlich darf ich scheißen, wenn sie durch sind mit mir, bis dahin muss ich aushalten, so gut ich kann, und der Gedanke, dass ich sterben will, ist einfach saudoof, weil die können mich sowieso umbringen, wann immer sie wollen, und vielleicht sterbe ich eh heute. Vor dem Scheißen. Und dann denk ich wieder an meine Mama. Jetzt macht sie sich ganz bestimmt Sorgen.«

Manchmal hielt Fonny ihn fest, manchmal ich. Manchmal stand er am Fenster, mit dem Rücken zu uns.

»Viel mehr kann ich euch echt nicht erzählen – wahrscheinlich kann ich ganz viel von dieser Scheiße überhaupt nie jemandem erzählen. Sie haben mich wegen dem Gras drangekriegt, also haben sie mir das Auto aufgedrückt – das Auto, das ich immer noch nicht gesehen hab. Wahrscheinlich brauchten sie an dem Tag einfach einen Autoklauer. Ich würde zu gerne wissen, wem dieses Auto gehört, hoffentlich keinem Schwarzen.«

Manchmal lächelte Daniel, manchmal wischte er sich die Augen. Wir haben zusammen gegessen und getrunken. Daniel hat sich so bemüht, mit was fertigzuwerden, mit was Unsagbarem: So sehr hat er sich bemüht, so sehr, wie es überhaupt nur geht. Und manchmal hab ich ihn festgehalten und manchmal Fonny – er hatte nur uns.

Am Dienstag nach dem Montag, wo ich bei Hayward war, hab ich um sechs Uhr Fonny besucht. So verzweifelt hab ich ihn überhaupt noch nie erlebt.

»Scheiße, was machen wir denn wegen Mrs Rogers? Wo hat sich die Alte hin verkrochen?«

»Keine Ahnung, aber wir finden sie.«

»Wie denn?«

»Wir schicken Leute nach Puerto Rico. Wir glauben, dass sie da hin ist.«

»Und wenn sie nach Argentinien ist? Oder Chile? Oder China?«

»Fonny, bitte. Wie soll sie denn so weit kommen?«

»Die können ihr das Geld geben, dann kann sie überall hin.«

»Wer die?«

»Na, die Staatsanwaltschaft!«

»Fonny …«

»Glaubst du mir nicht? Meinst du, die können das nicht?«

»Ich glaube, die tun das nicht.«

»Wo kriegt ihr das Geld her, um sie zu suchen?«

»Wir arbeiten alle, allesamt.«

»Klar. Mein Daddy arbeitet im Garment District, du arbeitest im Kaufhaus, dein Daddy arbeitet im Hafen …«

»Fonny, bitte …«

»Was denn? Was machen wir mit dem beschissenen Anwalt? Der schert sich doch einen Dreck um mich, der schert sich um alle einen Dreck! Willst du, dass ich hier verrecke? Weißt du, was hier los ist, hier drin? Weißt du, was hier mit mir passiert, mit mir, mit mir, hier drin?«

»Fonny. Fonny. Fonny.«

»Tut mir leid, Baby. Du bist doch gar nicht gemeint. Entschuldigung. Ich liebe dich, Tish. Entschuldigung.«

»Ich liebe dich, Fonny. Ich liebe dich.«

»Was macht das Baby?«

»Es wächst. Nächsten Monat sieht man's mir schon an.«

Wir sahen einander an.

»Hol mich hier raus, Baby. Hol mich hier raus. Bitte.«

»Versprochen. Versprochen. Versprochen.«

»Nicht weinen. Tut mir leid, dass ich geschrien hab. Ich hab nicht dich angeschrien, Tish.«

»Das weiß ich doch.«

»Bitte nicht weinen. Bitte nicht weinen. Das ist schlecht fürs Kind.«

»Okay.«

»Schenk mir ein Lächeln, Tish.«

»So gut?«

»Es geht noch besser.«

»So besser?«

»Ja. Gib mir einen Kuss.«

Ich küsste die Scheibe. Er küsste die Scheibe.

»Liebst du mich noch?«

»Ich werde dich immer lieben, Fonny.«

»Ich liebe dich. Du fehlst mir. Mir fehlt alles an dir, mir fehlt alles, was wir zusammen haben, alles, was wir zusammen machen, laufen, reden, lieben – ach, Baby, hol mich hier raus.«

»Mach ich. Halt durch.«

»Versprochen. – Bis später.«

»Bis später.«

Er folgte dem Wärter in das unvorstellbare Inferno, und ich stand auf mit zitternden Knien und Ellbogen, um zurückzugehen durch die Sahara.

In dieser Nacht träumte ich, ich träumte die ganze Nacht, es waren schreckliche Träume. In einem fuhr Fonny einen Lkw, einen richtig großen Laster, ganz schnell, zu schnell den Highway runter, und er suchte mich. Aber er sah mich nicht. Ich war hinter dem Laster und rief seinen Namen, aber der dröhnende Motor verschluckte meine Stimme. Zwei Ausfahrten gingen von dem Highway ab, die genau gleich aussahen. Der Highway verlief auf einem Kliff, über dem Meer. Eine Ausfahrt führte zu unserem Haus hoch, die andere an den Rand des Kliffs und direkt runter zum Meer. Er fuhr zu schnell, zu schnell! Ich rief seinen Namen, so laut ich konnte, und als er um die Ecke bog, schrie ich noch mal und wachte auf.

Das Licht war an, und Sharon stand neben meinem Bett. Ihren Gesichtsausdruck kann ich nicht beschreiben. Sie hatte ein nasses kaltes Handtuch dabei und wischte mir über die Stirn und den Hals. Sie beugte sich runter und küsste mich.

Dann richtete sie sich auf und guckte mir in die Augen.

»Ich weiß, dass ich dir gerade nicht viel helfen kann – ich würde weiß Gott was drum geben, wenn ich das könnte. Aber ich weiß, was es heißt, zu leiden; vielleicht hilft das. Ich weiß, dass es aufhört. Ich will dich nicht anlügen und sagen, es geht immer gut aus. Manchmal geht es schlecht aus. Du kannst so leiden, dass du wo landest, wo du nie mehr leiden kannst: Und das ist schlimmer.«

Sie nahm meine Hände und hielt sie ganz fest. »Denk da immer dran. Und: Wenn wir was erreichen wollen, schaffen wir das nur, wenn wir uns entschließen, es zu tun. Viele von unseren Lieben, viele von unseren Männern sind im Gefängnis gestorben, ja: aber nicht alle. Denk da immer dran. Und: Du liegst nicht wirklich alleine in diesem Bett, Tish. Du hast das Kind unter deinem Herzen, und wir zählen alle auf dich, Fonny zählt auf dich, dass du das Kind sicher und gesund herbringst. Das kannst nur du. Aber du bist stark. Verlass dich auf deine Stärke.«

»Ja. Ja, Mama«, sagte ich. Ich wusste, dass ich überhaupt nicht stark bin. Aber ich musste Stärke finden, irgendwo.

»Jetzt besser? Kannst du schlafen?«

»Ja.«

»Ich will nicht albern klingen, aber vergiss nicht: Die Liebe hat dich hergebracht. Wenn du bis hierher auf die Liebe vertraut hast, hast du keinen Grund zur Panik.«

Sie küsste mich noch mal, dann machte sie das Licht aus und ging.

Ich lag da – hellwach und voller Angst. *Hol mich hier raus.*

Ich dachte an Frauen, die ich mal gekannt, aber kaum beachtet hatte und die mich erschreckt hatten, weil sie ihren Körper benutzten, um was zu kriegen, was sie haben wollten. Langsam dämmerte mir, dass mein Urteil über diese Frauen ganz wenig mit Moral zu tun hatte (und langsam fragte ich mich, was das Wort überhaupt bedeutet). Mein Urteil kam von dem Gefühl, wie wenig sie eigentlich haben wollten.

Ich konnte mir nicht vorstellen, mich selber so billig herzugeben.

Aber teurer? Für einen höheren Preis? Für Fonny?

Ich schlief ein, schlief ein bisschen, wachte wieder auf. Noch nie in meinem Leben war ich so müde gewesen. Alles tat weh. Ich sah auf die Uhr; bald war es schon wieder Zeit, aufzustehen und zur Arbeit zu gehen, es sei denn, ich meldete mich krank. Aber das konnte ich nicht.

Ich zog mich an und ging in die Küche, um mit Mama Tee zu trinken. Joseph und Ernestine waren schon weg. Mama und ich tranken mehr oder weniger schweigend unseren Tee. Etwas drehte und drehte und drehte sich in meinem Kopf: Ich konnte nicht reden.

Ich ging runter auf die Straße. Es war kurz nach acht. Ich ging durch die Morgenstraßen; diese Straßen sind nie leer. Ich ging an dem blinden alten Schwarzen an der Ecke vorbei. Wahrscheinlich kenne ich den schon mein ganzes Leben, aber jetzt dachte ich zum ersten Mal über sein Leben nach. Vier Jugendliche, alles Junkies, standen an der Ecke und redeten. Manche Frauen hasteten zur Arbeit. Ich versuchte, in ihren Gesichtern zu lesen. Manche Frauen kriegten gleich endlich ein bisschen Schlaf, sie bogen von der Avenue ab zu ihren möblierten Zimmern. In jeder Seitenstraße türmte sich der Müll, und der Müll türmte sich vor jeder Eingangstreppe auf der Avenue. Ich dachte, wenn ich meinen Arsch verkaufe, dann besser nicht hier in der Gegend. Das würde genauso lange dauern wie Fußböden schrubben und wäre viel schmerzhafter. Eigentlich dachte ich: Es geht ja nicht, bevor das Baby da ist, aber wenn Fonny bis dahin noch nicht raus ist, muss ich es vielleicht versuchen. Vielleicht bereite ich mich besser schon mal darauf vor. Da drehte sich aber noch was anderes in meinem Hinterkopf, und ich wusste, ich hab noch nicht den Mut, da näher hinzugucken.

Vorbereiten, wie denn? Ich ging zur Subway runter, durchs Drehkreuz und stand mit den anderen auf dem Bahnsteig. Als die Subway kam, drängelte ich mich mit den anderen rein, lehnte mich an eine Stange und ließ Atem und Dünste über mich wegrollen. Kalter Schweiß stand mir auf der Stirn und kroch mir aus den Achseln und über den Rücken. Ich hatte noch nicht drüber nachgedacht, weil ich wusste, dass ich praktisch bis zur letzten Minute arbeiten muss, aber jetzt fragte ich mich, wie ich denn überhaupt *zur* Arbeit komme, wenn mein Bauch dicker und meine Übelkeit schlimmer wird. Wenn ich ohnmächtig werde, trampeln die Leute, die hier einsteigen und aussteigen, mich und das Baby einfach tot. *Wir zählen auf dich – Fonny zählt auf dich – Fonny zählt darauf, dass du dieses Kind sicher und gesund herbringst.* Ich hielt mich fester an der weißen Stange. Mein eiskalter Körper zitterte.

Ich sah mich im Wagen um. Es erinnerte mich ein bisschen an die Zeichnungen von den Sklavenschiffen, die ich mal gesehen hatte. Natürlich hatten sie auf den Sklavenschiffen keine Zeitungen gehabt, brauchten sie damals noch nicht; aber was den Platz anging (und vielleicht auch den Zweck), war es das gleiche Prinzip. Ein schwerer Mann, der nach Chilisoße und Zahnpasta roch, atmete mir schwer ins Gesicht. Er konnte nichts dafür, dass er atmen musste und dass mein Gesicht im Weg war. Sein Körper drückte sich fest an meinen, aber das hieß nicht, dass er an Vergewaltigung dachte oder überhaupt an mich dachte. Wahrscheinlich fragte er sich nur – und zwar dunkel –, wie er einen weiteren Arbeitstag überstehen soll. Und mich sah er gar nicht.

Wenn ein Wagen rappelvoll ist – und nicht gerade mit

Leuten, die sich kennen und zum Beispiel zu einem Picknick unterwegs sind –, ist es fast immer still. Als wenn alle bloß die Luft anhalten und darauf warten, dass sie raus können. Jedes Mal, wenn die Bahn in eine Haltestelle einfährt und Leute einen beiseitedrängeln, um rauszukommen – wie zum Beispiel jetzt der Mann, der nach Chilisoße und Zahnpasta riecht –, steigt ein großer Seufzer auf, der sofort erstickt wird von den Leuten, die einsteigen. Jetzt atmete mir eine blonde junge Frau mit einer Hutschachtel in der Hand ihren Kater ins Gesicht. Meine Haltestelle kam, ich stieg aus und ging zur Straße hoch. Ging zum Dienstboteneingang, stempelte mich ein, schloss meine Straßenkleidung weg und ging an meinen Tresen. Ich war ein bisschen spät am Platz, aber eingestempelt hatte ich mich rechtzeitig.

Der Abteilungsleiter, ein junger, ganz netter Weißer, zog eine übertriebene Grimasse, als ich an meinen Platz eilte.

An den Tresen kommen nicht nur alte weiße Damen, die an meinem Handrücken schnuppern wollen. Ganz selten mal verirren sich auch schwarze Typen in die Nähe, und wenn einer herkommt, falls er herkommt, ist er meistens offener und immer direkter. Vielleicht erinnere ich schwarze Männer wirklich zu sehr an ihre hilflose kleine Schwester. Vielleicht wollen sie nicht, dass aus mir eine Hure wird. Vielleicht kommen die schwarzen Typen einfach nur näher ran, um mir in die Augen zu gucken, um meine Stimme zu hören, um die Lage zu peilen. Und nie schnuppern sie an meinem Handrücken: Ein Schwarzer streckt seine Hand aus, damit ich sie einsprühe, und hält seine eigene Hand an die Nase. Und er tut gar nicht erst so, als wenn er Parfüm kaufen will. Manchmal tut er es aber – Parfüm kaufen; meistens nicht. Manchmal ballt sich die Hand, die er von der Nase genommen hat, heimlich zur Faust, und mit diesem Gebet, mit diesem Gruß, geht er weg. Ein weißer Mann hebt immer meine Hand an seine Nase und hält sie da. Ich hab sie alle beobachtet, den ganzen Tag, während mir irgendwas im Kopf rum und rum und rum ging. Als der Tag um war, kam Ernestine mich abholen. Sie sagte, dass sie Mrs Rogers ausfindig gemacht haben, in Santurce, Puerto Rico, und dass jemand von uns hin muss.

»Mit Hayward?«

»Nein. Hayward muss sich hier um Bell kümmern und den Staatsanwalt. Jedenfalls, es gibt viele, viele Gründe, wieso Hayward nicht hin kann. Man würde ihm vorwerfen, dass er eine Zeugin einschüchtert.«

»Aber genau das machen *die* doch!«

»Tish« – wir gingen die Eighth Avenue Richtung Columbus Circle hoch – »bis wir das beweisen können, ist dein Kind wahlberechtigt.«

»Fahren wir Subway oder Bus?«

»Wir setzen uns irgendwo hin, bis die Rushhour vorbei ist. Du und ich, wir müssen eh reden, bevor wir mit Mama und Daddy reden. Sie wissen es noch nicht, ich hab's ihnen noch nicht erzählt.«

Mir wurde klar, wie sehr Ernestine mich liebt, ich musste aber auch dran denken, dass sie nur vier Jahre älter ist als ich.

Mrs Victoria Rogers, geborene Victoria Maria San Felipe Sanchez, bestätigt, am Abend des 5. März zwischen 23 und 24 Uhr im Vorraum ihres Zuhauses von einem Mann, der von ihr inzwischen als Alonzo Hunt identifiziert wurde, angegriffen und in extremster und abscheulichster Weise sexuell missbraucht und gezwungen worden zu sein, unvorstellbare sexuelle Perversionen über sich ergehen zu lassen.

Ich hab sie noch nie gesehen. Ich weiß nur, dass ein gewisser Gary Rogers, ein irischstämmiger Amerikaner, ein Ingenieur, Victoria vor sechs Jahren, als sie etwa achtzehn war, in Puerto Rico kennengelernt hat. Er hat sie geheiratet und aufs Festland mitgenommen. Mit seiner Karriere ging es nicht bergauf, sondern bergab; anscheinend hat ihn das verbittert. Jedenfalls, nachdem er drei Kinder aus ihr rausgepumpt hat, hat er sie verlassen. Über den Mann, mit dem sie in der Orchard Street zusammengewohnt und mit dem sie sich vermutlich nach Puerto Rico abgesetzt hat, weiß ich gar nichts. Die Kinder sind wahrscheinlich irgendwo auf dem Festland bei ihren Verwandten. Ihr »Zuhause« ist die Orchard Street, dritter Stock. Wenn sie im »Vorraum« vergewaltigt wurde, dann im Erdgeschoss, unter der Treppe. Im dritten Stock wäre auch möglich, aber das ist eher unwahrscheinlich; auf dem Stockwerk befinden sich vier Wohnungen. Orchard Street, das weiß man, wenn man New York kennt, ist ziemlich weit weg von der Bank Street. Die Orchard Street liegt verdammt noch mal fast im East River, und die Bank Street liegt praktisch im Hudson. Man kann gar nicht von der Orchard zur Bank rennen, schon gar nicht, wenn die Polizei hinter einem her ist. Trotzdem *schwört* Bell, dass er gesehen hat, wie Fonny vom Tatort weggerannt ist. Das geht nur, wenn Bell außer Dienst war, sein Revier liegt nämlich auf der West Side, nicht auf der East Side. Trotzdem hat Bell Fonny in der Bank Street festgenommen. Und dann muss der Angeklagte beweisen – und für den Beweis auch noch zahlen –, dass der ganze Ablauf unlogisch und unrecht ist.

Ernestine und ich saßen in der hintersten Nische in einer Bar beim Columbus Circle.

Ernestine hat so eine Art mit mir und mit all ihren anderen Schützlingen, dass sie einem was an den Latz knallt und sich dann zurücklehnt, um abzuschätzen, wie man es aufnimmt. Sie braucht das, damit sie abschätzen kann, wo sie selber steht: Das Netz muss gespannt sein.

Vielleicht lag es daran, dass ich mich praktisch den ganzen Tag und auch die Nacht davor mit meinen Ängsten – und meinen Schätzungen – rumgeschlagen hatte über die Möglichkeit, meinen Körper zu verkaufen, aber so langsam dämmerte mir, was Vergewaltigung eigentlich bedeutet.

»Glaubst du wirklich, dass sie vergewaltigt wurde?«, fragte ich.

»Tish. Ich weiß ja nicht, was in deinem verwachsenen Köpfchen alles so rumgeht, aber das spielt überhaupt gar keine Rolle. Was uns betrifft, wurde sie vergewaltigt. Fertig.« Sie trank einen Schluck. Sie klang sehr ruhig, aber ihre Stirn arbeitete angespannt vor Sorge. »Ich glaube ja, dass sie vergewaltigt wurde und absolut keine Ahnung hat, von wem, ihn wahrscheinlich nicht mal erkennen würde, wenn sie ihm auf der Straße begegnet. Das klingt vielleicht verrückt, aber das Hirn funktioniert so. Sie würde ihn wiedererkennen, wenn er sie noch mal vergewaltigt. Aber dann wäre es keine Vergewaltigung mehr. Verstehst du?«

»Ja. Aber warum beschuldigt sie Fonny?«

»Weil Fonny ihr als der Vergewaltiger vorgesetzt wurde und es viel leichter ist, Ja zu sagen, als diese ganze Scheiße noch mal durchleben zu müssen. So ist es vorbei, für sie. Vom Prozess mal abgesehen. Aber dann ist es wirklich vorbei. Für sie.«

»Für uns auch?«

»Nein.« Sie sah mich ganz fest an. Das klingt vielleicht

komisch, aber ihren Mumm fand ich echt bewundernswert. »Für uns ist es noch nicht vorbei.« Sie war sehr vorsichtig und guckte mich dabei die ganze Zeit an. »Auf eine Weise wird es für uns vielleicht nie vorbei sein, aber darüber reden wir jetzt mal nicht. Hör zu. Wir müssen ernsthaft darüber nachdenken, anders drüber nachdenken. Darum wollte ich mit dir was trinken gehen, bevor wir nach Hause fahren.«

»Was willst du mir sagen?« Auf einmal hatte ich große Angst.

»Guck mal, ich glaub nicht, dass wir sie dazu bringen können, ihre Aussage zu ändern. Es ist ja so: Sie lügt nicht.«

»Was willst du mir sagen? Was soll der Scheiß, sie lügt nicht?«

»Hör mir doch zu! Bitte! Natürlich lügt sie. Wir wissen, dass sie lügt. Aber ... sie ... lügt ... nicht. Für ihre Begriffe hat Fonny sie vergewaltigt, und fertig, und jetzt ist sie durch mit der Geschichte. Vorbei. Für sie. Wenn sie ihre Aussage ändert, dreht sie durch. Oder wird ein anderer Mensch. Und du weißt, wie oft Leute durchdrehen und wie selten sie sich ändern.«

»Und – was sollen wir machen?«

»Wir müssen die Anklage widerlegen. Es bringt nichts, von denen zu verlangen, dass sie den Beweis liefern, weil für sie ist die Beschuldigung schon der Beweis, und genau so nehmen das dann die Weichbirnen auf der Geschworenenbank auf, alles untern Teppich damit. Das sind auch Lügner – und *wir* wissen, dass sie Lügner sind. Aber *sie* wissen das nicht.«

Aus irgendeinem Grund musste ich an was denken, was jemand vor langer Zeit zu mir gesagt hatte – vielleicht war es Fonny: *Ein Narr nennt sich niemals selber einen Narren.*

»Wir können sie nicht widerlegen. Daniel sitzt im Knast.«

»Ja. Aber Hayward ist morgen bei ihm.«

»Das heißt doch nichts. Daniel ändert trotzdem noch seine Aussage, da wette ich mit mir.«

»Vielleicht. Vielleicht auch nicht. Aber ich hab eine andere Idee.«

Da saßen wir, in dieser schmuddeligen Bar, zwei Schwestern, die versuchten, die Ruhe zu bewahren.

»Nehmen wir mal an, es kommt zum Schlimmsten: Mrs Rogers ändert ihre Aussage nicht. Nehmen wir mal an, Daniel ändert seine. Bleibt nur noch Officer Bell, oder?«

»Ja. Und?«

»Na ja, ich hab eine Akte über ihn. Eine fette Akte. Ich kann beweisen, dass er einen zwölfjährigen schwarzen Jungen getötet hat, in Brooklyn vor zwei Jahren. Darum ist er nach Manhattan versetzt worden. Ich kenne die Mutter von dem Jungen. Und ich kenne Bells Frau, und die hasst ihn.«

»Sie kann nicht gegen ihn aussagen.«

»Sie muss auch gar nicht gegen ihn aussagen. Sie muss nur im Gerichtssaal sitzen und zugucken ...«

»Ich kapier nicht, wie das helfen soll ... überhaupt nicht ...«

»Ich weiß. Und vielleicht hast du recht. Aber im schlimmsten Fall, und es ist immer besser, damit zu rechnen – mit dem Schlimmsten –, muss unsere Taktik darin bestehen, die Glaubwürdigkeit des einzigen Zeugen der Anklage zu erschüttern.«

»Ernestine«, sagte ich, »du träumst.«

»Glaub ich nicht. Ich poker. Wenn ich diese beiden Frauen, eine weiß, eine schwarz, in den Gerichtssaal kriege, und wenn Hayward seine Arbeit gut macht, sollten wir es schaffen, dass dieser Fall im Kreuzverhör an die Wand fährt. Denk dran, Tish, da ist ja nicht viel dran an dem Fall. Wenn Fonny weiß wäre, hätten sie überhaupt keinen Fall.«

Okay, ich kapier schon, was sie meint, ich weiß, wie sie tickt. Es ist ein Schuss ins Blaue. Aber in unserer Lage zählt ja schließlich nur der Schuss ins Blaue. Mehr haben wir nicht: fertig. Und wenn es ginge, das ist mir schon auch klar, dann würden wir hier ganz cool sitzen, total cool, und überlegen, wie wir Bell die Birne wegpusten. Danach würden wir mit den Schultern zucken und noch einen trinken: fertig. Die Leute haben ja keine Ahnung.

»Ja. Okay. Und Puerto Rico?«

»Unter anderem darum wollte ich mit dir reden, bevor wir mit Mama und Daddy reden. Hör zu. Du kannst nicht hin, du musst hierbleiben, allein schon, weil Fonny ohne dich die Panik kriegt. Ich seh nicht, dass ich hin kann. Ich muss Hayward weiter Feuer unterm Arsch machen. Logisch, dass ein Mann nicht hin kann. Daddy kann nicht hin und Frank weiß Gott auch nicht. Bleibt – Mama.«

»Mama?«

»Ja.«

»Sie will nicht nach Puerto Rico.«

»Richtig. Und sie hasst Fliegen. Aber sie will den Vater von deinem Baby aus dem Knast raus haben. Natürlich will sie nicht nach Puerto Rico. Aber sie wird es machen.«

»Und was, meinst du, erreicht sie da?«

»Sie kann was erreichen, was kein Detektiv kann. Sie könnte zu Mrs Rogers durchdringen. Vielleicht auch nicht, aber wenn, dann haben wir Oberwasser. Und wenn nicht, dann haben wir nichts verloren, und immerhin wissen wir dann, dass wir es versucht haben.«

Ich sah ihr auf die Stirn. Okay.

»Und Daniel?«

»Wie gesagt, Hayward ist morgen bei ihm. Könnte sogar

sein, dass er heute schon zu ihm konnte. Er ruft uns heute Abend an.«

Ich lehnte mich zurück. »Scheiß aber auch.«

»Ja, aber wir stecken nun mal drin.«

Dann schwiegen wir. Jetzt erst merkte ich, wie laut es war in der Bar. Und ich sah mich um. Das war ein ekliger Laden, und die Leute hier konnten Ernestine und mich eigentlich nur für müde Huren halten oder ein lesbisches Paar oder beides. Tja. Wir steckten jetzt echt drin, und vielleicht wurde es noch schlimmer. Bestimmt – und jetzt trat mir etwas, das so schwer zu erhaschen war wie ein Flüstern in einem rappelvollen Raum, so leicht und so klar wie eine Spinnwebe, unter die Rippen und überrumpelte mein Herz – wurde es schlimmer. Aber dieses leichte Klopfen, dieser Tritt, dieses Zeichen, sagte mir, dass das, was schlimmer werden kann, auch besser werden kann. Ja. Es wurde bestimmt schlimmer. Aber das Baby, das sich zum ersten Mal in seinem unglaublichen Wasserschleier gedreht hatte, kündigte sich an und rief nach mir; sagte mir, in dem einen Moment, dass das, was schlimmer werden kann, auch besser werden kann; und dass das, was besser werden kann, auch schlimmer werden kann. Bis dahin – bis in alle Ewigkeit – hing es ganz und gar von mir ab. Das Baby kam nicht her ohne mich. Ich wusste das vielleicht schon etwas länger, auf eine Weise, aber jetzt wusste es auch das Baby, und es sagte mir, dass es zwar bestimmt schlimmer wurde, doch wenn es erst mal das Wasser verließ, konnte das, was schlimmer wird, auch besser werden. Es blieb noch eine ganze Weile im Wasser, aber es bereitete sich auf seine Verwandlung vor. Und das musste ich auch tun.

Ich sagte: »Ist gut. Ich hab keine Angst.«

Ernestine lächelte. »Dann los.«

Joseph und Frank saßen, wie wir später erfahren haben, auch in einer Bar, und das spielte sich zwischen ihnen ab:

Joseph ist Frank gegenüber im Vorteil – wobei er das jetzt erst so langsam kapiert beziehungsweise ahnt –, weil er keine Söhne hat. Er hat sich immer einen Sohn gewünscht, das hat Ernestine viel heftiger zu spüren gekriegt als ich; als ich kam, hatte er sich schon damit abgefunden. Wenn er Söhne hätte, wären die jetzt vielleicht tot oder im Knast. Und wie sie da in der Nische in der Bar in der Lenox Avenue sitzen, wissen sie beide, was für ein Wunder es ist, dass Josephs Töchter nicht auf den Strich gehen. Über die Katastrophe, die die Frauen in Franks Haus eingeholt hat, wissen sie beide viel mehr, als ihnen lieb ist, und ganz bestimmt viel mehr, als sie ausdrücken können.

Frank guckt auf den Tisch und hält sein Glas mit beiden Händen fest: Er hat einen Sohn. Joseph nimmt einen Schluck von seinem Bier und sieht ihn an. Dieser Sohn ist jetzt auch sein Sohn, und dadurch ist Frank sein Bruder.

Sie sind beide erwachsene Männer, an die fünfzig, und sie stecken beide in schrecklichen Schwierigkeiten.

Und sehen beide nicht so aus. Joseph ist viel dunkler als Frank, hat tief liegende schwarze Augen und schwere Lider, streng, still, und eine hohe Stirn, auf der links eine Ader pocht, eine Stirn, die so hoch ist, dass man an Kathedralen denkt. Seine Lippen sind immer ein bisschen verzogen. Nur wer ihn kennt – und wer ihn liebt –, weiß, wann sie sich vor Lachen verziehen, wann aus Liebe und wann vor Zorn. Der Schlüssel liegt in der pochenden Ader auf seiner Stirn. Die Lippen verändern sich sehr wenig, die Augen verändern sich dauernd: Und wenn Joseph glücklich ist, und wenn er lacht, passiert was absolut Wunderbares. Dann sieht er aus – echt wahr, dabei kriegt er schon graue Haare – wie dreizehn. Einmal hab ich gedacht: Bin ich froh, dass ich ihn nicht kennengelernt hab, als er ein junger Mann war, und dann dachte ich: Aber du bist seine Tochter. Da war ich ganz gelähmt und dachte nur noch: Wow.

Frank ist heller und schlanker. Meinen Vater kann man, glaub ich, nicht schön nennen, Frank schon. Das meine ich nicht abfällig, sein Gesicht hat dafür bezahlt, bezahlt immer noch dafür – einen fürchterlichen Preis. Wie du aussiehst, dafür lassen dich die Leute zahlen, also auch dafür, wie du glaubst, dass du aussiehst, und was die Zeit in ein Menschengesicht schreibt, das ist das Protokoll dieses Zusammenpralls. Frank hat es gerade eben so überlebt. Seine Stirn ist gefurcht wie eine Handfläche – unlesbar; sein Haar, das langsam grau wird, ist dicht und kräuselt sich heftig vom spitzen Haaransatz nach oben. Seine Lippen sind nicht so dick wie Josephs und tanzen auch nicht so, sondern sind zusammengekniffen, als wenn er sich wünschen würde, dass sie verschwinden. Er hat hohe Wangenknochen, und seine großen dunklen Augen gehen schräg nach oben wie bei Fonny – Fonny hat die Augen von seinem Vater.

Joseph weiß das bestimmt nicht so wie seine Tochter, aber er starrt Frank schweigend an und zwingt ihn damit, hochzugucken.

»Was machen wir?«, fragt Frank.

»Na ja, als Erstes«, sagt Joseph entschlossen, »müssen wir aufhören, uns gegenseitig die Schuld zu geben und uns selbst die Schuld zu geben. Wenn wir das nicht schaffen, Mann, sind wir so fertig, dass wir den Jungen nie rauskriegen. Und wir können uns jetzt nicht fertigmachen, ich weiß, dass du verstehst, was ich damit sagen will.«

»Was machen wir wegen dem Geld, Mann?«, fragt Frank mit seinem kleinen Lächeln.

»Hattest du schon mal Geld?«, fragt Joseph.

Frank guckt ihn an und sagt nichts – fragt nur mit den Augen.

Joseph wiederholt seine Frage: »Hattest du schon mal Geld?«

»Nein«, sagt Frank schließlich.

»Was machst du dir dann jetzt Sorgen?«

Frank guckt ihn wieder an.

»Du hast sie irgendwie großgekriegt, oder? Du hast sie irgendwie satt gekriegt – oder? Wenn wir uns jetzt Sorgen machen ums Geld, Mann, sind wir fertig und verlieren unsere Kinder. Der weiße Mann, mögen seine Eier verschrumpeln und sein Arschloch verrotten, der will doch, dass wir uns Sorgen machen ums Geld. Das ist sein Spiel. Aber wenn wir so weit gekommen sind ohne Geld, kommen wir auch noch weiter. Ich mach mir keine Sorgen um deren Geld – die haben sowieso kein Recht drauf, die haben es uns doch geklaut –, die kennen überhaupt niemanden, den sie noch nicht belogen und bestohlen haben. Ich kann auch stehlen. Und rauben. Was meinst du, wie ich meine Töchter großgezogen hab? Scheiße.«

Aber Frank ist nicht Joseph. Er starrt wieder auf den Tisch, in sein Glas.

»Was, meinst du, wird passieren?«

»Was wir passieren lassen«, sagt Joseph – wieder so entschlossen.

»Das sagt sich so leicht.«

»Nicht, wenn man es so meint.«

Lange Zeit sagen die beiden Männer gar nichts. Sogar die Jukebox schweigt.

»Wahrscheinlich«, sagt Frank schließlich, »liebe ich Fonny mehr als irgendwen sonst auf dieser Welt. Und ich schäme mich, Mann, ehrlich, weil er war ein echt süßer, strammer kleiner Kerl, keine Angst vor nichts – außer vielleicht vor seiner Mama. Seine Mama hat er nicht verstanden.« Frank überlegt. »Und ich weiß nicht, was ich hätte machen können. Ich bin ja keine Frau, und manche Sachen kann nur eine Frau machen mit einem Kind. Ich dachte ja, sie liebt ihn – so wie ich wahrscheinlich irgendwann gedacht hab, dass sie mich liebt.« Frank nimmt einen Schluck und versucht zu lächeln. »Ich weiß nicht, ob ich je ein Vater für ihn war – ein echter Vater –, und jetzt sitzt er im Knast, und er kann nichts dafür, und ich weiß nicht mal, wie ich ihn da rausholen soll. Was für ein Prachtkerl ich doch bin.«

»Genau dafür hält er dich auf jeden Fall«, sagt Joseph. »Er liebt dich, und er achtet dich – immerhin weiß ich das wahrscheinlich besser als du. Aber jetzt mal ehrlich. Dein kleiner Junge ist der Vater von dem Baby von meinem kleinen Mädchen. Wie kannst du dann hier rumsitzen und so tun, als wenn wir nichts machen können? Soll ich dir in den Arsch treten?« Das kommt total heftig raus, aber dann lächelt er. »Ich weiß«, sagt er ganz behutsam, »ich weiß. Aber ich kenn ein paar Tricks, und du kennst ein paar Tricks, und es geht hier um unsere Kinder, und die müssen wir rausholen aus der Klemme.« Joseph nimmt den letzten Schluck Bier. »Lass uns austrinken und loslegen. Wir haben ganz viel Scheiß zu erledigen, und zwar fix.«

Frank trinkt aus und strafft seine Schultern. »Du hast recht, Kumpel. Auf geht's.«

Der Termin für Fonnys Prozess wird andauernd verschoben. Genau das bringt mich absurderweise drauf, dass Hayward es doch ernst meint. Ich glaube, am Anfang war es ihm noch ziemlich egal. Er hatte noch nie so einen Fall wie den von Fonny, und Ernestine hatte ihn, teilweise aus Erfahrung, aber vor allem aus Instinkt, da reingeprügelt. Als er einmal drin war, hat die Scheiße aber zum Himmel gestunken, und ihm blieb gar nichts anderes übrig, als weiter drin rumzurühren. Zum Beispiel war gleich klar, dass sein großes Interesse an seinem Mandanten – genau genommen die Tatsache, dass er überhaupt Interesse an ihm hat – den Hütern von Schloss und Siegel ganz heftig gegen den Strich geht. Das hatte er nicht erwartet, und zuerst hat ihn das gewundert, dann geängstigt und dann aufgeregt. Er hat ziemlich schnell kapiert, dass er zwischen Zuckerbrot und Peitsche wählen muss: Der Peitsche konnte er nicht ausweichen, aber er wollte verdammt sein, wenn er aufs Zuckerbrot reinfällt. Das hat ihn abgeschnitten von allen, ja abgestempelt, und das hat zwar das Risiko für Fonny erhöht, aber auch die Verantwortung für Hayward. Dabei war es gar nicht so hilfreich, dass ich ihm misstraut habe, Ernestine ihm dauernd in den Ohren lag, Mama einsilbig war und Joseph ihn bloß als weißen Jungen mit Collegeabschluss abgetan hat.

Obwohl ich ihm am Anfang natürlich misstraut hab, bin ich eigentlich nicht in dem Sinne ein misstrauischer Mensch: Und sowieso, je länger sich das hinzog und je mehr wir uns alle bemüht haben, unsere Angst voreinander zu verbergen, desto stärker waren wir aufeinander angewiesen – wir hatten gar keine andere Wahl. Und da hab ich gemerkt, dass der Kampf für Hayward mit der Zeit immer persönlicher wurde und nichts mehr mit Dankbarkeit oder öffentlicher Anerkennung zu tun hatte. Es war ein erbärmlicher, ein banaler Fall, diese Vergewaltigung einer ungebildeten Puerto Ricanerin durch einen schwarzen Jungen – was fand er daran so aufregend? Seine Kollegen haben ihn ausgelacht und geschnitten. Dadurch hat sich das Risiko noch mal erhöht, nicht zuletzt das Risiko, dass er in Selbstmitleid versinkt und gegen Windmühlen anstürmt, aber dafür war Fonny zu echt und Hayward zu stolz.

Die Kalender sind voll – es würde ungefähr tausend Jahre dauern, alle Menschen, die in Amerika im Gefängnis sitzen, vor Gericht zu bringen, aber Amerikaner sind ja Optimisten und hoffen auf Zeit –, und mitfühlende oder einfach nur mitdenkende Richter sind so selten wie Schneestürme in den Tropen. Dagegen stehen die perverse Macht und die rasende Feindseligkeit der Staatsanwaltschaft. Hayward muss also richtig balancieren, um Fonny vor einen Richter zu bringen, der sich den Fall auch wirklich anhört. Dafür braucht Hayward Charme, Geduld, Geld und ein Rückgrat aus gehärtetem Stahl.

Er hat es geschafft, Daniel zu sehen; Daniel ist geschlagen worden. Für seine Freilassung kann er nichts tun, weil sie ihn wegen Drogen drangekriegt haben. Er müsste seinen Fall übernehmen, sonst darf er ihn nicht besuchen. Auf diesen Vorschlag reagiert Daniel ausweichend und ängstlich. Hayward vermutet, dass er außerdem ruhiggestellt wird, und weiß nicht, ob er ihn in den Zeugenstand rufen soll oder lieber nicht.

Das ist der Stand der Dinge. Mama muss allmählich meine Kleider auslassen, und zur Arbeit trage ich Jacke und Hose. Aber sehr lange kann ich nicht mehr weiterarbeiten, das ist klar: Jede Sekunde, die ich zu Fonny darf, muss ich nutzen. Joseph macht Überstunden für doppelten Lohn und Frank auch. Ernestine hat weniger Zeit für ihre Jugendlichen, weil sie jetzt halbtags als Privatsekretärin für eine steinreiche, exzentrische junge Schauspielerin arbeitet, deren Kontakte sie mobilisieren und nutzen will. Joseph klaut eiskalt und systematisch im Hafen, Frank im Garment District, und die heiße Ware verkaufen sie in Harlem und in Brooklyn. Das erzählen sie uns nicht, aber wir wissen es. Sie erzählen es uns nicht, damit man uns nichts anhängen kann, falls es schiefgeht. Durch ihr Schweigen kommen wir nicht durch, das dürfen wir gar nicht erst versuchen. Beide Männer würden sofort in den Knast gehen oder einen Bullen in die Luft jagen oder eine ganze Stadt, um ihre Nachkommen aus den Klauen dieser demokratischen Hölle zu retten.

Sharon muss sich langsam auf ihre Reise nach Puerto Rico vorbereiten, und Hayward erklärt ihr, was sie wissen muss:

»Sie ist nicht direkt in Santurce, sondern etwas außerhalb, was man früher vielleicht Vorstadt genannt hätte, heute aber viel schlimmer ist als das, was wir Slum nennen. In Puerto Rico nennt man das, glaube ich, eine Favela. Ich war ein Mal in Puerto Rico, und ich will gar nicht erst versuchen, Ihnen eine Favela zu beschreiben. Wenn Sie zurückkommen, werden Sie die auch nicht beschreiben wollen.«

Hayward guckt sie an, durchdringend und zugleich abwesend, und gibt ihr einen getippten Zettel. »Das ist ihre Adresse. Sobald Sie dort ankommen, werden Sie allerdings feststellen, dass das Wort ›Adresse‹ eigentlich nichts bedeutet – ehrlicher wäre: Das ist ihr Viertel.«

Sharon, die ihre weiche beige Baskenmütze trägt, liest den Zettel.

»Ein Telefon gibt es nicht«, sagt Hayward, »außerdem ist

ein Telefon das Letzte, was Sie brauchen, genauso gut könnten Sie Leuchtraketen abschießen. Aber es ist nicht schwer zu finden. Immer der Nase nach.«

Sie gucken einander an.

»Also«, sagt Hayward mit einem total gequälten Lächeln, »um Ihnen die Sache noch etwas zu erleichtern, muss ich hinzufügen, dass wir nicht genau wissen, unter welchem Namen sie dort lebt. Ihr Mädchenname ist Sanchez – aber das ist in etwa so, als würden Sie nach einer Mrs Jones oder einem Mr Smith suchen. Ihr Ehename ist Rogers, doch der taucht bestimmt nur in ihrem Pass auf. Der Name ihres Lebensgefährten« – er guckt auf einen anderen Zettel, dann auf Sharon, dann auf mich – »lautet Pietro Tomasino Alvarez.«

Er gibt Sharon den Zettel, und Sharon liest auch den.

»Und«, sagt Hayward, »nehmen Sie das hier mit. Ich hoffe, es hilft weiter. Sie sieht immer noch so aus, es wurde letzte Woche aufgenommen.«

Er gibt Sharon ein Foto, etwas größer als ein Passbild.

Ich hab sie noch nie gesehen. Ich steh auf, um Sharon über die Schulter zu gucken. Sie ist blond – sind Puerto Ricaner blond? Sie lächelt verkniffen in die Kamera, aber in ihren Augen ist Leben. Die Augen und die Augenbrauen sind dunkel, und ihre dunklen Schultern sind nackt.

»Ist das in einem Nachtclub?«, fragt Sharon.

»Ja«, antwortet Hayward und sieht sie an; sie sieht ihn an.

»Arbeitet sie da?«

»Nein, aber Pietro.«

Ich betrachte noch immer über Mamas Schulter das Gesicht von meiner Todfeindin.

Mama dreht das Foto um und hält es im Schoß.

»Wie alt ist dieser Pietro?«

»Ungefähr … zweiundzwanzig.«

Und ganz genau, wie es in diesem Lied heißt: *God arose! In a windstorm! And he troubled everybody's mind!*, breitet sich Stille im Büro aus. Mama beugt sich vor und denkt weiter.

»Zweiundzwanzig«, sagte sie langsam.

»Ja«, sagt Hayward. »Ich fürchte, dadurch werden die Karten noch mal neu gemischt.«

»Was genau erwarten Sie von mir?«, fragt Sharon.

»Unterstützung«, sagt Hayward.

»Schön«, sagt Sharon nach einem Moment, macht ihre Handtasche auf, dann ihr Portemonnaie, steckt die beiden Zettel sorgfältig rein, macht das Portemonnaie zu, schiebt es tief in ihre Handtasche und macht die Tasche zu. »Dann mach ich mich morgen auf den Weg. Ich ruf an oder lass jemanden anrufen, bevor ich abreise. Nur damit Sie wissen, wo ich bin.«

Sie steht auf, Hayward steht auf, und wir gehen zur Tür.

»Haben Sie ein Foto von Fonny bei sich?«, fragt Hayward.

»Ich hab eins«, sage ich.

Und ich hole mein Portemonnaie aus der Tasche. Ich hab sogar zwei Fotos, auf dem einen sind Fonny und ich zu sehen, wie wir an dem Geländer vor dem Haus in der Bank Street lehnen. Sein Hemd ist bis zum Bauchnabel aufgeknöpft, er hat den Arm um mich gelegt, und wir lachen beide. Auf dem anderen ist nur Fonny, zu Hause neben dem Plattenspieler, ernst und friedlich; das ist mein Lieblingsfoto von ihm.

Mama nimmt die Fotos und gibt sie Hayward; er betrachtet sie, dann nimmt sie ihm die Fotos wieder ab.

»Sind das die einzigen?«, fragt sie mich.

»Ja.«

Sie gibt mir das Foto von Fonny zurück. Das von uns beiden steckt sie in ihr Portemonnaie, das wieder ganz tief in ihrer Handtasche verschwindet. »Das hier sollte hinhauen«, sagt sie. »Schließlich ist es meine Tochter, und sie ist nicht vergewaltigt worden.« Sie gibt Hayward die Hand. »Drücken Sie die Daumen, mein Sohn, hoffen wir, dass die alte Lady das Kind nach Hause schaukelt.«

Sie dreht sich zur Tür um, aber Hayward hält sie noch mal auf.

»Dass Sie nach Puerto Rico fahren, gibt mir so viel Zuversicht wie seit Wochen nicht mehr. Aber: Nur damit Sie es wissen, die Staatsanwaltschaft hält ständigen Kontakt zur Familie Hunt – genauer, der Mutter und den beiden Schwestern –, und die haben anscheinend die Haltung, dass Fonny schon immer nutzlos und unbelehrbar war.«

Hayward guckt uns beide kurz schweigend an.

»Also: Wenn die Anklage drei anständige schwarze Frauen dazu kriegt, unter Eid auszusagen oder zu bezeugen, dass ihr Sohn und Bruder schon immer ein gefährliches asoziales Wesen war, wird das ein herber Schlag für uns.«

Er schweigt wieder und dreht sich zum Fenster.

»Genau genommen – denn Galileo Santini ist nicht dumm – wäre es weit wirksamer, sie nicht als Leumundszeugen aufzurufen, denn dann können sie nicht ins Kreuzverhör genommen werden; er bräuchte der Jury nur zu vermitteln, dass diese anständigen, gottesfürchtigen Frauen vor Kummer und Scham daniederliegen. Und der Vater kann als trinkfester Taugenichts abgetan werden, als verheerendes Vorbild für seinen Sohn – zumal er öffentlich gedroht hat, Santini den Kopf wegzupusten.«

Er wendet sich vom Fenster ab und sieht uns aufmerksam an.

»Wahrscheinlich werde ich Sie, Sharon, und Mr Rivers als Leumundszeugen aufrufen. Aber Sie sehen, womit wir es hier zu tun haben.«

»Immer besser, man weiß es«, sagt Sharon, »als dass man es nicht weiß.«

Hayward klopft Sharon sanft auf die Schulter. »Schaukeln Sie das Kind nach Hause.«

Ich denk bei mir: Und ich kümmer mich um die Schwestern und die Mutter. Aber ich sag nur: »Danke, Hayward. Auf Wiedersehen«.

Und Sharon sagt: »Okay. Alles klar. Wiedersehen.« Dann gehen wir den Flur runter zum Fahrstuhl.

Ich erinnere mich noch an die Nacht, in der das Kind gezeugt wurde, das war nämlich die Nacht nach dem Tag, an dem wir endlich unseren Speicher gefunden hatten. Der Typ, Levy hieß er, wollte uns den tatsächlich vermieten, der hat uns nicht verarscht. Levy war aus der Bronx, dreiunddreißig ungefähr, hatte ein fröhliches Gesicht, beige Haut und lockige Haare und große, irgendwie blitzende schwarze Augen, und er mochte uns. Er mochte Leute, die sich lieben. Der Speicher lag hinter der Canal Street, war groß und ziemlich gut in Schuss. Er hatte zwei große Fenster auf die Straße raus und zwei nach hinten aufs Dach, mit Geländer. Fonny hatte einen Raum zum Arbeiten, und wenn alle Fenster auf waren, starb man im Sommer auch nicht vor Hitze. Das Dach fanden wir so toll, da konnte man abends essen oder was trinken oder einfach nur sitzen, wenn man wollte, Arm in Arm. »Teufel«, sagte Levy, »schleppt eure Decken raus und schlaft da draußen.« Er lächelte Fonny an. »Macht Babys dort. So bin ich entstanden.« Am Besten erinnere ich mich noch daran, dass wir uns mit ihm nicht unwohl gefühlt haben. Wir haben alle zusammen gelacht. »Ihr zwei solltet schöne Babys machen«, hat er gesagt, »glaubt mir, die Welt hat sie bitter nötig.«

Er wollte nur eine Monatsmiete im Voraus, und etwa eine Woche später hab ich ihm das Geld vorbeigebracht. Als dann das mit Fonny passierte, hat er was ganz Komisches gemacht, was sehr Schönes, finde ich. Er hat mich angerufen und gesagt, ich könnte das Geld zurückhaben, jederzeit. Aber, das hat er gesagt, er wird den Speicher an niemand sonst vermieten. »Kann ich nicht«, sagte er. »Diese Schweine. Der Speicher bleibt leer, bis dein Kerl aus dem Knast raus ist, und das sind nicht nur schöne Worte.« Er hat mir auch seine Nummer gegeben und mich richtig drum gebeten, dass ich ihm sage, wenn er irgendwas tun kann. »Ich will, dass ihr eure Babys kriegt. In der Hinsicht bin ich ein bisschen komisch.«

Levy hat uns das ziemlich komplizierte System aus Schlössern und Schlüsseln gezeigt und erklärt. Unser Speicher war ganz oben, im dritten oder vierten Stock, mit steilen Treppen. Der Speicher hatte Doppelschlösser mit verschiedenen Schlüsseln, und dann war da noch die Tür oben an der Treppe, die uns vom restlichen Gebäude trennte.

»Mann«, fragte Fonny, »was machen wir denn, wenn es brennt?«

»Ach«, sagte Levy, »das hab ich ganz vergessen«, schloss die Türen wieder auf und ging rein. Er führte uns aufs Dach bis zum Rand, ans Geländer. Ganz rechts ging das Geländer auf und in einen schmalen Steg über. Der führte zu einer Eisentreppe bis ganz runter in den Hof. Im Hof, der von Mauern umschlossen war, hat man sich dann vielleicht immer noch gefragt, was man bitte schön machen soll: Ein bisschen war es eine Falle, aber immerhin musste man nicht von einem brennenden Haus runterspringen. Wenn man einmal unten war, musste man nur noch hoffen, dass man nicht von den brennenden, einstürzenden Mauern begraben wird.

»Okay«, sagte Fonny und führte mich vorsichtig am Ellbogen zurück aufs Dach, »gut.« Dann kam noch mal das Ritual mit dem Abschließen, und dann gingen wir runter. »Macht euch keine Gedanken über die Nachbarn«, sagte Levy, »nach fünf, sechs habt ihr nämlich keine mehr. Zwischen euch und der Straße liegen nur kleine, sterbende Sweatshops.«

Wir traten auf die Straße, und er zeigte uns, wie man die Haustür auf- und zuschließt.

»Alles klar?«, fragte er Fonny.

»Alles klar.«

»Kommt, ich geb einen Milkshake aus.«

An der Ecke haben wir dann Milkshakes getrunken, Levy gab uns die Hand und fuhr nach Hause zu seiner Frau und seinen Kindern – zwei Jungs, dreieinhalb und zwei. Aber vorher sagte er noch: »Hört zu. Ich hab zwar gesagt, macht euch keine Gedanken über die Nachbarn, aber hütet euch vor den Cops, die sind der Horror.«

Zu den schrecklichsten Geheimnissen des Lebens gehört es, dass man eine Warnung immer erst im Nachhinein beherzigen kann: zu spät.

Als wir uns von Levy verabschiedet hatten, gingen Fonny und ich Hand in Hand durch die breiten, hellen, vollen Straßen ins Village zu unserer Bude. Wir quatschten und quatschten und lachten und lachten. Wir gingen über die Houston und dann die Sixth Avenue hoch – Avenue of the Americas! – mit all den Scheißflaggen, die wir gar nicht sahen. Ich wollte noch zu einem Gemüseladen in der Bleecker Street, um Tomaten zu kaufen. Wir überquerten die Avenue of the Americas und bogen westwärts in die Bleecker ein. Fonny hatte den Arm um meine Taille gelegt. Wir hielten beim Gemüseladen, und ich guckte mich um.

Fonny hasst Einkaufen. »Sekunde«, sagte er, »ich hol mal eben Zigaretten«, und ging die Straße hoch und um die Ecke.

Ich suchte mir Tomaten aus, und ich weiß noch, wie ich dabei vor mich hin summte. Dann suchte ich eine Waage und den Mann oder die Frau, die die Tomaten für mich abwiegt und mir sagt, wie viel ich zahlen muss.

Fonny hat recht, wenn er über mich sagt, dass ich nicht sehr schlau bin. Als ich die Hand auf meinem Hinten spürte, dachte ich, es ist Fonny: Dann erst wurde mir klar, dass Fonny mich nie, niemals vor allen Leuten so anfassen würde.

Als ich mich umdrehte mit meinen sechs Tomaten in der Hand, stand ich vor einem kleinen, jungen, schmierigen italienischen Penner.

»Hm, ich mag Tomaten, die Tomaten mögen«, sagte er und leckte sich lächelnd die Lippen.

Zwei Sachen gingen mir gleichzeitig durch den Kopf, nein, drei: Wir stehen auf einer belebten Straße. Fonny kommt jeden Moment zurück. Ich will dem Jungen die Tomaten ins Gesicht schleudern. Aber noch hatte uns keiner bemerkt, und ich wollte nicht, dass Fonny sich prügelt. Dann sah ich, wie ein weißer Polizist langsam die Straße hochkommt.

Mir wurde bewusst, dass ich schwarz bin und die Straßen weiß sind, also drehte ich mich um und ging mit meinen Tomaten in den Laden. Ich fand eine Waage, legte die Tomaten drauf und sah mich nach irgendwem um, der sie abwiegt, damit ich zahlen und gehen kann, bevor Fonny wieder um die Ecke biegt. Der Polizist war jetzt auf der anderen Straßenseite, und der Junge war mir in den Laden gefolgt.

»Hey, du süße Tomate. Ich mag Tomaten, weißt du.«

Jetzt guckten die Leute. Ich wusste nicht, was ich machen soll – aus dem Laden rausgehen, bevor Fonny um die Ecke biegt, das war das Einzige, was ich machen konnte. Aber ich kam nicht raus: Der Typ versperrte mir den Weg. Ich guckte mich hilfesuchend um – die Leute starrten, regten sich aber nicht. In meiner Verzweiflung wollte ich den Polizisten rufen, aber als ich einen Schritt machte, packte der Junge mich am Arm. Wahrscheinlich war er nur ein abgewrackter Junkie, aber als er mich am Arm packte, wischte ich ihm eine und spuckte ihm ins Gesicht. Genau in dem Moment kam Fonny rein.

Fonny packte den Jungen an den Haaren, warf ihn auf den Boden, zerrte ihn hoch, trat ihm in die Eier, schleifte ihn auf die Straße raus und warf ihn wieder auf den Boden. Ich schrie und krallte mich mit aller Macht an Fonny fest, weil ich sah, dass der Polizist von der Ecke gegenüber hergerannt kam – und der weiße Junge lag blutend und würgend in der Gosse. Ich war mir sicher, dass der Polizist Fonny umbringen will, aber wenn ich mich zwischen ihn und Fonny stellte, konnte er Fonny nicht umbringen; mit meiner ganzen Kraft, mit meiner ganzen Liebe, meinen Gebeten und mit dem Wissen bewaffnet, dass Fonny mich bestimmt nicht zu Boden stößt, drückte ich meinen Hinterkopf an Fonnys Brust, hielt seine beiden Handgelenke fest und guckte dem Polizisten ins Gesicht. »Dieser Mann – da – hat mich angegriffen«, sagte ich. »Direkt da im Laden. Eben gerade. Alle haben das gesehen.«

Keiner sagte was.

Der Polizist sah die Leute an. Dann wieder mich. Dann Fonny. Ich konnte Fonnys Gesicht nicht sehen, aber ich konnte das Gesicht von dem Polizisten sehen: Und ich wusste, ich darf mich nicht bewegen und darf, wenn ich es irgendwie schaffe, auch nicht zulassen, dass Fonny sich bewegt.

»Und wo warst du währenddessen«, fragte der Polizist Fonny geschraubt, »während das alles« – sein Blick wischte genau so über mich wie der Blick von dem Jungen vorher – »während sich all das ereignete zwischen dem jungen Burschen dort und« – sein Blick tastete mich wieder ab – »und deinem Mädchen?«

»Er war um die Ecke«, sagte ich, »Zigaretten holen.« Ich wollte nicht, dass Fonny den Mund aufmacht. Ich hoffte, dass er mir das verzeiht, hinterher.

»Stimmt das, Junge?«

»Er ist kein Junge, Officer«, sagte ich.

Jetzt sah er mich an, sah mich zum ersten Mal richtig an und sah deswegen auch zum ersten Mal Fonny richtig an.

In der Zwischenzeit hatten ein paar Leute dem Burschen hochgeholfen.

»Wohnst du hier in der Gegend?«, fragte der Polizist Fonny.

Mein Hinterkopf klebte immer noch an Fonnys Brust, aber seine Handgelenke hatte er aus meinen Händen rausgezogen.

»Ja«, sagte Fonny, »in der Bank Street«, und nannte die Adresse.

Ich wusste, dass Fonny mich gleich wegschiebt.

»Wir nehmen dich mit, Junge«, sagte der Polizist, »wegen Körperverletzung.«

Ich weiß nicht, was passiert wäre, wenn die italienische Lady, der dieser Laden gehört, nicht den Mund aufgemacht hätte. »Oh, nein«, sagte sie, »ich kenne diese beiden jungen Leute. Sie kaufen hier oft ein. Was die junge Dame Ihnen erzählt hat, stimmt. Ich hab sie beide gesehen, eben, als sie gekommen sind, und sie hat ihre Tomaten ausgesucht, und ihr junger Mann ist weggegangen und hat gesagt, dass er gleich wiederkommt. Ich war beschäftigt, ich konnte mich nicht gleich um sie kümmern; ihre Tomaten liegen noch auf der Waage. Und dieser kleine nichtsnutzige Scheißer da drüben hat sie tatsächlich angegriffen. Und hat genau das gekriegt, was er verdient. Was würden Sie denn machen, wenn ein Mann Ihre Frau angreift? Falls Sie eine haben.« Die Menge kicherte, und der Polizist wurde rot. »Ich hab ganz genau gesehen, was passiert ist. Ich bin eine Zeugin, das würde ich auch unter Eid wiederholen.«

Der Polizist und sie starrten einander an.

»Komische Art, ein Geschäft zu führen«, sagte er und leckte sich die Unterlippe.

»Sie werden mir nicht erzählen, wie ich mein Geschäft zu führen habe«, sagte sie. »Ich war hier in der Straße, bevor Sie gekommen sind, und ich bin noch hier, wenn Sie weg sind. Nehmen Sie« – sie wedelte zu dem Jungen rüber, der jetzt mit ein paar Freunden um sich rum auf dem Kantstein saß – »diesen jämmerlichen Gassenbengel mit, nach Bellevue oder Rikers' Island, oder schmeißen Sie ihn in den Fluss, den braucht kein Mensch auf dieser Welt. Aber versuchen Sie nicht, mich einzuschüchtern – *basta!*«

Zum ersten Mal hab ich gesehen, dass Bells Augen blau sind und seine Haare oder was ich von ihnen sehen kann, rot.

Er guckte mich wieder an und dann Fonny.

Er leckte sich wieder die Lippen.

Die italienische Lady ging in den Laden, nahm meine Tomaten von der Waage und steckte sie in eine Tüte.

»Also«, sagte Bell und starrte Fonny an, »wir sehen uns noch.«

»Vielleicht«, sagte Fonny, »aber vielleicht auch nicht.«

»Nicht«, sagte die italienische Lady, als sie wieder rauskam, »wenn ich oder die beiden Sie vorher sehen.« Sie drehte mich zu sich um und drückte mir die Tüte Tomaten in die Hand. Sie stand zwischen mir und Bell und sah mir in die Augen. »Du hast einen guten Mann«, sagte sie. »Geh nach Hause mit ihm, weg von diesen kranken Schweinen.« Ich sah sie an. Sie legte die Hand auf meine Wange. »Ich bin schon lange in Amerika«, sagte sie, »aber sterben will ich hier nicht.«

Sie ging wieder in den Laden. Fonny nahm mir die Tomaten ab und klemmte die Tüte untern Arm; den anderen Arm hakte er bei mir ein und verschränkte seine Hand mit meiner. Langsam gingen wir weg, zu unserer Bude.

»Tish«, sagte Fonny – ganz leise; schrecklich leise.

Im Grunde wusste ich schon, was er sagen will.

»Ja?«

»Versuch nie wieder, mich zu beschützen. Bitte nicht.«

Ich wusste, ich sage das Falsche: »Aber du hast doch versucht, mich zu beschützen.«

»Das«, sagte er, so schrecklich leise, »ist nicht dasselbe, Tish.«

Und auf einmal nahm er die Tomaten und schleuderte sie gegen die nächste Mauer. Gott sei Dank war kein Fenster drin, Gott sei Dank wurde es schon dunkel. Gott sei Dank spritzen Tomaten nur und klirren nicht.

Ich wusste, was er meint. Ich wusste, dass er recht hat. Ich wusste, dass ich jetzt nichts sagen darf. Gott sei Dank ließ er meine Hand nicht los. Ich guckte auf den Weg, den ich nicht sah. Ich hoffte, dass er meine Tränen nicht hört.

Tat er aber.

Er blieb stehen und drehte mich zu sich, und er küsste mich. Er löste sich, sah mich an und küsste mich noch mal.

»Glaub ja nicht, ich weiß nicht, dass du mich liebst. Meinst du, wir schaffen es?«

Da wurde ich ruhig. Tränen waren auf seinem Gesicht, seine oder meine, keine Ahnung. Ich küsste ihn da, wo unsere Tränen liefen. Gerade wollte ich was sagen, da legte er den Finger auf meine Lippen. Er lächelte sein kleines Lächeln.

»Psst. Kein Wort. Ich lade dich zum Essen ein. In unser spanisches Restaurant, weißt du noch? Diesmal allerdings auf Pump.«

Er lächelte, ich lächelte, und wir gingen weiter.

»Wir haben kein Geld«, sagte Fonny zu Pedrocito, als wir ins Restaurant kamen, »aber großen Hunger. Und in ein paar Tagen hab ich Geld.«

»In ein paar Tagen«, polterte Pedrocito, »das sagen sie alle! Und« – er patschte sich ungläubig mit der Hand an die Stirn – »wahrscheinlich wollt ihr beim Essen auch noch sitzen!«

»Ja, schon«, sagte Fonny grinsend, »wenn du das einrichten kannst, wäre das reizend.«

»Und auch noch an einem Tisch?« Er starrte Fonny an, als wenn er seinen Augen nicht traut.

»Tja – ein Tisch – na ja – wär schön …«

»Ah!« Aber dann sagte Pedrocito: »Guten Abend, Señorita«, und lächelte mich an. Und zu Fonny: »Das mach ich nur für sie. Sieht man ja, dass du sie nicht ordentlich ernährst.« Er führte uns zu unserem Tisch und zog eine Grimasse. »Und jetzt wollt ihr bestimmt zwei Margheritas?«

»Schon wieder erwischt«, sagte Fonny, Pedrocito und er lachten, und Pedrocito verschwand.

Fonny nahm meine Hand. »Hallo«, sagte er.

»Hallo.«

»Ich meinte das nicht böse vorhin, was ich da gesagt hab.

Du bist ein tolles, starkes Mädchen, und ich weiß, wenn du nicht wärst, dann wär mein Hirn vielleicht jetzt auf der Wache über den Kellerboden verspritzt.«

Er steckte sich eine Zigarette an. Ich sah ihm dabei zu.

»Ich sag ja nicht, dass du was falsch gemacht hast. Wahrscheinlich konntest du gar nicht anders, aber du musst verstehen, worum es mir geht.«

Er nahm wieder meine Hände.

»Wir leben in einem Land der Bullen und Mörder. Jedes Mal, wenn du irgendwohin gehst, hab ich Angst. Und vielleicht ist das, was da gerade passiert ist, meine Schuld, ich hätte dich an diesem Gemüsestand nicht allein lassen sollen – aber ich war so glücklich, weißt du, über den Speicher, und hab einfach nicht nachgedacht ...«

»Fonny, ich bin schon hundertmal an diesem Gemüsestand gewesen, und nie ist so was passiert. Ich muss für dich sorgen – für uns. Du kannst doch nicht überall mitkommen. Wie soll das deine Schuld sein? Das war doch bloß ein kaputter Junkie ...«

»Ein kaputter weißer Amerikaner«, sagte Fonny.

»Na ja, immer noch nicht deine Schuld.«

Er lächelte mich an.

»Die haben uns im Schwitzkasten, Baby. Es ist schwer, aber denk bitte immer dran, dass sie uns auseinanderreißen können, indem sie mich in die Scheiße reiten, und sie können versuchen, uns auseinanderzureißen, indem sie dich dazu bringen, dass du mich davor beschützt. Verstehst du das?«

»Ja«, sagte ich schließlich, »ich versteh das. Und ich weiß, dass du recht hast.«

Pedrocito kam mit unseren Margheritas zurück.

»Wir haben eine Spezialität heute Abend«, verkündete er,

»sehr, *sehr* spanisch, und wir probieren sie an allen Gästen aus, die Franco für einen guten Mann halten.« Er guckte Fonny prüfend an. »Ich nehme an, ihr kommt nicht wirklich infrage – für euch nehme ich also das Arsen raus. Ohne Arsen ist es nicht ganz so würzig, aber es ist wirklich gut, das mögt ihr bestimmt. Vertraut ihr mir, dass ich euch nicht vergifte? Na, wär ja auch sehr dumm von mir, euch zu vergiften, bevor ihr eure gigantische Rechnung bezahlt. Wir würden sofort pleitegehen.« Er wandte sich an mich. »Vertrauen Sie mir, Señorita? Ich versichere Ihnen, es wird mit Liebe zubereitet.«

»Vorsicht, Pete«, sagte Fonny.

»Ach, du hast ja eine dreckige Fantasie, du hast so ein hübsches Mädchen gar nicht verdient.« Er verschwand wieder.

»Dieser Polizist«, sagte Fonny, »dieser Polizist.«

»Was ist mit dem Polizisten?« Auf einmal, ich weiß nicht, wieso, war ich so stumm und so kalt wie ein Stein: vor Angst.

»Der wird noch versuchen, mich dranzukriegen.«

»Wie denn? Du hast doch gar nichts gemacht. Das hat die italienische Lady gesagt, und sie hat auch gesagt, das würde sie unter Eid wiederholen.«

»Genau darum wird er ja versuchen, mich dranzukriegen. Weiße Männer haben es gar nicht gern, wenn eine weiße Lady ihnen sagt, ihr seid ein Haufen Arschlöcher, und der schwarze Typ hat recht, und leck mich am Arsch.« Er grinste. »Weil genau das hat sie ihm gesagt. Vor allen Leuten. Und er konnte überhaupt nichts machen. Das vergisst der nicht.«

»Na ja«, sagte ich, »bald ziehen wir ja weiter runter in unseren Speicher.«

»Stimmt.« Er lächelte wieder. Pedrocito brachte uns unsere Spezialität.

Wenn zwei Menschen sich lieben, wenn sie sich richtig lieben, dann kriegt alles, was zwischen ihnen passiert, was Heiliges. Manchmal kann es so aussehen, als wenn sie ganz weit auseinandergetrieben werden: Das ist die größte Qual, die dröhnendste Leere – *When your lover has gone!* Aber heute Abend, wo unsere Gelübde so unerklärlich bedroht und wir beide aus verschiedenen Richtung damit konfrontiert worden waren, waren wir tiefer verbunden als je zuvor. *Passt aufeinander auf*, hatte Joseph gesagt. *Ihr werdet sehen, das sind keine leeren Worte.*

Nach dem Essen und nach dem Kaffee bot Pedrocito uns einen Brandy an und ließ uns dann in dem praktisch leeren Restaurant allein. Fonny und ich saßen da und nippten an unserem Brandy, redeten ein bisschen, hielten Händchen – ganz verliebt. Wir tranken aus. Fonny sagte: »Wollen wir gehen?«

»Ja.« Ich wollte allein sein mit ihm, in seinen Armen.

Er unterschrieb die Rechnung, die letzte Rechnung überhaupt dort. Ich durfte sie nie bezahlen – sie behaupten, sie hätten sie verlegt.

Wir verabschiedeten uns und gingen nach Hause, Arm in Arm.

Gegenüber von unserem Haus stand ein Streifenwagen, und als Fonny unser Tor aufmachte und unsere Tür aufschloss, fuhr er weg. Fonny lächelte, sagte aber nichts. Ich sagte auch nichts.

Das Kind ist in dieser Nacht gezeugt worden. Das weiß ich. Ich weiß es wegen der Art, wie Fonny mich berührt hat, in mich eingedrungen ist. So offen war ich noch nie gewesen. Und als er sich rausziehen wollte, hab ich ihn nicht gelassen, ich hab ihn so fest gehalten, wie ich konnte, hab geweint und gestöhnt und mit ihm gezittert und fühlte Leben, Leben, Leben, das mich überschwemmte, sich mir anvertraute.

Dann waren wir still. Wir bewegten uns nicht, es ging nicht. Wir hielten uns so aneinander fest, dass wir auch ein Körper hätten sein können. Fonny streichelte mich und sagte meinen Namen und schlief ein. Ich war sehr stolz. Ich hatte meinen Fluss überquert. Jetzt waren wir eins.

Sharon kommt abends mit dem Flugzeug in Puerto Rico an. Sie weiß genau, wie viel Geld sie hat, das heißt, sie weiß, wie schnell sie gegen die Zeit arbeiten muss – die unerbittlich gegen sie arbeitet.

Mit Hunderten anderen steigt sie aus dem Flugzeug und geht unter dem blauschwarzen Himmel übers Rollfeld. Durch die Art, wie hier die Sterne tief hängen, durch die Art, wie die Luft ihre Haut streichelt, fühlt sie sich an das Birmingham erinnert, das sie so lange nicht gesehen hat.

Sie hat nur Handgepäck dabei, also braucht sie nicht auf einen Koffer zu warten. Hayward hat in einem kleinen Hotel in San Juan ein Zimmer für sie reserviert und ihr die Adresse auf einen Zettel geschrieben.

Er hat sie gewarnt, dass es nicht so einfach wird, ein Taxi zu kriegen. Aber natürlich konnte er sie nicht auf das Chaos vorbereiten, das einen am Flughafen von San Juan erschlägt. Sharon steht einen Moment da und versucht sich zurechtzufinden.

Meine Mutter trägt ein grünes Sommerkleid und einen grünen Stoffhut mit breiter Krempe; ihre Handtasche über der Schulter, die Reisetasche in der Hand. Sie sieht sich um.

Auf den ersten Blick wirkt es für sie so, als wenn alle miteinander verwandt sind. Nicht, weil sie so aussehen, auch nicht wegen der Sprache: sondern wegen der Art, wie sie miteinander umgehen. Hier gibt es viele Hautfarben, aber zumindest am Flughafen scheint das keine große Rolle zu spielen. Die Leute reden nicht, sie schreien – nur so wird man gehört, und alle wollen unbedingt gehört werden. Man kann unmöglich erkennen, wer geht und wer kommt. Ganze Familien scheinen hier seit Wochen zu hocken und haben ihren gesamten irdischen Besitz um sich rum gestapelt – wobei das keine sehr hohen Stapel sind, wie Sharon feststellt. Für die Kinder ist der Flughafen anscheinend nur eine etwas abenteuerliche Art, Familie zu spielen.

Sharons Probleme sind echt und tief. Weil sie nicht zulassen kann, dass sie kritisch werden, muss sie sich jetzt auf das verlassen, was sie vorspiegeln kann: Und der Schlüssel zum Vorspiegeln ist Mitspielen. Die Welt sieht, was sie sehen will oder, wenn es hart auf hart kommt, was man ihr vorsetzt: Sie will nicht sehen, wer oder was oder warum man ist. Nur Sharon weiß, dass sie meine Mutter ist, nur sie weiß, was sie in San Juan zu suchen hat, und keiner holt sie ab. Bevor irgendwelche Spekulationen hochkochen, muss sie deutlich machen, dass sie eine Besucherin ist von nebenan, aus Nordamerika – die, dafür kann sie nichts, kein Spanisch spricht.

Sharon geht zum Hertz-Schalter, steht da und lächelt ziemlich nachdrücklich eine der jungen Damen hinterm Tresen an.

»Sprechen Sie Englisch?«, fragt sie.

Als Antwort blickt die junge Frau eifrig hoch, entschlossen, hilfreich zu sein.

Sharon zeigt ihr die Adresse vom Hotel. Die junge Frau sieht sie sich an, sieht Sharon an. Ihr Blick verrät Sharon, dass Hayward sehr umsichtig war und sie in einem anständigen Hotel untergebracht hat.

»Ich störe nur sehr ungern«, sagt Sharon, »aber ich spreche kein Spanisch, und ich musste unerwartet herkommen.« Sie erklärt das nicht weiter. »Und ich kann nicht fahren. Kann ich vielleicht ein Auto mieten, mit Fahrer, oder könnten Sie mir sagen, wie genau ich an ein Taxi komme …?« Sharon macht eine hilflose Geste. »Verstehen Sie …?«

Sie lächelt, und die junge Frau lächelt. Sie sieht noch mal auf den Zettel, sieht sich in der Halle um und kneift die Augen zusammen.

»Einen Moment, Señora«, sagt sie.

Sie legt den Hörer neben das Telefon, macht das kleine Gatter auf, macht es hinter sich zu und verschwindet.

Gleich darauf ist sie mit einem etwa achtzehnjährigen Jungen zurück. »Das ist Ihr Taxifahrer«, sagt sie. »Er fährt sie hin, wo Sie hinwollen.« Sie liest die Adresse laut vor und gibt Sharon den Zettel zurück. Sie lächelt. »Ich hoffe, Sie haben einen schönen Aufenthalt, Señora. Wenn Sie etwas brauchen – darf ich?« Sie gibt Sharon ihre Karte. »Wenn Sie etwas brauchen, rufen Sie mich bitte jederzeit.«

»Danke«, sagt Sharon. »Vielen, vielen Dank. Das ist ganz wunderbar von Ihnen.«

»Gern geschehen. Jaime«, sagt sie streng, »nimm die Tasche von der Lady.«

Jaime nimmt die Tasche, Sharon verabschiedet sich und geht hinter Jaime her.

Sharon denkt: *Nummer eins abgehakt,* und kriegt langsam Angst.

Aber sie muss schnell Entscheidungen treffen. Auf dem Weg in die Stadt beschließt sie – weil er nun mal da ist –, sich mit Jaime anzufreunden und sich auf ihn zu verlassen, scheinbar jedenfalls. Er kennt die Stadt, und er kann fahren. Er ist zwar wahnsinnig jung, aber das könnte auch ein Vorteil sein. Ein älterer Begleiter mit mehr Erfahrung könnte ziemlich nervig werden. Sie hat vor, den Nachtclub auszukundschaften, Pietro zu sehen und vielleicht auch Victoria, ohne mit ihnen zu sprechen. Aber es ist nicht so einfach für eine Frau, ob schwarz oder weiß, unbegleitet in einen Nachtclub zu gehen. Außerdem könnte dieser Nachtclub durchaus auch ein Bordell sein. Ihr bleibt nur übrig, die amerikanische Touristin zu spielen und große Augen zu machen – aber sie ist schwarz, und das hier ist Puerto Rico.

Nur sie weiß, dass sie meine Mutter ist und bald Großmutter wird; nur sie weiß, dass sie über vierzig ist; nur sie weiß, was sie hier treibt.

Als sie am Hotel ankommen, gibt sie Jaime ein Trinkgeld. Während ihre Tasche reingetragen wird, guckt sie plötzlich auf die Uhr. »Mein Gott«, sagt sie, »meinst du, du könntest hier auf mich warten, nur eine Minute, während ich mich anmelde? Ich hatte ja keine Ahnung, dass es so spät ist. Ich bin nämlich verabredet. Ich bin sofort wieder da. Der Page trägt meine Tasche hoch. Wäre das in Ordnung?«

Jaime hat ein schmutziges Gesicht, strahlende Augen und ein mürrisches Lächeln. Er ist total fasziniert von dieser unfassbaren nordamerikanischen Lady – fasziniert, weil er aus unaussprechlich harter Erfahrung weiß, dass sie zwar vielleicht in Schwierigkeiten steckt und ganz bestimmt ein Geheimnis hat, aber nicht versuchen wird, ihm Gewalt anzutun. Er kapiert, dass sie ihn – das Taxi – für irgendwas braucht; aber das geht ihn nichts an. Er weiß nicht, dass er das weiß – es ist kein bewusster Gedanke –, aber er weiß, dass sie Mutter ist. Er hat eine Mutter. Mütter erkennt er. Er weiß, wiederum ohne zu wissen, dass er es weiß, dass er ihr heute Abend weiterhelfen kann. Sein Entgegenkommen ist so echt wie ihre Schwierigkeiten. Also sagt er feierlich, ja natürlich, er wird die Señora überall hinfahren, wo immer sie hinwill, und so lange warten, wie sie es wünscht.

Sharon trickst ihn ein bisschen aus. Sie meldet sich an, fährt mit dem Pagen ins Zimmer hoch und gibt ihm ein Trinkgeld. Sie kann sich nicht entscheiden, ob sie ihren Hut aufsetzen soll oder nicht. Ihr Problem ist banal und ernst zugleich, aber vor so einem Problem hat sie noch nie gestanden. Das Problem ist, dass man ihr ihr Alter nicht ansieht. Sie nimmt den Hut ab. Sie setzt ihn wieder auf. Macht der Hut sie jünger oder älter? Zu Hause sieht man ihr ihr Alter an (was auch immer für ein Alter), weil alle wissen, wie alt sie ist. Ihr Alter sieht man ihr an, weil sie ihre Rolle kennt. Aber jetzt will sie in einen Nachtclub, in einer fremden Stadt, zum ersten Mal seit zwanzig Jahren, allein. Sie setzt den Hut auf. Sie nimmt ihn ab. Sie merkt, dass sie langsam panisch wird, also wirft sie den Hut auf den Nachttisch, schrubbt sich das Gesicht so grob mit kaltem Wasser, wie sie früher meins geschrubbt hat, zieht eine hochgeschlossene weiße Bluse an und einen schwarzen Rock, dazu hochhackige schwarze Schuhe, zieht sich die Haare heftig aus dem Gesicht, macht hinten einen Knoten und legt sich ein schwarzes Tuch über Kopf und Schultern. Damit will sie aussehen wie eine ältere Frau. Damit sieht sie aus wie eine Jugendliche. Sharon flucht, aber das Taxi wartet. Sie schnappt sich ihre Handtasche, läuft zum Fahrstuhl, geht schnell durch die Lobby und setzt sich ins Taxi. Auf jeden Fall, das sieht sie an Jaimes strahlenden Augen, wirkt sie wie eine Yankee- oder Gringo-Touristin.

Wo jetzt der Nachtclub ist, muss früher ein toter Flussarm gewesen sein oder sogar ein Sumpfgebiet, bevor das riesige Hotel mit dem Nachtclub gebaut wurde. Es ist absolut scheußlich, so laut, so grell, so abweisend und gemein, dass einem beim Anblick bloße Geschmacklosigkeit als unwiderruflicher Stand der Gnade erscheint. Jetzt hat Sharon richtig Angst, ihre Hände zittern. Sie steckt sich eine Zigarette an.

»Ich muss jemanden finden«, sagt sie zu Jaime. »Dauert nicht lange.«

Sie kann unmöglich ahnen, dass eine ganze Kompanie inzwischen Probleme hätte, Jaime wegzuscheuchen. Sharon gehört jetzt ihm. Diese Lady steckt ganz tief in Schwierigkeiten, und zwar nicht in gewöhnlichen Schwierigkeiten: Immerhin ist sie eine Lady.

»Klar, Señora«, sagt Jaime mit einem Lächeln, steigt aus und macht ihr die Tür auf.

»Danke.« Sharon geht zügig auf das weit geöffnete protzige Portal zu. Kein Türsteher weit und breit. Wahrscheinlich drinnen.

Ab jetzt ist alles Improvisation. Und das Einzige, was sie aufrecht hält, meine Mutter, die mal davon geträumt hat, Sängerin zu werden, ist ihr heimliches Wissen, was sie hier überhaupt zu suchen hat.

Sie kommt tatsächlich erst mal in die Hotellobby, Schlüssel, Anmeldung, Post, Kasse, gelangweilte Angestellte (hauptsächlich Weiße und auffällig blass), und keiner schert sich um sie. Sie geht da durch, als wenn sie ganz genau weiß, wo sie hinwill. Zum Nachtclub geht es nach links, eine Treppe runter. Sie geht nach links, die Treppe runter.

Noch hat sie niemand aufgehalten.

»Señorita ...?«

Sie hat nie ein Foto von Pietro gesehen. Der Mann, der vor ihr steht, ist unscheinbar und dunkel. Das Licht ist zu trübe (und alles um sie herum zu fremd), um sein Alter zu schätzen; er wirkt nicht unfreundlich. Sharon lächelt.

»Guten Abend. Ich hoffe, ich bin hier richtig. Ist dies –?« Sie stammelt den Namen von dem Nachtclub.

»Sí, Señorita.«

»Tja, ich bin hier mit einem Freund verabredet, aber mein Flug war überbucht, da musste ich einen früheren nehmen. Also bin ich etwas früh dran. Könnten Sie mich an einem Tisch unterbringen, irgendwo in einer Ecke?«

»Selbstverständlich. Gern.« Er führt sie durch den voll besetzten Raum. »Wie heißt denn ihr Freund?«

Ihr Kopf wird leer, sie muss alles auf eine Karte setzen. »Eigentlich ist es mehr geschäftlich. Ich warte auf einen Señor Alvarez. Ich bin Mrs Rivers. Aus New York.«

»Danke.« Er gibt ihr einen Tisch an der Wand. »Möchten Sie in der Zwischenzeit etwas trinken?«

»Ja, gern. Einen Screwdriver.«

Er verbeugt sich, wer immer er ist, und geht weg.

Nummer zwei abgehakt, denkt Sharon. Und jetzt ist sie ganz ruhig.

Sie ist in einem Nachtclub, die Musik ist also »live«. Ihre Zeit mit dem Schlagzeuger holt sie ein. Ihre Zeit als Sängerin holt sie ein. Nicht, wie sie mir viel später lebhaft klarmacht, mit einem Hauch Bedauern. Der Schlagzeuger und sie hatten sich aus den Augen verloren – fertig; sie hatte nicht das Zeug zur Sängerin und fertig. Trotzdem erinnert sie sich daran, was sie und der Schlagzeuger und die Band probiert haben, sie weiß ja, wo sie herkamen. Wenn ich mich an *Uncloudy Day* erinnere, weil ich mich erinnere, wie ich bei meiner Mutter auf dem Schoß gesessen und das Lied gehört hab, dann erinnert sie sich an *My Lord and I*: *And so, we'll walk together, my Lord and I*. Dieses Lied ist Birmingham, ihr Vater und ihre Mutter, die Küchen, die Minen. Vielleicht hat sie dieses spezielle Lied gar nicht so gemocht, aber sie versteht es, es gehört zu ihr. Allmählich dämmert ihr, dass es tatsächlich dieses Lied ist, das die jungen Leute da auf der Bühne mit anderem Text, wenn es überhaupt ein Text ist, gerade schmettern oder zerschmettern. Und sie wissen gar nichts über das Lied, das sie singen: worauf Sharon sich fragt, ob sie überhaupt irgendwas über sich wissen. Sharon ist zum ersten Mal seit sehr langer Zeit allein. Selbst jetzt ist sie nur äußerlich allein, so wie sie zum Beispiel allein ist, wenn sie für ihre Familie einkaufen geht. Beim Einkaufen muss sie zuhören, hingucken, hierzu Ja sagen, dazu Nein sagen, auswählen: Sie hat eine Familie zu ernähren. Sie kann sie ja nicht vergiften, denn sie liebt sie. Und jetzt sitzt sie hier und lauscht einem Geräusch, das sie noch nie gehört hat. Wenn sie einkaufen wäre, könnte sie es nicht mit nach Hause nehmen und auf den Essenstisch stellen, es würde sie nicht ernähren. *My gal and I!* schreit der unterernährte Rocksänger und peitscht sich in einen elektronischen Orgasmus. Aber keiner, der schon mal geliebt hat, eine Mutter hatte oder einen Vater oder einen Gott, kann so verzweifelt nach Selbstbefriedigung klingen. Denn Verzweiflung, genau das hört Sharon raus, und Verzweiflung, ob man sie nun mit nach Hause nehmen und auf den Essenstisch stellen kann oder nicht, braucht Beachtung. Verzweiflung kann einen verrohen oder veredeln: Und diese Kinder hier in der Manege sind Freiwild. Sharon klatscht für sie, denn sie betet für sie. Ihr Screwdriver kommt, und sie lächelt in ein Gesicht, das sie nicht sieht. Sic nippt an ihrem Drink. Sie spannt sich an: Die Kinder legen mit der nächsten Nummer los, und sie guckt wieder in ein Gesicht, das sie nicht sieht.

Die Kinder legen laut los: *I Can't Get No Satisfaction*.

»Mrs Rivers? Sie erwarten mich?«

»Ich glaube schon. Wollen Sie sich nicht setzen?«

Er setzt sich ihr gegenüber. Jetzt sieht sie ihn.

Schon wieder – während sie an mich denkt, an Fonny und das Baby und sich verflucht, weil sie so unbeholfen ist, und weiß, dass sie eingekreist ist, in der Falle sitzt, mit dem Rücken zur Wand, er mit dem Rücken zur Tür – muss sie alles auf eine Karte setzen.

»Man hat mir gesagt, dass ein Mr Pietro Alvarez hier arbeitet. Sind Sie Pietro Alvarez?«

Sie sieht ihn. Und gleichzeitig natürlich nicht.

»Vielleicht. Was wollen Sie von ihm?«

Sharon will eine Zigarette, aber sie hat Angst, dass ihre Hand zittert. Sie nimmt ihren Screwdriver in beide Hände, nippt daran, langsam, dankbar jetzt für das Tuch, mit dem sie ihr Gesicht beschatten kann. Wenn sie ihn sehen kann, kann er sie auch sehen. Sie schweigt einen Moment. Dann stellt sie ihren Drink ab und nimmt sich eine Zigarette.

»Haben Sie Feuer, bitte?«

Er gibt ihr Feuer. Sie nimmt ihr Tuch ab.

»Ich will eigentlich gar nicht zu Mr Alvarez. Ich möchte zu Mrs Victoria Rogers. Ich bin die Schwiegermutter, die zukünftige Schwiegermutter von dem Mann, den sie beschuldigt hat, sie vergewaltigt zu haben, und der jetzt im Gefängnis sitzt, in New York.«

Sie mustert ihn. Er mustert sie. Langsam sieht sie ihn.

»Tja, Lady, da haben Sie aber einen mordsmäßigen Schwiegersohn, das sag ich Ihnen.«

»Ich hab auch eine mordsmäßige Tochter. Das sag *ich Ihnen*.«

Der Schnurrbart, der ihn älter machen soll, zuckt. Der

junge Mann fährt sich mit der Hand durch das dichte schwarze Haar.

»Hören Sie. Das Mädchen hat genug durchgemacht. Mehr als genug. Lassen Sie sie.«

»Ein Mann verliert sein Leben wegen etwas, das er nicht getan hat. Können wir *ihn* lassen?«

»Wie kommen Sie darauf, dass er es nicht war?«

»*Gucken Sie mich an!*«

Die Kinder beenden ihr Set und verlassen die Bühne, und sofort übernimmt die Jukebox: Ray Charles, *I Can't Stop Loving You*.

»Wozu soll ich Sie angucken?«

Der Kellner kommt.

»Was trinken Sie, Señor?« Sharon drückt ihre Zigarette aus und steckt sich gleich die nächste an.

»Das geht auf mich. Das Übliche. Und bringen Sie der Lady noch mal das Gleiche.«

Der Kellner geht.

»Gucken Sie mich an.«

»Ich gucke Sie an.«

»Glauben Sie, dass ich meine Tochter liebe?«

»Ehrlich gesagt – kann ich kaum glauben, dass Sie überhaupt eine Tochter haben.«

»Ich werde bald Großmutter.«

»Von …?«

»Ja.«

Er ist sehr, sehr, sehr jung, aber auch sehr alt; allerdings anders, als sie erwartet hat. Erwartet hat sie das Alter von Korruption. Sie sieht das Alter von Leid. Sie sieht Qual.

»Glauben Sie, ich würde meine Tochter mit einem Vergewaltiger verheiraten?«

»Vielleicht wissen Sie es nur nicht.«

»Gucken Sie mich noch mal an.«

Das tut er. Aber es hilft ihm nicht.

»Hören Sie. Ich war nicht dabei, aber Victoria schwört, dass er es war. Und sie hat echt Scheiße durchgemacht, Baby, totale Scheiße, und ich will ihr nicht noch mehr zumuten! Tut mir leid, Lady, aber mir egal, was mit Ihrer Tochter ist ...« Er wartet. »Sie kriegt ein Kind?«

»Ja.«

»Was wollen Sie von mir? Können Sie uns nicht in Ruhe lassen? Wir wollen einfach nur unsere Ruhe.«

Sharon sagt nichts.

»Hören Sie. Ich bin kein Amerikaner. Ihr habt doch diese ganzen Anwälte und Zeug da oben, warum kommen Sie zu mir? Scheiße – tut mir leid, aber ich bin nichts. Ich bin ein Indianer, ein Itaker, ein Latino, ein Mokka – egal was, das bin ich. Ich hab mir hier was aufgebaut, und ich hab Victoria, und, Lady, ich will nicht, dass sie noch mehr Scheiße erlebt; tut mir leid, Lady, aber ich kann Ihnen echt nicht helfen.«

Er steht auf – er will nicht vor ihren Augen weinen. Sharon hält ihn am Handgelenk fest. Er setzt sich, hält eine Hand vors Gesicht.

Sharon nimmt ihr Portemonnaie raus.

»Pietro – ich darf Sie so nennen, ich bin alt genug, um Ihre Mutter zu sein. Mein Schwiegersohn ist in Ihrem Alter.«

Er stützt seinen Kopf auf die Hand und guckt sie an.

Sharon gibt ihm das Foto von Fonny und mir.

»Sehen Sie sich das an.«

Er will nicht, aber er tut es.

»Sind Sie ein Vergewaltiger?«

Er guckt sie an.

»Antworten Sie mir. Sind Sie einer?«

Die dunklen Augen in dem sturen Gesicht starren jetzt meiner Mutter direkt in die Augen, laden das Gesicht elektrisch auf, entfachen ein Feuer in der Dunkelheit eines fernen Hügels; er hat die Frage gehört.

»Und?«

»Nein.«

»Glauben Sie, dass ich hergekommen bin, um Sie zu quälen?«

»Nein.«

»Glauben Sie, dass ich eine Lügnerin bin?«

»Nein.«

»Glauben Sie, dass ich verrückt bin? Wir sind alle ein bisschen verrückt, das weiß ich. Aber richtig verrückt?«

»Nein.«

»Nehmen Sie dann bitte dieses Foto mit, für Victoria, dass sie richtig drüber nachdenkt, richtig hinguckt? Nehmen Sie sie in den Arm. Bitte. Ich bin eine Frau. Ich weiß, dass sie vergewaltigt wurde. Aber ich weiß auch, dass Alonzo sie nicht vergewaltigt hat. Und das sage ich zu Ihnen, weil ich weiß, dass Sie wissen, was Männer wissen. *Nehmen Sie sie in den Arm.*« Sie starrt ihn einen Moment an; er starrt sie an. »Und – rufen Sie mich morgen an?« Sie sagt ihm den Namen und die Telefonnummer vom Hotel. Er schreibt. »Bitte?«

Er guckt sie an, hart und kalt jetzt. Er guckt auf die Telefonnummer. Er guckt auf das Foto.

Er schiebt beides zu Sharon rüber.

»Nein«, sagt er, steht auf und geht.

Sharon sitzt da. Sie hört die Musik. Sie sieht die Tänzer. Sie zwingt sich, ihren zweiten, unerwünschten Drink zu leeren. Sie kann nicht glauben, dass wirklich passiert, was gerade passiert. Aber es passiert. Sie steckt sich eine Zigarette an. Sie spürt jetzt so deutlich nicht nur ihre Hautfarbe, sondern auch, dass vor so vielen Zeugen ihre Situation, die beim Reinkommen noch auf der Kippe stand, jetzt absolut klar ist: Der zweiundzwanzigjährige junge Mann, zu dem sie so weit gereist ist, hat sie gerade abblitzen lassen. Sie will am liebsten weinen. Sie will auch lachen. Sie ruft den Kellner.

»Sí ...?«

»Was schulde ich Ihnen?«

Der Kellner sieht verwirrt aus. »Nichts, Señora. Das geht auf Señor Alvarez.«

In seinen Augen erkennt sie weder Mitleid noch Verachtung. Das schockiert sie so, dass ihr die Tränen kommen. Um sie zu verbergen, beugt sie den Kopf und zupft sich das Tuch zurecht. Der Kellner zieht sich zurück. Sharon legt fünf Dollar auf den Tisch. Sie geht. Der unscheinbare dunkle Mann macht ihr die Tür auf.

»Danke, Señora. Gute Nacht. Ihr Taxi wartet auf Sie. Bis zum nächsten Mal.«

»Danke«, sagt meine Mutter, lächelt und geht die Treppe hoch.

Sie geht durch die Hotellobby. Jaime lehnt an seinem Taxi. Seine Miene hellt sich auf, als er Sharon sieht, und er macht ihr die Tür auf.

»Wann brauchen Sie mich morgen?«, fragt er.

»Ist neun zu früh?«

»Aber nein.« Er lacht. »Ich bin immer schon vor sechs auf.«

Das Auto fährt an.

»Sehr schön«, sagt Sharon – wippt mit dem Fuß, denkt wieder weiter.

Und das Baby strampelt und weckt mich nachts auf. Jetzt, wo Mama in Puerto Rico ist, passen Ernestine und Joseph auf mich auf. Ich hab Angst, meinen Job zu kündigen, weil ich doch das Geld brauche. Darum verpasse ich sehr oft den Sechs-Uhr-Besuch.

Ich hab das Gefühl, wenn ich meinen Job kündige, gehe ich für immer auf Sechs-Uhr-Besuch. Das erkläre ich Fonny, und er sagt, er versteht das, und das stimmt auch. Aber Verstehen hilft ihm nichts um sechs Uhr. Egal, was du verstehst, du wartest eben: dass dein Name aufgerufen wird, dass du aus der Zelle abgeholt und die Treppe runtergeführt wirst. Wenn du Besucher hast oder auch nur einen Besucher, den aber regelmäßig, heißt das, irgendwem da draußen bist du wichtig. Und das kann dir durch die Nacht helfen bis in den nächsten Tag. Egal, was du verstehst und echt verstehst, und egal, was du dir selber sagst, wenn keiner kommt, steckst du richtig tief in Schwierigkeiten. Und Schwierigkeiten heißt hier drin Gefahr.

Joseph spricht an einem Sonntagmorgen Klartext mit mir. An dem Morgen ist mir besonders schlecht, und Joseph muss sich um mich kümmern, weil Ernestine spontan zur Schauspielerin musste. Ich hab keine Vorstellung, was dieses Ding anstellt in mir, aber anscheinend hat es jetzt Füße. Manchmal ist es still, tagelang, vielleicht schläft es, aber vielleicht plant es auch eher – seine Flucht. Dann dreht es sich, schlägt das Wasser, rührt drin drum, offenbar unsäglich gelangweilt in diesem Element, und will raus. Wir haben neuerdings ziemlich bissige Dialoge, das Ding und ich – es tritt, und ich schmeiß ein Ei auf den Boden, es tritt, und plötzlich liegt die Kaffeekanne umgekippt auf dem Tisch, es tritt, und vom Parfüm auf meinem Handrücken schießt mir Salz an den Gaumen, und meine freie Hand stützt sich so heftig auf den schweren

Glastresen, dass der fast auseinanderbricht. Verdammt noch mal. Ein bisschen Geduld. Ich mach ja, was ich kann – und dann tritt es wieder, entzückt von der wütenden Antwort. Bitte. Sei doch mal still. Und dann ist es still, vor Erschöpfung oder, was ich ja eher glaube, vor Durchtriebenheit, nachdem es meine Stirn mit Schweiß bedeckt und mir das Frühstück wieder hochgeholt und mich vier- oder fünfmal – umsonst – aufs Klo geschickt hat. Es ist tatsächlich durchtrieben, es will nämlich leben: Wenn ich in der Subway bin oder eine befahrene Straße überquere, bewegt es sich nie. Aber es wird immer schwerer, und seine Ansprüche werden mit jeder Stunde dreister. Genau genommen meldet es seine Ansprüche an. Die Botschaft lautet, dass es eigentlich gar nicht mir gehört – wobei mir ein sanfterer Tritt, meistens nachts, mitteilt, dass es nichts dagegen hat, mir zu gehören, dass wir uns vielleicht sogar echt gut verstehen werden –, sondern dass ich ihm gehöre. Und dann legt es wieder los wie Muhammad Ali, und ich hänge in den Seilen.

Ich erkenne meinen Körper gar nicht wieder, er geht total aus dem Leim. Ich versuche, ihn nicht anzugucken, weil ich ihn einfach nicht wiedererkenne. Außerdem zieh ich manchmal abends was aus und komm dann morgens fast nicht mehr rein. Hohe Hacken kann ich nicht mehr tragen, da ist das Gleichgewicht so gestört, wie das Sehen gestört ist, wenn man auf einem Auge blind ist. Ich hab nie Brüste gehabt und auch keinen Hintern, aber jetzt allmählich schon. Ich hab das Gefühl, ich nehme so ungefähr hundert Kilo pro Stunde zu, und ich will mir gar nicht vorstellen, wie ich aussehe, wenn dieses Ding in mir sich am Ende aus mir rausstrampelt. Gott. Aber wir lernen uns langsam kennen, dieses Ding, dieses Wesen und ich, und manchmal verstehen wir uns richtig, richtig gut. Es will mir was sagen, und ich muss zuhören lernen – sonst weiß ich nicht, was ich sagen soll, wenn es hier ist. Und das würde Fonny mir nie verzeihen. Immerhin wollte ich das Kind, mehr als er. Und tief unter und hinter allen unseren Schwierigkeiten bin ich sehr glücklich. Ich kann kaum noch rauchen, dafür hat es gesorgt. Ich hab eine Leidenschaft für Kakao entwickelt und für Donuts, und Cognac ist der einzige Alkohol, der überhaupt noch nach was schmeckt. Also bringt Ernestine halt mal ein paar Flaschen von der Schauspielerin mit. »Das kriegt die gar nicht mit, Baby. So, wie die saufen?«

An diesem Sonntagmorgen stellt Joseph mir meine dritte Tasse Kakao hin, nachdem die ersten beiden gleich wieder hochgestrampelt wurden, und setzt sich mir gegenüber an den Tisch, ganz streng.

»Willst du das Kind herbringen oder nicht?«

So, wie er mich anguckt und so, wie er klingt, erschreckt mich das fast zu Tode.

»Ja«, sag ich, »klar.«

»Und liebst du Fonny?«

»Ja. Klar.«

»Dann, tut mir leid, musst du deinen Job kündigen.«

Ich seh ihn an.

»Ich weiß, dass du dir Sorgen machst ums Geld. Aber lass das mal meine Sorge sein. Ich hab da mehr Erfahrung. Außerdem, du verdienst doch sowieso kaum was. Du schindest dich nur und machst Fonny wahnsinnig. Wenn du so weitermachst, verlierst du noch das Kind. Du verlierst das Kind, und dann will Fonny nicht mehr leben, und dann bist du verloren, und dann bin ich verloren, und dann ist alles verloren.«

Er steht auf, geht ans Fenster und steht da mit dem Rücken zu mir. Dann dreht er sich um. »Ich mein es ernst, Tish.«

»Ich weiß.«

Joseph lächelt. »Hör zu, Kleines. Wir müssen aufeinander aufpassen in dieser Welt, stimmt's? Also: Es gibt ein paar Dinge, die ich tun kann, die du nicht tun kannst. Fertig. Es gibt Dinge, die *ich* tun kann, die *du* nicht tun kannst – und Dinge, die *du* tun kannst, die *ich* nicht tun kann, zum Beispiel kann ich nicht dein Kind für dich kriegen. Sonst würde ich das tun. Es gibt nichts, was ich nicht für dich tun würde – das weißt du, oder?« Und er guckt mich noch immer lächelnd an.

»Ja. Das weiß ich.«

»Und du kannst bestimmte Dinge für Fonny tun, die ich nicht tun kann – stimmt's?«

»Ja.«

Joseph läuft in der Küche auf und ab. »Junge Leute wollen das nicht hören – ging mir jedenfalls so, als ich jung war –, aber ihr *seid* jung. Kind, um keinen verfluchten Preis der Welt will ich einen von euch verlieren – aber ihr seid jung. Fonny ist fast noch ein Junge. Und er steckt in Schwierigkeiten, wo kein Junge drinstecken sollte. Und er hat nur dich, Tish. Er hat nur dich. Ich bin ein Mann, ich weiß, wovon ich rede. Verstehst du mich?«

»Ja.«

Er setzt sich wieder mir gegenüber. »Du musst jeden Tag zu ihm, Tish. Jeden Tag. Kümmer dich um Fonny. Wir kümmern uns um den Rest. In Ordnung?«

»In Ordnung.«

Er küsst meine Tränen.

»Hol das Kind her, gesund und munter. Wir holen Fonny aus dem Knast. Versprochen. Versprochen?«

Lächelnd sag ich: »Versprochen.«

Am nächsten Morgen ist mir sowieso viel zu übel, um zur

Arbeit zu gehen, und Ernestine ruft für mich an. Sie sagt, sie oder ich, wir kommen in den nächsten Tagen vorbei, um meinen Lohn abzuholen.

Das wär das, und weiter. Wenn ich ehrlich bin, finde ich es einerseits total schrecklich: nichts zu tun zu haben. Aber dadurch wird mir endlich klar, dass ich mich an meinen Job geklammert hab, um meinen Problemen aus dem Weg zu gehen. Jetzt bin ich allein, mit Fonny, mit meinem Kind und mir.

Aber Joseph hat recht gehabt, und Fonny strahlt. An den Tagen, wo ich nicht zu Hayward gehe, bin ich zweimal bei Fonny. Um sechs Uhr immer. Und Fonny weiß, dass ich komme. Es ist ganz komisch, und ich erlebe jetzt was ganz Komisches: Meine Anwesenheit, die überhaupt keinen praktischen Nutzen hat, die praktisch gesehen sogar wie ein Verrat wirken könnte, ist wichtiger als alles Praktische, was ich tun könnte. Jeden Tag, wenn er mein Gesicht sieht, weiß er wieder, dass ich ihn liebe – und das tu ich weiß Gott, mit jeder Stunde mehr und mehr, tiefer und tiefer. Aber das ist noch nicht alles. Es bedeutet, dass auch andere ihn lieben, ihn so sehr lieben, dass sie mir das hier möglich machen. Er ist nicht allein; wir sind nicht allein. Und mich erschreckt es zwar ganz schön, dass ich nichts mehr habe, was man eine Taille nennen könnte, aber er findet das herrlich. »Hier kommt sie! Groß wie zwei Häuser! Sicher, dass das keine Zwillinge sind? Oder Drillinge? Scheiße, vielleicht schreiben wir Geschichte.«

Er wirft den Kopf zurück, hält das Telefon fest, guckt mir in die Augen und lacht.

Je größer das Baby wird, desto größer wird sein Wille, freizukommen, das begreif ich jetzt. Also. Mir egal, ob ich so groß bin wie zwei Häuser. Das Baby will raus. Fonny will raus. Und das kriegen wir hin: rechtzeitig.

Jaime ist pünktlich, und Sharon ist um halb zehn in der Favela. Jaime weiß, so ungefähr, wo die Behausung ist, aber die Lady kennt er nicht – jedenfalls ist er sich nicht sicher. Er denkt noch drüber nach, als Sharon aus dem Taxi steigt.

Hayward hatte Sharon vorbereiten wollen, er meinte, eine Favela beschreiben kann er nicht, und sie würde es hinterher auch nicht versuchen wollen. Es ist bitter. Oben blauer Himmel und helle Sonne; das blaue Meer hier, die Müllhalde da. Es braucht einen Moment, bis einem klar wird, dass die Müllhalde die Favela *ist*. Obendrauf stehen Häuser – Behausungen; einige auf Stelzen, als wenn sie versuchen würden, sich über den Misthaufen zu erheben. Manche haben Wellblechdächer. Manche haben Fenster. Alle haben Kinder.

Jaime geht neben Sharon her, stolz als ihr Beschützer, nervös bei diesem Ausflug. Der Gestank ist sagenhaft – aber die Kinder, die ihren Berg rauf- und runterrutschen und die Luft mit ihrem Geschrei füllen, dunkel, halb nackt, mit ihren strahlenden Augen, ihrem Lachen, und immer wieder ins Meer platschen, scheint das nicht zu kümmern.

»Hier müsste es sein«, sagt Jaime, und Sharon tritt durch einen Torweg in einen bröckelnden Innenhof. Das Haus, vor dem sie steht, war bestimmt mal irgendwann ein ganz bedeutendes Privatanwesen. Jetzt ist es nicht mehr privat. Generationen von Farbe blättern von den Mauern, und die Sonne, die jeden Fleck und jeden Riss sichtbar macht, bequemt sich nicht in die Räume, vor denen Rollläden hängen – soweit die Rollläden halten jedenfalls. Es ist lauter als ein Laienorchester bei der Probe, und das Thema ist der Lärm der Kinder und Jugendlichen: unglaublich entwickelt, mit außergewöhnlichen Harmonien, in den Stimmen der Eltern. Überall scheinen Türen zu sein – niedrig, dunkel, eckig.

»Ich glaub, das hier könnte es sein«, sagt Jaime nervös und zeigt auf eine Tür. »Im zweiten Stock. Glaub ich. Blond, sagen Sie?«

Sharon guckt ihn an. Er ist total unglücklich: Er will nicht, dass sie da alleine hochgeht.

Lächelnd berührt sie seine Wange: Auf einmal erinnert er sie an Fonny, und sie weiß wieder, warum sie hier ist.

»Warte auf mich«, sagt sie. »Keine Sorge, dauert nicht lang.«

Und sie geht durch die Tür, die Treppe hoch, als wenn sie genau weiß, wo sie hingeht. Im zweiten Stock sind vier Türen. Nirgendwo Namen. Eine Tür ist angelehnt, und Sharon klopft – und öffnet mit ihrem Klopfen die Tür noch ein bisschen.

»Mrs Rogers ...?«

Eine sehr dünne junge Frau mit riesigen dunklen Augen in einem dunklen Gesicht kommt barfuß in einem geblümten Schürzenkleid ins Zimmer. Ihre lockigen Haare sind aschblond: hohe Wangenknochen, dünne Lippen, breiter Mund, ein sanftes, verletzliches, freundliches Gesicht. Ein goldenes Kreuz brennt an ihrer Kehle.

»Señora«, sagt sie und bleibt stehen, starrt Sharon ängstlich an mit ihren großen Augen.

»Señora ...?«

Denn Sharon hat noch nichts gesagt, sie steht bloß in der Tür und guckt sie an.

Die junge Frau befeuchtet ihre Lippen mit der Zunge. Sie sagt wieder: »Señora ...?«

Ihr Alter sieht man ihr nicht an. Sie sieht aus wie ein kleines Mädchen. Dann bewegt sie sich, und das Licht fällt anders auf sie; Sharon erkennt sie wieder.

Sharon lehnt an der offenen Tür und hat einen Moment richtig Angst, dass sie umkippt.

»Mrs Rogers ...?«

»Nein, Señora, Sie irren sich. Ich bin Sanchez.«

Sie sehen sich an. Sharon lehnt immer noch an der Tür.

Die Frau geht auf sie zu, als wenn sie die Tür schließen will. Aber sie will Sharon nicht schubsen. Sie will sie nicht anfassen. Sie macht einen Schritt, sie bleibt stehen; sie berührt ihr Kreuz und starrt Sharon an. Sharon kann das Gesicht der Frau nicht deuten. Sorge ist da drin, eine ähnliche Sorge wie bei Jaime. Da ist auch Entsetzen und untendrunter panisches Mitgefühl.

Sharon weiß immer noch nicht so genau, ob sie sich bewegen kann, spürt aber, ob sie sich nun bewegen kann oder nicht, dass es besser ist, ihren Posten an der offenen Tür nicht aufzugeben. Der gibt ihr einen gewissen Vorsprung.

»Entschuldigung, Señora, aber ich hab zu tun – würden Sie bitte? Ich kenne keine Mrs Rogers. Vielleicht in einer anderen Wohnung hier ...« Sie lächelt matt und guckt aus dem offenen Fenster. »Das sind aber so viele, da brauchen Sie lange.«

Verbittert betrachtet sie Sharon. Sharon strafft sich, und ganz plötzlich sehen sie einander in die Augen – eine hält die andere fest.

»Ich hab hier ein Foto von Ihnen«, sagt Sharon.

Die junge Frau sagt nichts. Sie versucht, amüsiert zu gucken.

Sharon nimmt das Foto und hält es hoch. Die junge Frau geht auf sie zu. Als sie näher kommt, tritt Sharon von der Tür weg ins Zimmer.

»Señora ... Ich hab doch gesagt, ich hab zu tun.« Sie mustert Sharon von oben bis unten. »Ich bin ja keine nordamerikanische Lady.«

»Ich bin keine Lady. Ich bin Mrs Rivers.«

»Und ich bin Mrs Sanchez. Was wollen Sie von mir? Ich kenne Sie nicht.«

»Ich weiß, dass Sie mich nicht kennen. Vielleicht haben Sie nicht mal was von mir gehört.« Etwas passiert im Gesicht der jungen Frau, sie spannt ihre Lippen an, wühlt in der Tasche von ihrem Hauskleid nach ihren Zigaretten und bläst Sharon den Rauch unverschämt ins Gesicht. Trotzdem fragt sie: »Möchten Sie eine Zigarette, Señora?«, und hält ihr die Schachtel hin.

Da ist ein Flehen in den Augen der jungen Frau, Sharon nimmt die Zigarette mit einer zitternden Hand, und die Frau gibt ihr Feuer. Dann steckt sie die Schachtel wieder in ihr Hauskleid.

»Ich weiß, dass Sie mich nicht kennen. Aber ich glaube, dass Sie von mir gehört haben.«

Die Frau guckt kurz auf das Foto in Sharons Hand; guckt Sharon an – und sagt nichts.

»Ich habe gestern Abend Pietro kennengelernt.«

»Ach! Und der hat Ihnen das Foto gegeben?«

Sie hatte das sarkastisch gemeint und merkt, dass sie einen Fehler gemacht hat; ach, aber – das scheint ihr trotziger Blick auf Sharon zu sagen – es gibt ja so viele Pietros!

»Nein. Das hab ich von dem Anwalt von Alonzo Hunt – dem Mann, von dem Sie behaupten, dass er Sie vergewaltigt hat.«

»Ich weiß nicht, wovon Sie reden.«

»Das glaub ich schon.«

»Hören Sie. Ich hab wirklich nichts gegen niemanden, aber jetzt muss ich Sie bitten zu gehen.«

Sie zittert und ist den Tränen nah. Sie hat ihre dunklen Hände dicht vorm Körper verschränkt, als wenn sie sich davon abhalten will, Sharon anzufassen.

»Ich bin hier, weil ich einen Mann aus dem Gefängnis holen will. Dieser Mann wird meine Tochter heiraten. Und er hat Sie nicht vergewaltigt.«

Sie holt das Foto von Fonny und mir raus.

»Sehen Sie, hier.«

Die Frau dreht sich um, wieder zum Fenster; setzt sich auf das ungemachte Bett und starrt immer noch raus.

Sharon geht auf sie zu.

»Sehen Sie es sich an. Bitte. Das Mädchen ist meine Tochter. Der Mann neben ihr ist Alonzo Hunt. Ist das der Mann, der Sie vergewaltigt hat?«

Die Frau will das Foto nicht ansehen und Sharon auch nicht.

»Ist das der Mann, der Sie vergewaltigt hat?«

»Eins weiß ich, Lady – Sie sind nie vergewaltigt worden.« Sie guckt kurz auf das Foto und dann kurz auf Sharon. »Er sieht so aus. Aber er hat nicht gelacht.«

Nach einem Moment fragt Sharon: »Darf ich mich setzen?«

Die Frau sagt nichts, seufzt nur und verschränkt die Arme. Sharon setzt sich neben sie aufs Bett.

Um sie herum laufen ungefähr zweitausend Transistorradios, und aus allen kommt B.B. King. Ehrlich gesagt erkennt Sharon gar nicht, was aus den Radios kommt, aber sie erkennt den Beat: Noch nie war er lauter, beharrlicher, klagender. Noch nie so energisch und gefährlich. Dieser Beat steckt in all den menschlichen Stimmen und wird vom Meer bekräftigt – das hinter der Müllhalde der Favela glitzert und glitzert.

Sharon sitzt da und lauscht, lauscht wie nie zuvor. Die Frau hat ihr Gesicht zum Fenster gedreht. Sharon fragt sich, was sie hört, was sie sieht. Vielleicht sieht oder hört sie gar nichts. Sie sitzt da mit einer sturen, stillen Hilflosigkeit, und ihre Hände hängen schlaff zwischen ihren Knien, so, als wenn sie schon öfter in der Falle gewesen ist.

Sharon betrachtet ihren zerbrechlichen Rücken. Das lockige Haar der Frau wird langsam spröde und ist dunkel am Ansatz. Der Beat der Musik schwillt an, wird fast unerträglich, wummert in Sharons Kopf, dass es sich anfühlt, als wenn sie gleich den Verstand verliert.

Ihr kommen fast die Tränen, sie weiß selber nicht, wieso. Sie steht auf und geht zur Musik hin. Sie guckt den Kindern zu und beobachtet das Meer. In der Ferne steht ein Torbogen, ähnlich wie der, durch den sie gegangen ist, von den Mauren stehen gelassen. Sie dreht sich zu der Frau um. Die Frau guckt auf den Boden.

»Sind Sie hier geboren?«, fragt Sharon.

»Hören Sie, Lady, bevor Sie hier weitermachen, sag ich Ihnen, Sie können mir gar nichts tun, ich bin nicht allein und hilflos, ich hab Freunde, das sag ich Ihnen!«

Und sie wirft Sharon einen wütenden, ängstlichen, zweifelnden Blick zu. Rührt sich aber nicht.

»Ich will Ihnen überhaupt nichts tun. Ich will nur einen Mann aus dem Gefängnis holen.«

Die Frau dreht Sharon den Rücken zu.

»Einen unschuldigen Mann«, sagt Sharon noch.

»Lady, ich glaub, Sie sind hier falsch, wirklich. Gibt keinen Grund, mit mir zu reden. Gibt nichts, was ich tun kann!«

Sharon tastet sich ran: »Wie lange waren Sie in New York?«

Die Frau schnippt ihre Zigarette aus dem Fenster. »Zu lange.«

»Haben Sie Ihre Kinder dagelassen?«

»Hören Sie, lassen Sie meine Kinder aus dem Spiel.«

Es wird heiß im Zimmer, Sharon zieht ihren leichten Leinenblazer aus und setzt sich wieder aufs Bett.

»Ich«, sagt sie vorsichtig, »bin auch eine Mutter.«

Die Frau guckt sie an und versucht, sich mit Verachtung abzuschotten. Doch auch wenn sie mit Neid so ihre Bekanntschaften hat, ist Verachtung ihr fremd.

»Wieso sind Sie zurückgegangen?«, fragt Sharon.

Diese Frage hat die Frau nicht erwartet. Genau genommen wollte Sharon diese Frage auch gar nicht stellen.

Sie flimmert zwischen ihnen wie das Licht, das sich auf dem Meer bricht.

»Sie sagen, Sie sind Mutter«, sagt die Frau schließlich, steht auf und geht wieder ans Fenster.

Diesmal geht Sharon hinterher, und sie blicken zusammen aufs Meer. Die mürrische Antwort der Frau hat Sharon irgendwie den Kopf freigemacht. In der Antwort sieht sie eine Bitte: Jetzt redet sie anders mit ihr.

»Tochter. Schreckliche Dinge stoßen einem zu in dieser Welt, und wir sind alle zu schrecklichen Dingen fähig.« Sie guckt aufmerksam aus dem Fenster; sie beobachtet die Frau. »Ich war eine Frau, bevor Sie zur Frau wurden. Bedenken Sie das. Aber« – da dreht sie sich zu Victoria um und zieht sie zu sich ran, dass die dünnen Handgelenke, die knochigen Hände, die verschränkten Arme, sie leicht berühren, und sie versucht mit ihr zu reden, wie sie mit mir redet – »für die Lügen, die man erzählt, bezahlt man.« Sie starrt die Frau an. Die Frau starrt sie an. »Du hast einen Mann ins Gefängnis gebracht, Tochter, einen Mann, den du nie gesehen hast. Er ist zweiundzwanzig, Tochter, er will *meine* Tochter heiraten, und« –

Victorias Blick ist wieder auf sie gerichtet – »er ist schwarz.« Sie lässt die Frau los und dreht sich wieder zum Fenster. »Wie wir.«

»Ich hab ihn aber gesehen.«

»Ja, bei der Gegenüberstellung. Da haben Sie ihn zum ersten Mal gesehen. Zum einzigen Mal.«

»Was macht Sie da so sicher?«

»Ich kenne ihn schon mein ganzes Leben.«

»Ha!«, sagt Victoria und will weggehen. Tränen treten ihr in die dunklen, resignierten Augen. »Wenn Sie wüssten, von wie viel Frauen ich das schon gehört hab. Die haben ihn nicht gesehen, als ich ihn gesehen hab, als er zu mir gekommen ist! Das sehen die nicht. Anständige Frauen – wie Sie! – sehen das nicht.« Tränen laufen ihr übers Gesicht. »Vielleicht kannten Sie einen netten kleinen Jungen, und vielleicht ist er ein netter Mann – für Sie! Aber den Mann, der das ... der das ... getan hat, was er mir angetan hat, den kennen Sie nicht!«

»Aber sind Sie denn sicher, dass Sie ihn kennen?«

»Ja, ganz sicher. Sie haben mich vorgeladen, und sie haben mir gesagt, ich soll ihn identifizieren, und ich hab ihn identifiziert. Fertig.«

»Aber Sie waren – es war – dunkel. Alonzo Hunt haben Sie bei Licht gesehen.«

»Im Hausflur brennt Licht. Ich hab genug gesehen.«

Sharon packt sie noch mal und fasst ihr Kreuz an.

»Tochter, Tochter. Im Namen Gottes.«

Victoria blickt auf die Hand am Kreuz und schreit: ein Laut, wie Sharon ihn noch nie gehört hat. Die Frau reißt sich von Sharon los und rennt zur Tür, die noch immer offen steht. Sie schreit und heult: »Raus hier! Raus hier!«

Türen gehen auf. Leute kommen raus. Sharon hört das Taxi

hupen. *Eins-zwei, eins-zwei, eins-zwei-drei, eins-zwei-drei.* Victoria schreit jetzt auf Spanisch, eine der älteren Frauen auf dem Flur kommt an die Tür und nimmt Victoria in den Arm. Victoria bricht zusammen und weint der Frau in den Busen; ohne einen Blick auf Sharon bringt die Frau sie weg. Alle anderen allerdings, die zusammengekommen sind, starren Sharon an, und jetzt hört Sharon nur noch die Hupe von Jaimes Taxi.

Sie starren sie an, ihre Kleider; sie kann nichts zu ihnen sagen, sie geht auf den Flur, auf sie zu. Sie hat ihren leichten Sommerblazer überm Arm, sie hält ihre Handtasche in der Hand und das Foto von Fonny. Langsam geht sie an ihnen vorbei, und langsam geht sie die Treppen runter. Auf jedem Stockwerk stehen Leute. Sie tritt aus dem Hof auf die Straße. Jaime macht ihr das Taxi auf. Sie steigt ein, er knallt die Tür zu und fährt ohne ein Wort davon.

Abends geht sie in den Club, aber der Türsteher sagt ihr, Señor Alvarez kommt an diesem Abend nicht, für alleinstehende Frauen gibt es keinen Tisch, und sowieso ist der Club schon voll.

Der Geist ist wie ein Ding, das Staub ansammelt. Das Ding weiß so wenig wie der Geist, wieso an ihm haftet, was an ihm haftet. Aber wenn mal was auf dir gelandet ist, geht es nicht mehr weg; nach dem Nachmittag am Gemüsestand hab ich Bell überall gesehen, andauernd.

Damals kannte ich seinen Namen noch nicht. Seinen Namen hab ich an dem Abend erfahren, an dem ich ihn danach gefragt habe. Seine Markennummer kannte ich da schon auswendig.

Bestimmt hatte ich ihn schon vor dem Nachmittag mal gesehen, aber bis dahin war er bloß irgendein Cop gewesen. Nach dem Nachmittag hatte er rote Haare und blaue Augen. Er war in den Dreißigern. Er hatte einen Gang wie John Wayne, breitbeinig unterwegs, um das Universum aufzuräumen, und den ganzen Scheiß glaubte er auch noch: ein boshafter, dummer, kindischer Dreckskerl. Wie seine Helden hatte er einen hohlen Kopf, einen fetten Bauch und einen breiten Arsch, und seine Augen waren so leer wie die von George Washington. Aber was die Leere von diesen Augen angeht, hab ich so langsam was kapiert, und was ich kapiert hab, hat mich zu Tode erschreckt. Wenn man fest in dieses ungerührte Blau guckt, in diese Nadelspitze in der Mitte vom Auge, entdeckt man bodenlose Grausamkeit, eine kalte, eisige Bösartigkeit. In diesem Auge existierst du nicht: wenn du Glück hast. Wenn dieses Auge da oben gezwungen ist, dich zu bemerken, wenn du in dem unsagbar frostigen Winter existierst, der hinter dem Auge lebt, bist du gezeichnet, gezeichnet, gezeichnet wie ein Mann in einem schwarzen Mantel, der auf der Flucht durch den Schnee kriecht. Das Auge ärgert sich über deine Anwesenheit in der Landschaft, die ihm den Blick verstellt. Bald ist der schwarze Mantel still, färbt sich rot vor Blut, und der Schnee wird rot, und das Auge ärgert sich auch darüber, blinzelt einmal, dass noch mehr Schnee fällt und alles zudeckt. Manchmal war ich mit Fonny zusammen, wenn ich Bell über den Weg lief, manchmal war ich allein. Wenn ich mit Fonny zusammen war, guckten seine Augen geradeaus in eine eiskalte Sonne. Wenn ich alleine war, krallten mich seine Augen wie Katzenklauen, harkten mich wie eine Harke. Diese Augen blicken nur in die Augen von besiegten Opfern. In andere Augen können die nicht blicken. Wenn Fonny alleine war, passierte das Gleiche. Bells Augen wischten über Fonnys schwarzen Körper mit der unbestreitbaren Grausamkeit der Lust, als wenn er die Lötlampe entzündet hat und auf Fonnys Geschlecht richtet. Wenn sie sich über den Weg gelaufen sind und ich dabei war, hat Fonny Bell direkt angeguckt und Bell geradeaus. *Ich mach dich fertig, Junge,* haben Bells Augen dann gesagt. *Nein, tust du nicht,* sagten Fonnys Augen. *Ich krieg die Kurve und hau hier ab.*

Ich hatte Angst, weil mir im Village bewusst wurde, dass wir total alleine waren. Niemand scherte sich um uns, niemand außer uns; beziehungsweise, die Menschen, die uns liebten, waren nicht hier.

Einmal hat mich Bell angesprochen. Ich war auf dem Weg zu Fonny, spät nach der Arbeit. Ihn hier zu sehen, hat mich überrascht, weil ich an der Fourteenth Street und Eighth Avenue aus der Subway gestiegen war, und er war eher um Bleecker und MacDougal unterwegs. Ich schnaufte die Avenue runter mit einem Paket voller Zeug, das ich vom Juden geklaut hatte, da sah ich ihn langsam die Avenue hoch auf mich zukommen. Einen Moment war ich erschrocken, weil mein Paket – mit Sachen wie Klebstoff und Krampen und Wasserfarben und Papier und Reißzwecken und Nägeln und Stiften – heiß war. Aber das konnte er ja nicht wissen, und ich hasste ihn schon zu sehr, um mir Sorgen drum zu machen. Ich ging ihm entgegen, er kam mir entgegen. Es wurde gerade dunkel, um sieben, halb acht rum. Die Straßen waren voller Menschen – Männer auf dem Heimweg, Säufer mit Schlagseite, Frauen auf der Flucht, puertoricanische Kinder, Junkies: Hier kam Bell.

»Kann ich dir tragen helfen?«

Fast hätte ich das Paket fallen lassen. Ehrlich gesagt hätte ich mir fast in die Hose gemacht. Ich guckte ihm in dic Augen.

»Nein«, sagte ich, »vielen Dank«, und wollte weitergehen, aber er stand mir im Weg.

Ich guckte ihm noch mal in die Augen. Vielleicht war es das erste Mal, dass ich einem weißen Mann richtig in die Augen geguckt hab. Da stand ich erst mal nur noch da. Es war nicht so, wie einem Menschen in die Augen zu gucken. Es war was ganz Neues und – darum – sehr machtvoll. Es war Verführung mit der Aussicht auf Vergewaltigung. Es war Vergewaltigung mit der Aussicht auf Erniedrigung und Rache: auf beiden Seiten. Ich wollte ihm nah kommen, in ihn eindringen, dieses Gesicht aufmachen und umwandeln und zerstören, mit ihm in den Schleim runtersteigen. Dann wären wir beide frei: Den Gesang konnte ich fast hören.

»Tja«, sagte er mit einer sehr tiefen Stimme, »du hast es ja nicht weit. Trotzdem würde ich dir das gerne tragen.«

Ich seh uns immer noch in der Dämmerung auf dieser hektischen, wimmelnden Avenue, mich mit meinem Paket und meiner Handtasche, wie ich ihn anstarre, und ihn, wie er mich anstarrt. Plötzlich gehörte ich ihm: Eine Trostlosigkeit überkam mich, wie ich sie noch nie empfunden hatte. Ich beobachtete seine Augen, seine feuchten, jungenhaften, verzweifelten Lippen und spürte, wie sein Geschlecht an mir steif wurde.

»Ich bin kein schlechter Kerl«, sagte er. »Sag das deinem Freund. Du musst keine Angst vor mir haben.«

»Ich hab keine Angst«, sagte ich. »Ich sag's ihm. Danke.«

»Schönen Abend.«

»Schönen Abend.« Ich ging schnell weiter.

Davon hab ich Fonny nie erzählt. Das konnte ich nicht. Ich hab es ausgeblendet. Ich weiß nicht, ob Bell jemals Fonny angesprochen hat – wahrscheinlich nicht.

An dem Abend, wo Fonny festgenommen wurde, war Daniel bei uns. Er war ein bisschen betrunken. Er weinte. Er redete wieder über seine Zeit im Gefängnis. Er hatte gesehen, wie neun Männer einen Jungen vergewaltigt haben; er ist auch vergewaltigt worden. Er würde nie, nie, nie wieder der Daniel sein, der er mal war. Fonny hielt ihn fest, hielt ihn aufrecht, damit er nicht fiel. Ich machte Kaffee.

Dann klopften sie an die Tür.

ZWEI

Zion

Fonny arbeitet am Holz. Es ist weiches, braunes Holz, es steht auf dem Arbeitstisch. Er hat beschlossen, eine Büste von mir zu machen. An der Wand hängen lauter Skizzen. Ich bin nicht da.

Seine Werkzeuge liegen auf dem Tisch. Zaudernd geht er um das Holz herum. Er will es nicht anfassen. Er weiß, dass es sein muss. Aber er will das Holz nicht besudeln. Er starrt es an und starrt es an und fängt fast an zu weinen. Er wünscht sich, dass das Holz zu ihm spricht. Solange es nicht spricht, kann er nicht anfangen. Ich bin eingesperrt irgendwo in dem stillen Holz; er auch.

Er nimmt einen Meißel, legt ihn wieder hin. Er steckt sich eine Zigarette an, setzt sich auf seinen Arbeitshocker, starrt das Holz an, nimmt wieder den Meißel.

Er legt ihn hin, geht in die Küche, schenkt sich ein Bier ein, kommt mit dem Bier zurück, setzt sich wieder auf den Hocker, starrt das Holz an. Und das Holz starrt zurück.

»Blöde Fotze«, sagt Fonny.

Er nimmt wieder den Meißel und nähert sich dem wartenden Holz. Er berührt es ganz leicht mit der Hand, streichelt es. Er lauscht. Er setzt den Meißel spielerisch an. Der Meißel bewegt sich. Fonny fängt an.

Er wacht auf.

Er ist allein in einer Zelle, ganz oben im Gefängnis. Nur vorübergehend. Bald wird er nach unten verlegt, in eine größere Zelle, mit anderen Männern. In der Ecke ist ein Klo. Es stinkt.

Und Fonny stinkt.

Er gähnt, schlägt die Arme hinter den Kopf und dreht sich wütend auf der schmalen Pritsche um. Er lauscht. Er weiß nicht, wie spät es ist, aber das ist auch egal. Die Stunden sind alle gleich, die Tage sind alle gleich. Er guckt auf seine Schuhe, die ohne Schnürsenkel auf dem Boden neben der Pritsche stehen. Er versucht, sich selbst zu erklären, warum er hier ist, warum er sich bewegen soll, warum er sich nicht bewegen soll. Er weiß, dass er was tun muss, um an diesem Ort nicht zu ertrinken, und das versucht er jeden Tag. Vergeblich. Er kann sich nicht in sich selbst zurückziehen, und er kann nicht aus sich rausgehen. Er hängt regelrecht in der Luft, ganz starr. Starr vor Angst. Er steht auf und geht in die Ecke zum Pinkeln. Das Klo funktioniert nicht richtig, bald läuft es über. Er weiß nicht, was er dagegen tun soll. Er hat Angst hier oben allein. Aber er hat auch Angst vor dem Moment, wo er nach unten verlegt wird, zu den anderen, die er bei den Mahlzeiten sieht, die ihn sehen. Er weiß, wer sie sind, er hat sie alle schon mal gesehen, und da draußen wüsste er auch, was er zu ihnen sagen soll. Hier weiß er gar nichts, hier ist er stumpf, hier ist er panisch. Hier ist er allen ausgeliefert, auch dem Stein und dem Stahl. Draußen ist er nicht jung. Hier merkt er, dass er jung ist, sehr jung, zu jung. Und – wird er hier alt werden?

Er starrt durch die Ritze in der Zellentür auf das bisschen Flur, das er sehen kann. Alles ist still und stumm. Wahrscheinlich ist es sehr früh. Er fragt sich, ob er heute zu den Duschen geführt wird. Aber er weiß nicht, welcher Tag heute ist, er erinnert sich nicht, wie lange es her ist, dass er geduscht hat. Heute frag ich jemanden, denkt er, und dann erinnere ich mich. Ich muss mich erinnern. Ich kann mich nicht so gehen lassen. Er versucht sich an alles zu erinnern, was er jemals über das Leben im Gefängnis gelesen hat. Er erinnert sich an gar nichts. Sein Kopf ist so leer wie eine Muschel, innen drin auch nur sinnloses Rauschen, keine Fragen, keine Antworten, nichts. Und er stinkt. Er gähnt wieder, er kratzt sich, er zittert, mit großer Mühe unterdrückt er einen Schrei, packt die Stäbe am hohen Fenster und guckt hoch in das Stück Himmel, das er von hier aus sehen kann. Der Stahl beruhigt ihn etwas, der kühle, raue Stein auf seiner Haut tröstet ihn etwas. Er denkt an Frank, seinen Vater. Er denkt an mich. Er fragt sich, was wir jetzt machen, jetzt in diesem Moment. Er fragt sich, was die ganze Welt, seine Welt, ohne ihn macht, warum er hier allein gelassen wird, vielleicht zum Sterben. Der Himmel hat dieselbe Farbe wie der Stahl; schwere Tränen laufen über Fonnys Gesicht, davon jucken die Stoppeln auf seinen Wangen. Er kann sich nicht wappnen, weil er sich nicht erklären kann, warum er hier ist.

Er legt sich wieder auf die Pritsche. Er hat noch fünf Zigaretten. Er weiß, dass ich ihm heute Abend Zigaretten mitbringe. Er steckt sich eine an und starrt die Rohre an der Decke an. Er zittert. Er versucht, sich zu beruhigen. *Nur noch ein Tag. Keine Panik. Immer mit der Ruhe.*

Er zieht an der Zigarette. Sein Schwanz wird steif. Abwesend streichelt er ihn durch seine Unterhose; er ist sein einziger Freund. Er beißt die Zähne zusammen, leistet Widerstand, aber er ist jung, und er ist einsam, er ist allein. Er streichelt sich sanft, wie im Gebet, schließt die Augen. Sein steifes Geschlecht reagiert, brennend, Fonny stöhnt und zieht wieder an der Zigarette. Er hält inne, aber seine Hand hält nicht still – kann nicht stillhalten. Er beißt sich auf die Lippe, hoffnungsvoll, aber seine Hand hält nicht still. Er streift seine Unterhose ab und zieht die Decke bis zum Kinn. Die Hand hält nicht still, sie wird fester, fester, schneller, und Fonny sinkt und steigt. Oh. Er versucht, an niemanden zu denken, er versucht, nicht an mich zu denken, er will mich nicht mit dieser Zelle in Verbindung bringen oder mit diesem Akt. Oh. Und er dreht sich, hebt sich, windet sich, und sein Bauch fängt an zu beben. Oh: Und große Tränen sammeln sich hinter seinen Augen. Er will nicht, dass es aufhört. Es muss aufhören. Oh. Oh. Oh. Er lässt die Zigarette auf den Steinboden fallen, er gibt sich ganz hin, er stellt sich vor, dass menschliche Arme ihn halten, er stöhnt, schreit fast, sein schwellender, brennender Schwanz macht, dass er den Rücken durchdrückt, dass er die Beine streckt. Oh. Er will nicht, dass es aufhört. Es muss aufhören. Er stöhnt. Es ist unglaublich. Sein Schwanz tropft, spritzt, schießt über die Hand und den Bauch und seinen Sack; er seufzt. Nach einem langen Moment macht er die Augen auf, und die Zelle stürzt auf ihn ein, Stahl und Stein, lässt ihn wissen, dass er allein ist.

Um sechs bringt man ihn runter, zu mir.

Er denkt dran, das Telefon abzunehmen.

»Hey!« Er grinst. »Wie geht es dir, Baby? Erzähl mal was.«

»Du weißt, dass ich nichts zu erzählen hab. Und dir?«

Er küsst die Scheibe. Ich küsse die Scheibe.

Aber er sieht nicht gut aus.

»Hayward kommt morgen Vormittag zu dir. Er meint, er hat jetzt einen Termin.«

»Wann?«

»Bald. Sehr bald.«

»Was meinst du mit bald? Morgen? Nächsten Monat? Nächstes Jahr?«

»Würde ich es dir erzählen, Fonny, wenn ich nicht weiß, dass es bald ist? Hm? Und Hayward hat mir gesagt, dass ich es dir erzählen kann.«

»Bevor das Kind kommt?«

»Na klar, bevor das Kind kommt.«

»Wann ist es so weit?«

»Bald.«

Da verändert sich sein Gesicht, und er lacht. Er droht mir scherzhaft mit der Faust.

»Wie geht es ihm? Dem Baby.«

»Gesund und munter. Glaub mir.«

»Versohlt dir den Arsch, hm?« Er lacht wieder. »Alte Tish.«

Und wieder verändert sich sein Gesicht, es leuchtet anders, er ist sehr schön.

»Hast du Frank gesehen?«

»Ja. Er macht viele Überstunden, er kommt morgen her.«

»Mit dir?«

»Nein, mit Hayward, vormittags.«

»Wie geht es ihm?«

»Gut, Baby.«

»Und meine ekligen Schwestern?«

»Wie immer.«

»Noch immer nicht verheiratet?«

»Nein, Fonny. Noch nicht.«

Ich warte auf die nächste Frage:

»Und meine Mama?«

»Ich hab sie nicht gesehen. Natürlich. Aber anscheinend geht's ihr gut.«

»Ihr schwaches Herz hat sie noch nicht kleingekriegt, hm? Ist deine Mama aus Puerto Rico zurück?«

»Noch nicht. Aber wir erwarten sie jede Minute.«

Sein Gesicht verändert sich wieder.

»Aber – wenn diese Tante immer noch behauptet, ich hab sie vergewaltigt, bleib ich erst mal hier.«

Ich steck mir eine Zigarette an und drück sie wieder aus. Das Baby bewegt sich, als wenn es einen Blick auf Fonny erhaschen will.

»Mama glaubt, dass Hayward ihre Aussage zerpflücken kann. Anscheinend ist das eine ziemlich hysterische Frau. Jedenfalls Gelegenheitsnutte – das hilft ihr nicht gerade. Und: Du warst die schwärzeste Gestalt bei der Gegenüberstellung an dem Morgen. Da waren ein paar weiße Typen dabei und ein Puerto Ricaner und ein paar hellbraune Brüder, aber du warst der einzige Schwarze.«

»Keine Ahnung, wie viel das bedeutet.«

»Na ja, es kann unter anderem bedeuten, dass der Fall bei Gericht durchfällt. Sie sagt, sie ist von einem Schwarzen vergewaltigt worden, und die stellen einen einzigen schwarzen Mann in eine Reihe mit lauter Bleichgesichtern. Da sagt sie natürlich, dass du es warst. Wenn sie einen schwarzen Typen sucht, kann sie ja schlecht einen von den anderen nehmen.«

»Und Bell?«

»Na ja, der hat schon mal ein schwarzes Kind umgebracht, hab ich dir ja schon erzählt. Und Hayward will dafür sorgen, dass die Geschworenen das erfahren.«

»Scheiße, wenn die Geschworenen das erfahren, wollen sie ihm wahrscheinlich einen Orden verpassen. Der hält die Straßen sauber.«

»Fonny, so darfst du nicht denken, Baby. Wir haben doch gesagt, als diese ganze Scheiße losging, wir denken von einem Tag zum nächsten und drehen nicht durch und gucken nicht zu weit nach vorne. Ich weiß genau, was du meinst, Schatz, aber es hat überhaupt keinen Sinn, so darüber zu denken ...«

»Fehl ich dir?«

»Mein Gott, ja. Genau darum darfst du ja nicht durchdrehen. Ich warte auf dich, das Baby wartet auf dich!«

»Tut mir leid, Tish. Tut mir leid. Ich reiß mich zusammen. Echt. Manchmal ist das aber schwer, weil ich hab hier nichts zu tun – weißt du? Und in mir passiert Zeug, das ich nicht richtig verstehe, zum Beispiel sehe ich plötzlich Sachen, die ich noch nie gesehen hab. Ich hab keinen Namen für diese Sachen, und ich hab Angst. Ich bin nicht so stark, wie ich dachte. Ich bin jünger, als ich dachte. Aber ich reiß mich zusammen. Versprochen. Versprochen, Tish. Wenn ich rauskomme, bin ich besser als vorher. Versprochen. Ich weiß das, Tish. Vielleicht musste mir was klar werden, und ohne das hier drinnen wäre es mir nicht klar geworden. Vielleicht. Vielleicht ist das so. Ach, Tish – liebst du mich?«

»Ich liebe dich. Ich liebe dich. Du weißt, dass ich dich liebe, so wie du weißt, dass diese krausen Haare da auf deinem Kopf wachsen.«

»Seh ich schrecklich aus?«

»Na ja, ich würde dich schon gern mal anpacken. Aber für mich bist du schön.«

»Ich würde dich auch gern mal anpacken.«

Es wird still zwischen uns, und wir sehen uns an. Wir sehen uns an, als die Tür hinter Fonny aufgeht und der Mann reinkommt. Das ist der grauenhafteste Moment, wo Fonny aufstehen und sich umdrehen muss, wo ich aufstehen und mich umdrehen muss. Aber Fonny behält die Fassung. Er steht auf und hebt die Faust. Er lächelt, steht einen Moment da und guckt mir direkt in die Augen. Etwas wandert von ihm zu mir – Liebe und Mut. Ja. Ja. Wir schaffen es, irgendwie. Irgendwie. Ich stehe auf und hebe lächelnd die Faust. Er wendet sich ins Inferno. Und ich gehe zur Sahara.

Die Welt kann sich so unendlich verrechnen. Die Staatsanwaltschaft, die Anklage, der Staat – *Das Volk gegen Alonzo Hunt!* – hat es geschafft, alle Zeugen, die für Alonzo Hunt aussagen sollten, auszubremsen, abzusondern und einzuschüchtern. Aber sich selbst hat sie auch abgeschossen, wie eine abgemagerte Sharon uns an dem Abend erzählt, als Ernestine sich den Wagen plus Chauffeur von der Schauspielerin geliehen hat, um Mama vom Kennedy Airport abzuholen:

»Ich hab noch zwei Tage abgewartet. Ich dachte, das kann so nicht ausgehen. Die Geschichte kann so nicht ausgehen. Jaime hat gesagt, sie kann schon und sie wird so ausgehen. Da hatte sie sich schon auf der ganzen Insel rumgesprochen. Alle wussten Bescheid. Jaime wusste mehr darüber als ich. Er hat gesagt, man folgt mir überallhin, und eines Abends, im Taxi, hat er es mir bewiesen. Das erzähl ich euch wann anders.«

Mamas Gesicht: Auch sie sieht was, was sie vorher noch nie gesehen hat.

»Ich konnte mich nicht mehr frei bewegen. Die letzten beiden Tage musste Jaime für mich den Spion spielen. Die kannten sein Taxi besser als ihn, falls ihr versteht, was ich meine. Menschen kennen das Äußere immer besser als das Innere. Wenn sie Jaimes Taxi gesehen haben, war das Jaime. Reingeguckt haben sie nicht.«

Sharons Gesicht – und Josephs Gesicht.

»Also hat er sich von jemandem ein Auto geliehen. So haben sie ihn nicht kommen sehen. Als sie ihn dann doch noch gesehen haben, war es schon egal, weil er nicht mit mir zusammen war. Er war ein Teil der Landschaft, wie das Meer, wie die Müllhalde, etwas, das sie schon ihr ganzes Leben kennen. Sie mussten ihn gar nicht angucken. So hab ich das noch nie gesehen. Vielleicht haben sie sich nicht getraut, ihn anzugucken, so wie sie die Müllhalde nicht angucken. So wie sie sich selber nicht angucken – so wie wir nicht hingucken. So hab ich das noch nie gesehen. Nie. Ich kann kein Spanisch, und sie können kein Englisch. Aber wir hocken auf der gleichen Müllhalde. Aus dem gleichen Grund.«

Sie sieht mich an.

»Aus dem gleichen Grund. So hab ich noch nie drüber nachgedacht. Wer auch immer Amerika entdeckt hat, der hat es verdient, in Ketten nach Hause geschleift zu werden und da zu sterben.«

Sie sieht mich wieder an.

»Du bringst das Kind her, hörst du?« Und dann lächelt sie. Sie lächelt. Sie ist ganz nah bei mir. Und sehr weit weg. »Wir lassen nicht zu, dass irgendwer dieses Kind in Ketten legt. Fertig.«

Sie steht auf und geht in der Küche auf und ab. Wir gucken zu: Sie hat wirklich abgenommen. Sie hat einen Gin mit Orangensaft in der Hand. Ich weiß, dass sie noch nicht alles losgeworden ist. Mir wird klar, weil ich sehe, wie sie mit den Tränen kämpft, dass sie eigentlich noch ganz schön jung ist.

»Jedenfalls. Er war da, Jaime war da, als sie das Mädchen weggebracht haben. Sie hat geschrien. Sie hatte eine Fehlgeburt. Pietro hat sie auf dem Arm die Treppe runtergetragen, da blutete sie schon.«

Sie nimmt einen Schluck. Sie steht am Fenster, sehr allein.

»Man hat sie in die Berge gebracht, irgendwohin, es heißt Barranguitas. Um dahin zu kommen, muss man wissen, wo es liegt. Jaime sagt, die taucht nie wieder auf.«

Da geht er hin, der Prozess, die Anklage hat sich die Hauptzeugin selber weggeschossen. Wir haben noch eine winzige Hoffnung mit Daniel, aber von uns darf keiner zu ihm, selbst wenn wir wüssten, wo man ihn finden kann. Er wurde in ein Gefängnis upstate verlegt: Hayward kümmert sich drum, Hayward ist dran.

Die Anklage wird Aufschub beantragen. Wir werden beantragen, dass die Beschuldigung fallen gelassen und das Verfahren eingestellt wird: Aber wir müssen uns auf eine Kaution gefasst machen – wenn der Staat sich drauf einlässt und wenn wir sie zahlen können.

»Na gut«, sagt Joseph, steht auf, geht ans Fenster, stellt sich neben Sharon, fasst sie aber nicht an. Sie betrachten ihre Insel.

»Alles klar?«, fragt Joseph, steckt eine Zigarette an und gibt sie ihr.

»Ja, alles klar.«

»Dann gehen wir mal rüber. Du bist müde. Und du warst lange weg.«

»Gute Nacht«, sagt Ernestine entschlossen, und Sharon und Joseph gehen Arm in Arm den Flur runter in ihr Zimmer. Auf eine Weise sind wir jetzt ihre Eltern. Und das Baby strampelt wieder. Zeit.

Frank allerdings nimmt das alles grauenhaft mit, einfach katastrophal, und Joseph muss ihm die Nachricht überbringen.

Ihre Arbeitszeiten sind außerdem so unberechenbar, dass er ihm die Neuigkeiten nach Hause bringen muss.

Ohne ein Wort zu sagen, hat er Ernestine und mich davon abgehalten, auch nur ein Wort zu den Hunts zu sagen.

Es ist fast Mitternacht.

Mrs Hunt liegt im Bett. Adrienne und Sheila sind gerade erst nach Hause gekommen, stehen im Nachthemd kichernd in der Küche und trinken Ovomaltine. Adriennes Hintern geht langsam in die Breite, aber für Sheila gibt es keine Hoffnung mehr. Ihr wurde gesteckt, sie würde irgend so einer dahergelaufenen Schauspielerin ähnlich sehen, Merle Oberon, die hat sie zufällig in der *Late Late Show* gesehen, also hat sie sich die Augenbrauen gezupft, mit der gleichen Absicht, aber nicht mit der gleichen Wirkung. Die Oberon-Tante wurde für ihre beunruhigende Ähnlichkeit mit einem Ei jedenfalls noch bezahlt.

Joseph muss frühmorgens im Hafen sein, hat also keine Zeit zu verlieren. Frank auch nicht, er muss auch ganz früh downtown sein.

Frank stellt Joseph ein Bier hin und schenkt sich einen Schluck Wein ein. Joseph trinkt von seinem Bier, Frank nippt an seinem Wein. Einen ziemlich schrecklichen Moment lang sehen sie sich an, während die Mädchen in der Küche lachen. Frank würde das Lachen gern abschalten, aber er kann seinen Blick nicht von Josephs lösen.

»Und …?«, fragt Frank.

»Mach dich auf was gefasst, es kommt jetzt leider knüppeldick. Die Verhandlung ist verschoben, weil das puerto-ricanische Weibsstück, im Ernst, die hat ihr Kind verloren und ist anscheinend ausgeflippt, Mann, durchgedreht, jedenfalls ist sie irgendwo in den Bergen von Puerto Rico und kommt da nicht weg und keiner kommt hin, sie kann jetzt nicht nach New York, ganz ausgeschlossen, also will die Stadt die Verhandlung verschieben – bis sie kommen kann.« Frank sagt nichts. Joseph sagt: »Hast du verstanden, was ich gesagt hab?«

Frank nippt an seinem Wein und sagt leise: »Ja. Hab ich verstanden.«

Sie hören die leisen Stimmen der Mädchen in der Küche: Dieses Gewisper macht die Männer fast wahnsinnig.

Frank sagt: »Du erzählst mir, dass sie Fonny im Knast behalten, bis dieses Weibsstück zur Vernunft kommt.« Er nippt und guckt Joseph an. »Stimmt das so?«

Etwas an Franks Anblick macht Joseph langsam Angst, aber er weiß nicht, was.

»Na ja, das haben sie vor. Aber vielleicht kriegen wir ihn raus, gegen Kaution.«

Frank sagt nichts. Die Mädchen kichern in der Küche.

»Wie viel Kaution?«

»Wissen wir nicht. Ist noch nicht festgesetzt.« Er trinkt sein Bier, kriegt immer mehr Angst, undeutlich, aber gründlich.

»Wann wird sie festgesetzt?«

»Morgen. Übermorgen.« Er muss es sagen: »Wenn …«

»Wenn was?«

»Wenn Sie unser Gesuch annehmen, Mann. Die müssen ja keine Kaution gewähren.« Und noch was muss er sagen. »Ich glaub nicht, dass es dazu kommt, aber besser, wir machen uns auf das Schlimmste gefasst – sie könnten versuchen, die Anklage gegen Fonny zu verschärfen, weil die Frau ihr Kind verloren hat und wohl irgendwie durchgedreht ist.«

Schweigen: das Mädchengekicher aus der Küche.

Joseph kratzt sich unter einer Achsel und guckt Frank an. Joseph wird immer nervöser.

»Na«, sagt Frank schließlich mit eisiger Ruhe, »wir sind also am Arsch.«

»Wie kommst du denn darauf, Mann? Es ist heftig, das stimmt, aber es ist noch nicht vorbei.«

»Oh doch«, sagt Frank, »es ist vorbei. Sie haben ihn. Die lassen ihn nicht laufen, bis sie durch sind mit ihm. Und noch sind sie nicht durch. Und wir können nichts dagegen tun.«

Vor lauter Angst schreit Joseph: »Wir müssen was dagegen tun!« Er hört seine Stimme, die von den Wänden abprallt und von den Mädchenstimmen aus der Küche.

»Was denn?«

»Wenn sie Kaution gewähren, das Geld zusammenkratzen …«

»Wie denn?«

»Weiß ich doch nicht, Mann! Ich weiß nur, dass es sein muss!«

»Und wenn sie keine Kaution gewähren?«

»Wir holen ihn raus! Mir egal, was wir tun müssen, um ihn rauszuholen!«

»Mir auch, aber was *können* wir denn tun?«

»Ihn rausholen. *Das* müssen wir tun. Wir wissen beide, dass er da drin nichts verloren hat. Und diese Lügenärsche wissen das auch.« Er steht auf. Er zittert. In der Küche ist es still. »Hör zu. Ich versteh ja, was du sagst. Du sagst, sie haben uns an den Eiern. Okay. Aber er ist unser Fleisch und Blut, Baby: *unser Fleisch und Blut*. Ich weiß nicht, wie wir das schaffen sollen, ich weiß nur, dass wir es schaffen müssen. Ich weiß, dass du keine Angst um dich hast, und ich hab weiß Gott keine Angst um mich. Der Junge muss da raus. Fertig. Und wir müssen ihn rausholen. Fertig. Und das Wichtigste ist, Mann, dass wir nicht die Nerven verlieren. Diese Arschlöcher, diese Weißärsche, diese Fotzenfressen können das nicht länger durchziehen, das lassen wir nicht zu.« Er sackt ab, trinkt einen Schluck. »Die haben schon lange genug unsere Kinder umgebracht.«

Frank sieht in der offenen Küchentür seine Töchter stehen.

»Alles in Ordnung?«, fragt Adrienne.

Frank schmeißt sein Weinglas auf den Boden, wo es klirrend zerspringt. »Ihr dösigen cremeweißen Fotzen, geht mir aus den Augen, hört ihr? Geht mir bloß aus den Augen. Wenn ihr echte Frauen wärt, würdet ihr eure Muschis auf den Strich tragen, um euren Bruder aus dem Knast zu holen, statt sie an diese halb garen Schwuchteln zu verschleudern, die mit dem Buch unterm Arm um euch rumhecheln. Ab ins Bett! Geht mir aus den Augen!«

Joseph beobachtet die Töchter und sieht was ganz Seltsames, etwas, das ihm nie in den Sinn gekommen wäre: Er sieht, dass Adrienne ihren Vater liebt, mit einer wirklich verzweifelten Liebe. Sie weiß, dass er leidet. Sie würde ihn trösten, wenn sie könnte, aber sie weiß nicht, wie. Sie würde alles drum geben, es zu erfahren. Sie weiß nicht, dass sie Frank an ihre Mutter erinnert.

Wortlos senkt sie den Blick und wendet sich ab; Sheila folgt ihr.

Die Stille ist riesig – und breitet sich immer weiter aus. Frank legt den Kopf in seine Hände. Da sieht Joseph, dass Frank seine Töchter liebt.

Frank sagt nichts. Tränen tropfen auf den Tisch, rollen von den Handflächen vor seinem Gesicht. Joseph sieht zu: Tränen fließen aufs Handgelenk und fallen – mit einem leisen, leisen, unerträglichen Geräusch – auf die Tischplatte. Joseph weiß nicht, was er sagen soll.

»Das ist jetzt nicht die Zeit zum Weinen, Mann«, sagt er dann und trinkt sein Bier aus. Er guckt Frank an. »Geht's?«

»Ja, geht«, sagt Frank schließlich.

»Schlaf jetzt. Wir müssen früh raus. Wir reden morgen Abend. Angekommen?«

»Ja«, sagt Frank. »Angekommen.«

Als Fonny erfährt, dass der Prozess verschoben wurde, als er den Grund dafür erfährt und was für Folgen Victorias Unglück für sein eigenes haben könnte – das erfährt er von mir –, passiert was Komisches, was absolut Wunderbares mit ihm. Er gibt die Hoffnung nicht auf, aber er hört auf, sich dran zu klammern.

»Na gut«, sagt er nur.

Es kommt mir vor, als wenn ich zum ersten Mal richtig seine hohen Wangenknochen sehe, und vielleicht stimmt das sogar, er hat so abgenommen. Er sieht mich direkt an, in mich hinein. Seine Augen sind riesig, tief und dunkel. Ich bin erleichtert und erschrocken. Er hat sich bewegt – nicht von mir weg: Aber er hat sich bewegt. Wo er jetzt steht, da bin ich nicht.

Und er fragt mich und hat dabei diese riesigen schillernden Augen auf mich gerichtet:

»Geht's dir gut?«

»Ja. Mir geht's gut.«

»Geht's dem Baby gut?«

»Ja. Dem Baby geht's gut.«

Er grinst. Das ist irgendwie ein Schock. Ich werde immer die Lücke sehen, wo mal der Zahn gefehlt hat.

»Also, mir geht's auch gut. Mach dir keine Sorgen, ich komm nach Hause. Ich komm nach Hause, zu dir. Ich will dich in meinen Armen haben. Ich will deine Arme um mich haben. Ich muss mein Kind in den Armen haben. Das muss einfach sein. Vertrau drauf.«

Er grinst wieder, und alles in mir regt sich. Ach, Liebe. Liebe.

»Mach dir keine Sorgen. Ich komm nach Hause.«

Er grinst noch mal, steht auf und zeigt mir seinen Gruß. Er sieht mich fest an, mit einem Blick, den ich noch nie auf einem Gesicht gesehen hab. Er fasst sich an, ganz kurz, und beugt sich runter, um die Scheibe zu küssen; ich küsse die Scheibe.

Jetzt weiß Fonny, warum er hier ist – warum er da ist, wo er ist; jetzt hat er den Mut, sich umzugucken. Er ist nicht hier, weil er was getan hat. Das hat er schon immer gewusst, aber jetzt weiß er es anders. Bei den Mahlzeiten, in der Dusche, die Treppen hoch und runter, am Abend, kurz bevor alle wieder weggesperrt werden, sieht er die anderen und lauscht: Was haben sie getan? Nicht viel. Viel tun heißt, die Macht haben, diese Leute dahin zu stecken, wo sie sind, und sie da zu behalten, wo sie sind. Diese Gefangenen sind der heimliche Preis für eine heimliche Lüge: Die Gerechten müssen den Verdammten ihren Platz zuweisen können. Viel tun heißt, die Macht und das Bedürfnis haben, über die Verdammten zu bestimmen. Doch das, denkt Fonny, beruht auf Gegenseitigkeit. *Man ist drinnen oder draußen. Okay. Kapiert. Arschlöcher. Ihr werdet mich nicht hängen.*

Ich bring ihm Bücher mit, und er liest. Wir treiben Papier auf, und er zeichnet. Seit er weiß, woran er ist, redet er mit den Männern und richtet sich sozusagen ein. Er weiß, dass ihm hier drin alles passieren kann. Aber seit er das weiß, kann er sich nicht mehr abwenden: Er muss sich stellen, sogar sticheln, damit spielen, es herausfordern.

Er kommt in Einzelhaft, weil er sich weigert, vergewaltigt zu werden. Er verliert einen Zahn, schon wieder, und verliert fast ein Auge. Etwas verhärtet sich in ihm, etwas verändert sich für immer, seine Tränen gefrieren in seinem Bauch. Aber er ist vom Sporn der Verzweiflung gesprungen. Er kämpft um sein Leben. Er sieht das Gesicht von seinem Kind vor sich, er hat eine Verabredung, die er einhalten muss, und er wird da sein, das schwört er, während er in der Scheiße sitzt, schwitzend und stinkend, wenn das Kind da ist.

Hayward handelt eine Kaution für Fonny aus. Aber sie ist hoch. Und hier kommt der Sommer: Zeit.

An einem Tag, den ich nie vergessen werde, hat Pedrocito mich von dem spanischen Restaurant nach Hause gefahren, und schwer, schwer, schwer schaffte ich es bis zu meinem Sessel und setzte mich.

Das Kind war unruhig, und ich hatte Angst. Es war fast so weit. Ich war so müde, fast wollte ich sterben. Wegen seiner Einzelhaft hatte ich Fonny ganz lange nicht gesehen. Heute war ich bei ihm gewesen. Er war so dürr; er war so zerschrammt: Fast hätte ich geschrien. Wohin, gegen wen? Ich sah die Frage in Fonnys großen, schrägen schwarzen Augen – Augen, die jetzt brannten wie die Augen eines Propheten. Doch als er lächelte, sah ich ihn wieder, meinen Geliebten, wie zum allerersten Mal.

»Du brauchst ein bisschen Fleisch auf die Rippen«, sagte ich. »Gott, sei mir gnädig.«

»Lauter, ich hör dich nicht.« Aber er lächelte dabei.

»Wir haben das Geld für deine Kaution fast zusammen.«

»Ich wusste es.«

Wir saßen da und guckten uns an. Durch die Scheiben und den ganzen Stein und Stahl liebten wir uns.

»Hör zu, bald bin ich raus. Ich komm nach Hause, weil ich froh bin, dass ich hier war, verstehst du?«

Ich sah in seine Augen.

»Ja«, sagte ich.

»Tja. Ich bin Kunsthandwerker«, sagte er. »Wie einer, der … Tische macht. Das Wort Künstler mag ich nicht. Hab ich vielleicht noch nie gemocht. Und was für ein Scheiß das sein soll, weiß ich schon gar nicht. Ich bin einer, der aus dem Bauch arbeitet, mit den Händen. Jetzt weiß ich, worum es geht. Echt. Glaub schon. Selbst wenn ich untergehe. Aber das passiert nicht, glaub ich. Jetzt.«

Er ist weit weg von mir. Er ist bei mir, aber ganz weit weg. Und das wird er jetzt auch immer sein.

»Zeig mir den Weg«, hatte ich zu ihm gesagt, »ich folge.«

Er hatte gelacht. »Baby. Baby. Baby. Ich liebe dich. Ich bau uns einen Tisch, und ganz viele Leute werden lange, lange Zeit dran sitzen und mit uns essen.«

Von meinem Sessel aus sah ich aus dem Fenster auf diese fürchterlichen Straßen.

Das Baby fragte: *Ist denn nicht ein Gerechter unter ihnen?*

Und strampelte, aber ganz anders als sonst, und da wusste ich, dass meine Zeit fast gekommen ist. Ich weiß noch, wie ich auf meine Uhr sah: Es war zwanzig vor acht. Ich war allein, aber ich wusste, dass bald jemand zur Tür reinkommt. Das Baby strampelte wieder, und ich holte Luft und hätte fast geschrien, da klingelte das Telefon.

Ich ging durchs Zimmer, schwer, schwer, schwer, und nahm ab.

»Hallo?«

»Hallo – Tish? Hier ist Adrienne.«

»Hallo, Adrienne.«

»Tish, weißt du, wo mein Vater ist? Ist Frank bei euch?«

Ihre Stimme hätte mich fast umgehauen. So eine Panik hatte ich noch nie gehört.

»Nein. Wieso?«

»Wann hast du ihn zuletzt gesehen?«

»Warum – ich hab ihn gar nicht gesehen. Ich weiß, dass er sich mit Joseph getroffen hat, aber ich hab ihn nicht gesehen.«

Adrienne weinte. Es klang schrecklich am Telefon.

»Adrienne! Was ist los? Was ist *los?*«

Ich erinnere mich, dass in dem Moment alles stillstand. Die Sonne bewegte sich nicht, die Erde bewegte sich nicht, und der Himmel starrte und wartete, und ich legte die Hand auf mein Herz, damit es wieder schlug.

»Adrienne! *Adrienne!*«

»Tish – Daddy ist gefeuert worden, vor zwei Tagen, sie haben gesagt, er hat geklaut, und sie haben gedroht, dass sie ihn ins Gefängnis bringen, und er war so verzweifelt wegen Fonny und dem allen, und er ist betrunken nach Hause gekommen und hat uns alle beschimpft, dann ist er rausgegangen, und seitdem hat ihn keiner gesehen – Tish, weißt du nicht, wo mein Vater ist?«

»Adrienne, Baby, ich weiß es nicht. Ich schwöre bei Gott, ich hab ihn nicht gesehen.«

»Tish, ich weiß, dass du mich nicht magst …«

»Adrienne, wir beide hatten ein bisschen Streit, aber das macht doch nichts. Das ist normal. Das heißt nicht, dass ich dich nicht mag. Ich würde dir ganz bestimmt nie wehtun. Du bist Fonnys Schwester, und wenn ich ihn liebe, muss ich dich lieben. Adrienne …?«

»Wenn du ihn siehst – rufst du mich an?«

»Ja. Ja. Natürlich.«

»Bitte. Bitte. Bitte. Ich hab Angst«, sagte Adrienne mit einer tiefen, völlig veränderten Stimme und legte auf.

Als ich auflegte, ging die Tür auf, und Mama kam rein.

»Tish, was ist mit dir?«

Ich ging zu meinem Sessel zurück und setzte mich.

»Das war Adrienne. Sie sucht Frank. Sie sagt, er ist gefeuert worden und ist total verzweifelt. Und Adrienne – die Arme klingt völlig fertig. Mama« – und wir guckten uns an; Sharons Gesicht war so still wie der Himmel – »hat Daddy ihn gesehen?«

»Weiß ich nicht. Aber hier war Frank nicht.«

Sie stellte ihre Tasche auf den Fernseher, kam zu mir und legte mir ihre Hand auf die Stirn.

»Wie fühlst du dich?«

»Müde. Komisch.«

»Soll ich dir einen kleinen Cognac bringen?«

»Ja. Danke, Mama. Das ist vielleicht eine gute Idee. Das beruhigt vielleicht den Magen.«

Sie ging in die Küche und kam mit dem Cognac zurück.

»Ist dir schlecht?«

»Ein bisschen. Geht vorbei.«

Ich nippte am Cognac und sah in den Himmel. Mama beobachtete mich einen Moment, dann ging sie wieder. Ich sah in den Himmel. Es war, als wenn er mir was zu sagen hat. Ich war an einem fremden Ort, allein. Alles war still. Sogar das Baby war still.

Sharon kam zurück.

»Warst du heute bei Fonny?«

»Ja.«

»Wie geht es ihm?«

»Er ist toll. Er wurde geschlagen, aber er gibt sich nicht geschlagen – falls du verstehst. Er ist toll.«

Aber ich weiß noch, ich war so müde, dass ich kaum sprechen konnte. Irgendwas stand kurz bevor. Das war mein Gefühl, als ich dasaß und in den Himmel guckte – und mich nicht bewegen konnte. Ich konnte nur warten.

Until my change comes.

»Ich glaube, Ernestine hat das restliche Geld zusammen«, sagte Sharon lächelnd. »Von ihrer Schauspielerin.«

Bevor ich irgendwas sagen konnte, klingelte es an der Tür, und Mama ging hin. Etwas war in ihrer Stimme, an der Tür, dass ich aufstand und das Cognacglas fallen ließ. Ich erinnere mich noch an Mamas Gesicht, wie sie hinter meinem Vater stand, und ich erinnere mich noch an Daddys Gesicht.

Man hatte Frank gefunden, ganz, ganz oben am Fluss, im Wald, im Auto, mit verriegelten Türen und laufendem Motor.

Ich setzte mich in meinen Sessel.

»Weiß Fonny Bescheid?«

»Glaub ich nicht. Noch nicht. Das erfährt er erst morgen früh.«

»Ich muss es ihm sagen.«

»Du kommst erst morgen früh zu ihm, Kleines.«

Joseph setzte sich.

Sharon fragte ganz scharf: »Wie fühlst du dich, Tish?«

Ich machte den Mund auf, um – ich weiß nicht was zu sagen. Als ich den Mund aufmachte, kriegte ich keine Luft. Alles verschwand außer Mamas Augen. Ein unglaubliches

Wissen lag zwischen uns in der Luft. Dann sah ich nur noch Fonny. Und dann schrie ich, und meine Zeit war gekommen.

Fonny arbeitet am Holz, am Stein, pfeift, lächelt. Und weit weg, dann immer näher schreit das Baby, schreit und schreit und schreit und schreit und schreit und schreit und schreit und schreit – schreit, als wollte es die Toten wecken.

[Columbus Day] 12. Oktober 1973
St.-Paul-de-Vence

NACHWORT

Daniel Schreiber

Ballade von Leid und Liebe.
James Baldwins *Beale Street Blues*

Eine der schönsten Entwicklungen der vergangenen Jahre besteht für mich in der Renaissance, die das Werk James Baldwins in Amerika erlebt hat und durch die Neuübersetzungen von dtv nun auch in Deutschland erfährt. Ich kann mich noch an die ungläubige Freude erinnern, als ich vor einigen Jahren Baldwins in Paris spielenden Roman *Giovanni's Room* (1956) zum ersten Mal las, eine zeitlose Geschichte über eine schwule Liebe und ihr tragisches Ende. Oder an den plötzlichen Schock des Verstehens, der mich bei der Lektüre seines Essays *The Fire Next Time* (1963) durchfuhr, in dem Baldwin seinem nach ihm benannten Neffen die psychischen Folgen der jahrhundertelangen Versklavung, Unterdrückung und Verfolgung der Schwarzen in Amerika erklärte, dabei einem ganzen Land die Maske der Selbsttäuschung vom Gesicht riss und trotzdem Anlass zur Hoffnung auf Veränderung gab.

Dass eine der größten Stimmen der amerikanischen Literatur wieder entdeckt, neu übersetzt und neu diskutiert wird, hat etwas von posthumer Gerechtigkeit.

Natürlich war Baldwin, zumindest in den Vereinigten Staaten, nie komplett vergessen worden. Als er im Dezember 1987 im Alter von 63 Jahren an Krebs starb, galt er als der große schwarze Intellektuelle des Landes. Er war eine der wichtigsten Stimmen der Bürgerrechtsbewegung gewesen, derjenige, den man ein Vierteljahrhundert nach Kommentaren und Stellungnahmen gefragt hatte, wenn Rassenunruhen und Attentate an schwarzen Politikern die Nachrichten bestimmten. Aber seine Romane und Essays, die sich gängigen Kategorien immer wieder entzogen, waren auch aus der Mode geraten. Eine junge, radikalisierte Generation schwarzer Intellektueller lehnte ihn offen ab, er war ihnen schlicht nicht »schwarz« genug. Vielen Weißen, auch jenen, die sich nicht für rassistisch hielten, war Baldwin hingegen zu »schwarz«. Und beide Gruppen schienen ein grundlegendes Problem mit seiner Homosexualität zu haben, die lange eine Art offenes Geheimnis gewesen war, durch die Schwulen- und Lesbenbewegung nun aber verstärkt in den Fokus geriet. Viele der Nachrufe auf den Schriftsteller zeichneten sich durch einen seltsam kritischen Unterton aus und brachten ein Unbehagen an seinem Erbe zum Ausdruck. James Baldwin schien ein Nachleben als historische Fußnote bevorzustehen, ein Nachleben als Schriftsteller, der zwar an Universitäten unterrichtet und von vereinzelten Lesern verehrt wird, aber nicht die Reputation eines Klassikers erlangt – eine Reputation, die ihm zugestanden worden wäre, wenn er nicht schwarz und schwul oder wenigstens »nur« schwarz oder »nur« schwul gewesen wäre. Und lange sah es so aus, als würde genau das geschehen. Doch zum Glück hat sich das Blatt gewendet. Baldwins Werk strahlt heute stärker denn je.

*

Beale Street Blues von 1974 ist James Baldwins vorletzter Roman. Er stellte ihn größtenteils in seinem Haus in St.-Paul-de-Vence in Südfrankreich fertig, wo er mit einigen Freunden und Familienmitgliedern nach vielen Jahren in Paris und Istanbul lebte. Er hatte nie aufgehört, regelmäßig in die Vereinigten Staaten zu reisen, aber sein Hauptwohnsitz befand sich jetzt hier. Seine Freunde und Wegbegleiter, die Bürgerrechtsaktivisten Medgar Evers, Malcolm X und Martin Luther King, waren im vorangegangenen Jahrzehnt ermordet worden, und mit ihrem Tod hatte sich die Bürgerrechtsbewegung zersplittert. Für einige Schwarze hatte sich die Lebenssituation etwas verbessert, doch für die Mehrzahl von ihnen nicht, die Vereinigten Staaten waren immer noch ein zutiefst rassistisches Land. Der Vietnamkrieg war nach Jahren der Proteste beendet worden und das politische Pendel schien wieder in Richtung konservativer Konsolidierung auszuschlagen. Baldwin hatte eine Reihe gescheiterter Beziehungen hinter sich und begann sich damit abzufinden, dass er alleine bleiben würde. Auch der literarische Ruhm des 50-Jährigen war verblasst. Was für einen Roman kann man in solch einer Situation schreiben?

Einen Roman wie einen Blues-Song, wie sich herausstellte. *If Beale Street Could Talk* heißt er im Original. Eine Zeile, die Baldwin dem Jazz-Klassiker *Beale Street Blues* von 1916 entlehnt hat, der auch Miriam Mandelkows wunderbarer Neuübersetzung ins Deutsche den Namen gibt. Der Song war von zahlreichen Sängern, unter ihnen Louis Armstrong und Eartha Kitt, vertont worden und war unauslöschlich in das kollektive Erbe der amerikanischen Kultur eingegangen. Beale Street, eigentlich eine Straße in Memphis, war dabei zu einer Metapher für die schwarze Halbwelt geworden, für schwarze Viertel, in denen ausweglose Armut und verzweifeltes Vergnügen das Leben bestimmten und in denen Sucht, Gewalt und Liebe Hand in Hand gingen. Viertel, wie es sie überall in Amerika gab und immer noch gibt. Mit seinem Roman wollte Baldwin diesen Vierteln eine Stimme geben. Eine Stimme, die von der amerikanischen Mainstreamkultur weitestgehend unterdrückt wurde und auch in der Literatur noch keine nennenswerten Verarbeitungen erfahren hatte.

Beale Street Blues spielt in New York und wird aus der Perspektive von Clementine Rivers, die nur Tish genannt wird, erzählt. Die junge schwarze Frau arbeitet an einem Parfümstand in einem Kaufhaus, wo sie als Aushängeschild für die Progressivität der Inhaber dient. Wenn sie die überfüllte U-Bahn aus Harlem zur Arbeit nimmt, wo sie mit ihrer Familie wohnt, muss sie an die Sklavenschiffe denken, mit denen ihre Vorfahren nach Amerika verschleppt wurden. Ihr Freund Alonzo Hunt, genannt Fonny, den sie schon seit Kindertagen kennt und liebt, ist ein wenig älter als sie und schlägt sich mit Nebenjobs durch, um sich eine Existenz als Künstler aufzubauen. Nach ihrer Entscheidung, zu heiraten, zieht das Paar in den Süden Manhattans, wo nur wenige Schwarze wohnen und wo sie nach langem Suchen einen Speicher finden, in dem sie leben wollen. Doch ihre Zukunftsträume gehen nicht in Erfüllung.

Der Leser lernt die beiden Liebenden im Gefängnis kennen. Tish ist gekommen, um Fonny zu sagen, dass sie schwanger ist. Dieser wurde von einem irisch-stämmigen Polizisten, der wenige Wochen zuvor in Brooklyn einen schwarzen Jugendlichen erschossen hatte, beschuldigt, eine junge Puerto Ricanerin vergewaltigt zu haben. Aber Fonny hat die brutale Tat nicht begangen. Das traumatisierte Opfer wurde nach seiner Festnahme dazu gedrängt, ihn als Täter zu identifizieren. Tish und ihre Familie kämpfen nun mit allen ihnen zur Verfügung stehenden Mitteln um die Freilassung Fonnys und auch darum, ihn vor der psychischen Zerstörung, die im Gefängnis auf ihn wartet, zu schützen.

Als Inspiration für den Roman diente Baldwin der Fall seines Freundes Tony Maynard, der eines Mordes angeklagt wurde, den er nicht begangen hatte, und sechs Jahre im Gefängnis verbringen musste, bis die Anklage gegen ihn fallen gelassen wurde. Trotz dieser Vorlage und trotz Baldwins Überzeugung, dass das amerikanische Gefängnissystem in gewisser Hinsicht eine Fortsetzung der Sklaverei unter anderen Vorzeichen darstellt, ist *Beale Street Blues* nur bedingt als sozialkritischer Roman zu lesen. Das Buch umgibt etwas ort- und zeitloses. Seine sprachlichen Rhythmen sind die des Jazz. Und seine Figuren scheinen – angefangen mit den Romeo-und-Julia-ähnlichen Liebenden, die nicht zusammenkommen können – bestimmten Archetypen zu entsprechen. Wie seinen titelgebenden Blues-Song muss man diesen Roman allegorisch lesen.

Beale Street Blues ist Baldwins erschütterndstes Buch über die Psychologie des Rassismus. Wie in einer Versuchsanordnung spielt er hier durch, was rassistische Glaubenssätze aus Menschen machen. Jede Figur dieses Romans hat ein untrügliches Gespür dafür, welchen Rang eine Person aufgrund ihrer Ethnie, ihrer Klasse und ihres Geschlechts in der Hierarchie der amerikanischen Gesellschaft einnimmt und was ihr aufgrund des bloßen Vorteils ihrer Geburt »zusteht«. Was auch bedeutet, dass die jeweils Ausgegrenzten gegeneinander antreten, sich gegenseitig auf ihre Plätze verweisen und um ihre Position in dieser Hierarchie streiten.

Frauen sind die ersten Leidtragenden dieses Systems. Sie werden in *Beale Street Blues* beschimpft, geschlagen und vergewaltigt – mit einer Brutalität, die einem häufig den Magen umdreht. Zu allem Überfluss wird von ihnen erwartet, dass sie das als normal betrachten. Selbst Fonny, lernt der Leser, schlägt Tish, und diese nimmt das mit einem Schulterzucken hin. Baldwin lässt keinen Zweifel daran, dass Rassismus immer mit Misogynie einhergeht, schließlich zeichnen sich beide Glaubenssysteme durch die gleiche hierarchische Logik der Unterdrückung aus. Jede rassistische Gesellschaft, scheint der Roman zu sagen, führt zu einer Spirale der Gewalt, an deren Ende Frauen stehen.

Zudem scheint jeder Ethnie in dieser Gesellschaft eine bestimmte Stellung zugewiesen worden zu sein: Von Harlems afroamerikanischen Bewohnern über die frustrierte italienische Besitzerin eines Gemüseladens in Little Italy, über die jüdischen Arbeitgeber, denen die Schwarzen mit Ambivalenz und manchmal Antisemitismus begegnen, bis hin zur puertoricanischen Prostituierten, deren Schicksal sogar einige der Frauenfiguren des Romans mit fehlender Empathie hinnehmen. Mit hoher Sensibilität wird jedes Überschreiten dieser zugedachten Stellung wahrgenommen. Ähnliches gilt für die unterschiedlichen Schattierungen der Hautfarbe unter den Schwarzen Harlems. Erbarmungslos macht der Roman deutlich, welches soziale Prestige mit helleren Hauttönen einhergeht. Fonnys Mutter und seine beiden Schwestern etwa, die sich jeweils durch eine helle Haut auszeichnen, gelingt ein sozialer Aufstieg. Doch dieser Aufstieg hat seinen Preis. Indem sie sich mit weißen Frauen identifizieren, scheinen sie ihren Selbsthass auf ihre Umgebung und auch auf den dunkelhäutigeren Fonny zu projizieren. Zudem werden sie für ihre Aufstiegsfantasien immer wieder mit verbalen Drohungen und körperlicher Gewalt bestraft. In einer Welt, in der Rassismus regiert, macht Baldwin deutlich, sind für alle bestimmte Rollen vorgesehen, Rollen, die sich niemand aussuchen kann, an die sich jeder halten muss und die durch Eigenschaften wie die Schattierungen der Hautfarbe, die Ethnie oder das Geschlecht bestimmt werden – so willkürlich diese bei der Geburt eines Menschen auch verteilt werden.

Eine Rolle, ein Archetyp, der sich in dem Roman nicht findet, ist der des klassischen weißen Bösewichts, Baldwin glaubte nicht an diesen Archetyp. Daniel Bell, der Mörder und Polizist, dessen Falschaussage zu Fonnys Verhaftung führt, hat rote Haare und eine äußerst unvorteilhafte, unmännliche Figur. Als Ire ist er in der rassistischen Logik des traditionellen Amerikas zwar weiß, aber ein Weißer zweiter Klasse. Er selbst ist von Wut- und Schuldgefühlen erfüllt. Er erniedrigt Frauen und schwarze Männer, damit er sich vormachen kann, dass er einer bestimmten Vorstellung von weißer Männlichkeit entspricht. Dabei ist diese Vorstellung auch für ihn unerreichbar. Das führt zu einer Dynamik, in der sich Minderwertigkeitskomplexe und Gewalt verschränken. Bell ist eine wandelnde Verkörperung dessen, was man heute »toxische Männlichkeit« nennen würde. In einer der verstörendsten Szenen des Romans wird auch die sexuelle Dimension seines Verhaltens deutlich. Als er Tish und Fonny auf der Straße begegnet, fährt sein Blick mit einer Mischung aus Lust und Grausamkeit Fonnys Körper entlang und scheint bei dessen Geschlecht zu verweilen. Als er Tish ein paar Tage später allein auf der Straße begegnet, sieht sie die Drohung einer Vergewaltigung in seinen Augen aufblitzen, das hilflose, gewalttätige Begehren, sie und in diesem Prozess auch sich selbst zu erniedrigen.

Wie alle anderen auch ist Bell also ein Gefangener des rassistischen Systems, auch wenn das keine seiner Taten entschuldigt. Welche psychologischen Folgen muss es haben, fragte sich Baldwin, wenn Weiße ihre eigene Superiorität konstruieren, indem sie Menschen anderer Hautfarbe unterdrücken? Mit welchen Schuldgefühlen und welcher Angst müssen sie leben? Welche Anstrengungen erfordert die dazu nötige Selbsttäuschung? *Beale Street Blues* ist nicht nur eine Parabel auf eine Gesellschaft, die bis ins kleinste Detail von Rassismus geprägt wird, sondern auch darauf, was passiert, wenn man genau darüber nicht reden kann.

Es gehört zum Wesen des Blues, große Tragik mit Schönheit zu verbinden und selbst dem schrecklichsten Leid noch Poesie abzugewinnen und es so zu sublimieren. Trotz aller Grausamkeit, trotz allen Leids, strahlt *Beale Street Blues* große Hoffnung aus. Denn so absurd es auch klingen mag, auch in solch einer Welt – der Welt, in der Baldwin aufgewachsen war und in die er bei jedem Amerika-Besuch wieder eintauchte – gibt es große Liebe. Die Liebe zwischen zwei Menschen, die Liebe innerhalb einer Familie, die Liebe zwischen Freunden. Auch davon handelt der Roman. Wie die größten Blues-Songs ist Baldwins *Beale Street Blues* ein traurig-schöner Song über die Liebe. Auch wenn es ein wenig pathetisch klingen mag, wenn man sagt, dass man an die Liebe und an die Rettung glaubt, die sie verspricht – Baldwin glaubte fest daran. Was blieb ihm anderes übrig? Und was bleibt uns anderes übrig?

*

In seinem leidenschaftlichen Essay *Everybody's Protest Novel* hatte sich James Baldwin 1949 gegen das aufblühende Genre des politischen Protestromans ausgesprochen. Für ihn diente dieses Genre vor allem dazu, das Gewissen des weißen Amerikas zu beruhigen und so, wenn auch unfreiwillig, die politischen Strukturen aufrechtzuerhalten. Mit *Beale Street Blues* schrieb er ein Buch, das man durchaus einen Protestroman nennen könnte. Allerdings vermied er dabei alle Fallen, die er in seinem frühen Essay aufgeführt hatte: Es ist nicht möglich, diesen Roman mit dem Gefühl zuzuklappen, auf der richtigen Seite zu stehen. Er bietet keine gefälligen Lösungen für die Konflikte, die er darstellt. *Beale Street Blues* ist der Protestroman, der der langen Tradition der Protestromane einen Grabstein setzt.

In *I Am Not Your Negro*, Raoul Pecks beeindruckendem Dokumentarfilm über den Schriftsteller, gibt es eine Szene, die mir besonders im Gedächtnis geblieben ist. Sie ist so rührend und sagt so viel über ihn aus. Baldwin befindet sich an der Oxford University, es ist 1965 und die Bürgerrechtsbewegung ist in vollem Gang. Vor den Studenten der Universität muss er in einer Debatte gegen den Konservativen William F. Buckley antreten, der seine Ideen als eine Gefahr für Amerika und dessen weiße Bewohner bezeichnet hat. Baldwin erwidert:

»Es ist ein furchtbarer Zustand, wenn sich ein ganzes Land der Einbildung hingibt, dass ein Neuntel seiner Bevölkerung minderwertig ist. Und solange wir Amerikaner (...) nicht akzeptieren können (...), dass wir auf diesem Kontinent eine neue Identität anstreben müssen, für die wir uns gegenseitig brauchen (...), solange besteht kaum Hoffnung auf den amerikanischen Traum. Denn die Menschen, denen die Teilhabe daran verweigert wird, werden ihn durch ihr schiere Anwesenheit zerstören.«

Nachdem Baldwin das gesagt hat, brechen die britischen Studenten langsam in Applaus aus. Baldwin sitzt schon wieder auf seinem Platz, als sich die ersten Studenten ihm zu Ehren von ihren Sitzen erheben. Als ihm der ganze Saal stehende Ovationen zuteilwerden lässt, erhascht die Kamera einen Blick auf das Gesicht des Schriftstellers: Er wirkt überrascht, fast ein wenig verwirrt. Er hatte nicht mit der Begeisterung der Studenten gerechnet, und erst recht nicht mit dem Verständnis und der Zuneigung, die sie ihm entgegenbringen.

Heute, dreißig Jahre nach James Baldwins Tod, scheint die Zeit angebrochen zu sein, da wir in der Lage sind, Baldwin wieder mit einer ähnlichen Offenheit zuzuhören, wie es jene Gruppe junger Oxford-Studenten damals tat. Wir leben in einer Zeit, in der ein schwarzer Politiker Präsident der Vereinigten Staaten werden kann und schwule Männer und lesbische Frauen heiraten dürfen. In einer Zeit, in der man über Intersektionalität und die damit verbundene Idee spricht, dass viele Menschen gleichzeitig zu verschiedenen Gruppen gehören, die diskriminiert werden, und dass dieser Umstand selbstverständlich seine ganz eigenen Probleme mit sich bringt. In einer Zeit, in der die Ideen der Queer Theory die Runde machen und in der politische Bewegungen wie Black Lives Matter und #metoo Millionen von Menschen erreichen. Wir leben aber auch in einer Zeit, in der ein offen rassistischer Präsident die Vereinigten Staaten regiert und ein unvorhergesehener Rechtsruck durch die Welt geht. Einer Zeit, in der angesichts all unserer Fortschritte ein erbitterter Kampf um alte Privilegien und Vormachtstellungen ausgebrochen ist, ein Kampf, der mit populistischen Mitteln und harten Bandagen geführt wird und all das, was die Generationen vor uns erreicht haben, infrage stellt. Heute, mehr denn je, leben wir in einer Zeit, in der wir wieder jemanden wie James Baldwin brauchen.